매직
죠이숍

The Magic Toyshop

매직  토이숍

앤젤러 카터 장편소설 · 이영아 옮김

창비

1

열다섯살의 여름, 멜러니는 자신이 피와 살로 만들어졌다는
걸 알았다. 오, 나의 아메리카, 나의 신대륙이여. 그녀는 자신
의 온몸을 탐험하는 황홀한 여행을 떠나, 산맥을 오르고 촉촉
하고 비옥한 비밀의 골짜기를 지났다. 탐험가 꼬르떼스(스페인
의 멕시코 정복자 — 옮긴이), 다 가마(뽀르뚜갈의 인도항로 발견자 — 옮긴
이), 혹은 멍고 파크(스코틀랜드의 아프리카 탐험가 — 옮긴이)처럼. 그
녀는 옷장 거울에 비친 알몸을 몇시간이고 뚫어지게 바라보았
다. 심장이 마치 담요에 덮인 새처럼 살 밑에서 팔딱이는 갈빗
대의 우아한 골조를 손가락으로 훑고, 가슴뼈에서 시작해 신
비로운 동굴인 배꼽까지 이어지는 기다란 선을 그어내린 다
음, 어린 날개 같은 어깨뼈를 손바닥으로 쓸었다. 그러고는 이
제 어린애가 아닌 자신이 놀라워 한껏 들떠서는 몸을 비틀어

자신을 꼭 껴안은 채 깔깔대고, 옆으로 재주넘기를 하고 물구나무를 섰다.

물건을 들고 포즈를 취하기도 했다. 라파엘전파(소박한 화풍을 지향한 19세기 중엽 영국의 예술운동—옮긴이) 풍으로, 길고 검은 머리 한복판에 가르마를 타서 똑바로 빗어내리고는 정원에서 꺾은 참나리를 턱 아래 들고 두 무릎을 꼭 붙인 채 자신의 모습을 지그시 바라보았다. 뚤루즈 로트레끄의 작품이 되어, 머리칼로 야하게 얼굴을 훑고 발밑에 물그릇과 수건을 놓고는 두 다리를 벌린 채 의자에 앉았다. 로트레끄를 위해 포즈를 잡을 때마다 유독 음탕해지는 기분이 들었지만, 자신이 그의 시대에 사는 모습을 머릿속에 그려보곤 했다(그녀는 무용수이거나 모델이었고, 빠리의 다락방 창문으로 참새에게 빵 부스러기를 먹였다). 이 상상의 세계에서 그녀는 그 난쟁이 천재를 안쓰럽게 여겨 그를 돕고 사랑했다.

띠찌아노나 르누아르의 모델을 하기에는 너무 말랐기에, 머리에 레이스 커튼을 두르고 견진성사 선물로 받은 양식진주 목걸이를 목에 걸어 핏기 없고 새치름한 크라나흐의 비너스로 꾸몄다. 『채털리 부인의 사랑』을 읽고 나서는 몰래 물망초를 꺾어서 음모에 꽂았다.

또 레이스 커튼을 원단 삼아 신혼 첫날밤에 입을 잠옷을 디자인했다. 깐느나 베네찌아, 아니면 마이애미 해변으로 신혼여행을 떠나 별세계 같은 미래의 욕실에서 샤워하고 이를 닦고 있는 상상 속 남편을 위해 자신을 선물처럼 포장했다. 둘 사이에 놓인 시공간의 벽을 뛰어넘을 만큼 강렬하게 그를 상상한 나머지, 자신의 뺨에 닿는 그의 숨결과 '여보'라고 부르는 쉰 목소리까지 느껴질 지경이었다.

남편을 맞을 준비를 하며 그녀는 대리석처럼 희고 길쭉한 다리를 허벅지까지 드러냈다(다리를 구부릴 때마다 거울에 비치는 근육의 움직임에 열중하느라 상상중임을 잊고 말았다). 그러고는 레이스 커튼을 단단히 잡아당겨 작고 딱딱한 젖가슴이 천에 싸인 모양을 점검했다. 크기는 실망스러웠지만 이 정도면 쓸 만하리라 생각했다.

이 모두가 순결한 파스텔 색조 침실의 잠긴 문 뒤에서 일어나는 일이었다. 줄무늬 잠옷을 넣어 배가 빵빵한 곰돌이 에드워드가 베개 위에서 말똥말똥한 눈으로 그녀를 지켜보고 있고, 침대 밑에는 『로나 둔』(19세기 리처드 블랙모어의 역사 로맨스 소설—옮긴이)이 펼쳐진 채 엎어져 먼지를 뒤집어쓰고 있었다. 열다섯의 여름을 멜러니는 이렇게 보냈다. 물론 설거지도 도왔고, 여동생이 뜰에서 놀다가 사고로 죽지 않도록 지켜보는 일도 했다.

런들 부인은 멜러니가 방에서 공부를 하고 있는 줄 알았다. 그녀는 멜러니에게 너무 그러다간 비쩍 마를 거라며 바깥 공기를 좀 쐬라고 했다. 멜러니는 부인의 심부름을 하면서 바깥공기를 충분히 마시고 공부할 때도 창문을 열어놓는다고 말했다. 이 말을 듣고 안심한 런들 부인은 더는 입을 떼지 않았다.

런들 부인은 뚱뚱하고 늙고 못생겼으며 한번도 결혼한 적이 없었다. 그녀는 쉰번째 생일을 맞아 정식으로 서류를 갖추어 '부인'이라는 호칭을 자신에게 선물했다. 그녀는 '부인'이라는 호칭이 나이 들어가는 여자에게 품위를 더해준다고 생각했고, 또 늘 결혼하고 싶어했다. 늙으면 기억과 상상이 뒤섞인다. 런들 부인의 정신적 경계도 이미 흐려지기 시작했다. 아이들이 모두 잠자리에 들어 혼자만의 시간이 되면 그녀는 이따금 따스한 난롯가 의자에 앉아, 평생 가져본 적 없는 남편의 버릇과 행동을 꿈꾸는 듯 공상하다가 차에서 나오는 김에 그의 얼굴이 어른거리면 친근하게 인사했다.

그녀는 털사마귀가 났고 엄청나게 큰 틀니를 꼈다. 그리고 광대극에 나오는 공작부인처럼 환상의 나라에나 어울릴 법한 고풍스러운 위엄을 부리며 말했다. 그녀는 가정부였다. 고양이를 데리고 이 집에 들어왔고, 대개는 집에만 있었다. 엄마와 아빠가 미국에 있는 동안 그녀가 멜러니와 조녀선과 빅토리아를 돌보았다. 엄마는 아빠와 함께 다니고 있었다. 아빠는 순회강연중이었다.

"순해강언!" 다섯살배기 빅토리아가 숟가락으로 식탁을 치며 소리질렀다.

"애야, 푸딩이나 다 먹으렴." 런들 부인이 말했다.

런들 부인과 있으면서 아이들은 브레드푸딩을 많이 먹었다. 아무것도 넣지 않은 수수한 브레드푸딩이거나 말린 포도나 청포도 따위를 넣은 화려한 브레드푸딩이었다. 그녀는 기본적인 브레드푸딩 요리법에 마멀레이드, 대추야자, 무화과, 블랙커런트 잼, 사과 스튜를 가미하여 다양한 변형을 만드는 묘기를 부렸다. 가끔은 차가운 브레드푸딩을 차와 함께 내놓기도 했다.

멜러니는 브레드푸딩이 무서워졌다. 너무 많이 먹다가 뚱뚱해져서 누구에게도 사랑받지 못하고 처녀로 죽을까봐 겁이 났다. 브레드푸딩에 빠져죽어 퉁퉁 불은 채 거대한 시체로 떠올라 있는 자신의 모습이 꿈에 자꾸 나타나는 바람에 기겁을 해서 식은땀을 흘리며 깨어나곤 했다. 그녀는 그 섬뜩한 브레드푸딩을 숟가락으로 접시 가장자리로 밀어냈다가 런들 부인이 그 널찍한 등을 돌리면 대부분을 슬쩍 조너선의 접시에 퍼넣었다. 조너선은 착착 먹어나갔다. 대개는 멍하니 얼이 빠진 상태로 먹었다.

조너선은 마치 집을 뚫고 지나가는 탱크처럼 사정없는 본능의 힘으로 산더미 같은 음식을 해치웠다. 더 먹을 게 없어지면 동작을 멈추고 나이프와 포크 또는 숟가락과 포크를 가지런히 놓은 다음, 손수건으로 입을 닦고는 모형배를 만들러 갔다. 그해 여름 멜러니는 열다섯이었고, 조너선은 모형배 만들기에 푹 빠진 열두살이었다.

조너선은 몸집이 작고 넓적코에 금발이며 회색 플란넬 옷을 입고 학생 모자를 썼는데, 한쪽 무릎에는 항상 다 아물어 떨어지기 직전인 딱지를 달고 있었다. 그는 조립용품으로 모형배를 만들어 꼼꼼하게 색칠하고 부품을 조립하고 장비를 갖춘 다음, 지나다니면서 볼 수 있게 집 안 여기저기 선반과 벽난로 위에 얹어놓았다. 그는 오직 범선 모형만 만들었다.

조너선은 돛대가 세 개인 HMS 비글 호를 만들었고, HMS 바운티 호, HMS 빅토리 호, HMS 서모펄리 호도 만들었다. 그해 여름 조너선의 손은 늘 풀 때문에 끈적끈적했다. 그의 눈은 현실세계가 아니라 물에 띄운 그의 배들이 상상 속에서 영원히 항해하는 푸른 바다와 야자나무 섬들을 보는 듯 먼 곳을 바라보고 있었다. 마음은 플라잉 더치먼(희망봉 근해에 출몰한다는 전설 속 네덜란드 유령선의 선장—옮긴이)인 조너선은 백조처럼 펼쳐진 돛 아래에서 소금기를 흠뻑 먹은 뱃전에 발을 딛고 미지의 바다를 헤매다녔으며 마른 땅은 한번도 밟지 않았다. 그는 배에 탄 듯 흔들거리며 걸었지만 아무도 눈치채지 못했다.

또 알이 둥글고 두툼한 안경으로 눈을 가린 탓에 그가 다른 사람들을 보지 않는다는 걸 알아채는 사람은 아무도 없었다. 현실세계에서 그는 심한 근시였다. 안경을 끼고 학교 모자를 쓰고 무릎에 딱지가 앉은 그는 보자마자 소년 탐정 노먼 본즈와 헨리 본즈(1950년대 앤서니 클리퍼드 윌슨이 쓴 탐정소설 씨리즈의 주인공들—옮긴이)가 떠오르는 사내아이였다. 외모 때문에 그를 잘못 판단한 부모님은 그의 책꽂이에 비글즈(W. E. 존스의 소설에 등장하는 비행기 조종사·모험가—옮긴이) 책을 채워주었는데, 그 책들은 한번도 펼쳐지는 법 없이 먼지만 먹고 있었다.

그해 초여름, 멜러니는 조너선의 방에서 손도 안 댄 비글즈 책 여섯 권을 훔쳐서 할인왕복표로 시내에 몰래 가져나가 중고서점에 팔고 그 돈으로 인조 속눈썹 한 벌을 샀다. 그런데 인조 속눈썹을 붙이려고 하자 따끔거리며 눈물이 났고, 속눈썹은 가만히 붙어 있지 않고 털 난 기분나쁜 해충처럼 그녀의 손가락 사이로 빠져나가 화장대 위로 스르르 떨어졌다. 속눈썹은 말없이 그녀를 비난하고 있었다. 도둑! 도둑! 간악한 그것들은 죗값이었다. 죄책감이 든 멜러니는 잘 쓰지 않는 침실 난로에 속눈썹을 넣고 불태웠다. 그걸 사겠다고 도둑질을 했으니 붙일 수 없는 건 당연한 일이었다. 그해 여름, 그녀는 죄책감에 시달렸다.

빅토리아는 죄책감이 없었다. 감각이라곤 전혀 없었다. 그 아이는 구구거리며 우는 토실토실한 황금빛 비둘기였다. 햇빛 속에서 뒹굴었고 나비를 잡으면 갈기갈기 찢었다. 빅토리아는 수고도 하지 않고 옷감을 짜지도 않는 들판의 백합 같았지만 (마태복음 6장 28절의 비유 — 옮긴이) 아름답지는 않았다. 런들 부인은 빅토리아에게 옛 노래를 불러주었다. 항구의 불빛이 그대가 떠나는 걸 알려주네요, 삐까르디에 장미가 피고 있지만 당신만한 장미는 없네요, 하는 노래였다. 그러면 빅토리아는 무릎을 꿇은 채 킥킥거리며 정육면체 모양의 주먹으로 런들 부인의 고양이를 움켜잡았다. 런들 부인의 고양이 톰은 뚱뚱하고 콧대 높은 수컷인데, 앉아 있으면 모피로 만든 둥근 차 탁자 같은 크기와 모양이 되었다. 어쩌면 런들 부인은 먹다 남은 브레드푸딩을 톰에게 먹였을지도 모른다.

고양이는 노란색 펠트에 빨간 털실 방울이 달린 런들 부인의 실내 슬리퍼 위에 앉아 있고 런들 부인은 빅토리아에게 노래를 불러주며 뜨개질을 하고 있었다.

"뭐 떠요?" 빅토리아가 물었다.

"카디건이란다."

"카딘건." 빅토리아는 자기 멋대로 알아들었다.

"왜 검은색이에요?" 냉장고에서 얼음을 꺼내 오렌지주스에 넣은 멜러니가 여름철이라 맨발로 어슬렁어슬렁 걸어오며 물었다.

"내 나이가 되면 늘 검은 옷을 입을 일이 생긴단다. 지금 당장은 아니라도 곧 생기지, 곧." 런들 부인이 한숨을 쉬며 말했다. '곧'의 모음이 증기 롤러로 납작하게 누른 것처럼 엄청나게 늘어졌다. '고오오오온.'

"돌바닥에 맨발로 있다간 독감에 걸려 죽는다, 애야."

멜러니의 손 안에서 얼음 조각들이 떨렸다.

"아는 사람들이 많이 죽었어요?" 그녀가 물었다.

"꽤 많이 죽었지." 런들 부인은 뜨개코를 마무르며 말했다.

"나는 죽음 같은 건 상상도 못하겠어요." 멜러니는 적당한 말을 찾느라 천천히 말했다.

"네 나이 때는 그게 당연하지."

"노래!" 빅토리아가 막대사탕을 든 손으로 검은 씰크를 입은 런들 부인의 무릎을 치며 보챘다. 런들 부인은 순순히 목소리를 높였다.

멜러니는 죽음이란 빛이라곤 전혀 들지 않는 지하실 같은 방에 갇히는 것이라고 생각했다.

'죽기 전에 나한테 어떤 일이 일어날까? 음, 어른이 되겠지.

결혼을 할 거고. 그랬으면 좋겠어. 아, 결혼 못하면 얼마나 끔찍할까. 지금 내가 마흔살이라면 좋을 텐데. 그럼 모든 게 다 지나갔을 테고, 나한테 어떤 일이 일어날지 알 수 있을 테니까.'

멜러니는 긴 머리에 달데이지를 꽂고, 마치 어른이 되었을 때 가질 사진첩의 사진을 들여다보듯 거울에 비친 자기 모습을 보았다. '열다섯살의 나.' 그다음엔 걸스카우트 유년단원 제복과 인디언 복장을 입은 그녀의 아이들과 애완견들의 사진, 미래의 여름휴가를 찍은 스냅사진들을 상상했다. 양동이와 샵, 신발 안의 모래. 휴양지 토키? 토키일까? 본머스(그 깊은 골짜기)? 무척이나 상쾌한 스카버러? 아니면 설마 베네찌아? 애완견들은 요크셔테리어일까 코기일까, 아니면 고상한 매부리코의 아프간하운드일까, 금줄에 묶인 흰색 그레이하운드 한 쌍일까?

그녀는 큼직한 갈색 눈의 데이지 소녀에게 말했다. "평범하게는 안돼, 절대로. 화려하게. 화려해야 해." 자신의 미래를 말하는 것이었다. 하늘이 살짝 조롱하며 보낸 계시처럼 머리에 꽂은 달데이지가 바닥으로 떨어졌다.

멜러니가 사는 시골집은 각자 방을 하나씩 쓰고도 남는 방이 많았고 뜰에는 셰틀랜드포니 종 조랑말이 한 마리 있었다. 멜러니의 방 창문 밖에는 사과나무 한 그루가 잔가지로 달을 받치고 있었다. 던로필로 매트리스에 하얀 누비 머리판이 달린 침대에 누우면 달이 보였다. 멜러니는 줄무늬 이불을 덮고 잤다.

에드워드 7세 시대풍의 맞배지붕을 인 그 빨간 벽돌집은 1, 2
에이커의 땅에 홀로 서 있었으며 라벤더 향의 가구광택제와
돈 냄새가 났다. 멜러니는 돈 냄새를 맡으며 자랐고, 자신이 숨
쉬는 공기에 그 냄새가 어떻게 스며드는지는 몰라도 은으로
등을 댄 머리빗과 혼자 쓰는 트랜지스터라디오가 있고 일요일
에 교회에 갈 때마다 엄마가 다니는 양장점에서 맞춘 빳빳하
고 기분 좋은 생사 재킷과 치마를 입을 수 있는 자신이 운이 좋
다는 건 알고 있었다.

아빠는 일요일마다 다 함께 교회에 가는 걸 좋아했다. 때로
집에 있을 때 일과(아침저녁 기도 때 읽는 성서 일부분 — 옮긴이)를 읽
기도 했다. 쏠퍼드 출신인 그는 점잖은 시골 신사 노릇을 하면
서 다시는 그곳을 생각하지 않아도 되는 것에 만족했다. 그해
여름 아이들은 독실한 런들 부인과 함께 교회에 갔다. 그녀는
자신의 불룩한 검은색 기도서를 가지고 갔는데, 무심코 집어
들면 책갈피에 눌러 말린 오래된 꽃잎들과 양치식물 조각들이
흩날렸다. 빅토리아는 신도석 바닥에 앉아 런들 부인의 기도
서에서 날리는 말라빠진 이파리들을 멍하니 좇으면서 옹알거
렸는데 가끔은 너무 시끄러운 소리를 냈다.

'빅토리아는 모자란 앨까? 난 내 인생도 없이 집에 처박혀
엄마를 도와서 쟬 돌봐야 하나?'

빅토리아는 『제인 에어』에 나오는 뒷방의 무시무시한 비밀
인 로체스터 부인과 같은 존재였다. 얼빠진 웃음을 짓고, 단순
한 집짓기 장난감이나 나뭇조각 맞추기 장난감을 가지고 놀

고, 버릇없는 얼굴을 계단 난간 위로 들이밀고는 당황한 손님들을 향해 옹알거렸다.

조녀선이 좋아하는 찬송가는 「영원하신 구세주 우리 주」였다. 사람을 낚는 어부(복음 전도사를 일컫는 말—옮긴이)에 대한 시시한 농담을 하고 사람을 낚는 파리한 남자 목사가 아버지에게 약속한 대로 아이들을 살피러 올 때마다 조녀선은 성직자복 자락을 사납게 움켜쥐며 다음 일요일에는 꼭 「영원하신 구세주 우리 주」를 부르자고 부탁했다.

"생각해보마." 조녀선의 안경에서 뿜어져나오는 강렬한 시선에 불편해진 목사는 이렇게 대답하곤 했다.

일요일에 아침식사를 하고 몸단장을 할 때마다 조녀선은 기대감을 억누르며 몸을 떨었다. 하지만 대개 그 찬송가는 부르지 않았다. 벽의 나무 홈에 붙은 찬송가 곡목을 보는 순간 희망은 사라졌다. 그러면 조녀선은 쾌속범선 커티싸크 호나 HMS 바운티 호에 올라, 돛을 부풀리는 미풍을 맞으며 상처를 품은 채 푸르디푸른 바다로 나아갔다. 목사가 배신했다. 밧줄 푸는 쇠바늘로 그의 입을 막아라. 그를 발가벗겨서 열대의 기나긴 낮 동안 뒷돛대에 매어두어라.

멜러니는 기도했다. '하느님, 제발 결혼하게 해주세요. 아니면 쎅스를 하게 해주세요.' 멜러니는 열세살 때 신에 대한 믿음을 버렸다. 어느날 아침 깨어나보니 신은 없었다. 그녀는 아빠의 기분을 맞추느라 교회에 나갔고, 무릎을 꿇고 기도하는 것과 마찬가지로 새 가슴뼈에도 소원을 빌었다.(Y자 모양의 새 가슴

뼈 양쪽을 두 사람이 잡아당겨 긴 쪽을 가진 사람이 소원을 이룬다고 믿는 풍습―옮긴이) 런들 부인은 놀랍게도 이렇게 기도했다. '하느님, 부디 제가 정말 결혼한 것처럼 기억하게 해주세요.' 자기 혼자 서명한 서류만으로 하느님을 속일 수 없으리라는 걸 알고 있기 때문이었다. '아니면 섹스를 한 적이 있다는 것만이라도 잊지 않게 해주세요.' 이 기도는 덜 퉁명스러웠다. 예배중에 런들 부인은 집 오븐에 넣어놓고 온 쇠고기와 토마토가 어떻게 되어가고 있을지 생각하느라 가끔 멍해졌다. 그러다가 마음속으로 하느님에게 다시 돌아가면 꼭 사죄했다.

조녀선도 빅토리아도 빌 것이 없어 기도하지 않았다. 빅토리아는 무릎방석의 테두리 장식을 뜯어먹었다.

줄리엣은 열네살에 결혼하고 사랑 때문에 죽었지만, 열다섯살의 아름다운 멜러니는 데이트 한번 해보지 못했다. 늙어가는 기분이었다. 흰 토끼의 씰룩거리는 코처럼 끝이 분홍빛인 벗은 젖가슴을 손으로 받친 채 그녀는 생각했다. '내 몸은 절정에 달했으니까 지금부터는 시들어갈 일만 남았는지도 몰라. 아니, 어쩌면 성숙해지든가.' 그녀는 자신이 완벽하지 않으리라는 생각은 하고 싶지 않았다.

어느날 밤, 멜러니는 잠이 오지 않았다. 늦은 여름이었고, 부풀어오른 붉은 달이 사과나무 속에서 반짝이며 그녀를 잠 못들게 했다. 침대가 뜨거웠다. 몸이 가려웠다. 그녀는 몸을 이리저리 뒤척이고 베개를 툭툭 쳤다. 살갗은 불면으로 바늘처럼 곤두서 있고 신경은 백 개의 나이프가 백 개의 접시를 끽끽

긋는 것처럼 쑤셨다. 결국 그녀는 견디지 못하고 일어나고 말았다.

집은 무지근하게 잠들어 있었지만 멜러니는 완전히 깨어 있었다. 모두가 자고 있을 때 일어나 돌아다니는 것은 묘하게 흥분되는 일이었다. 그녀는 잠자는 소리가 글자가 되어 꼬리에 꼬리를 물고 길게 이어지는 것을 상상했다. 쿨쿨쿨…… 잠든 세 개의 입에서 나온 그것들이 벌처럼 윙윙거리며 꿈꾸는 듯 온 집 안을 돌아다니고 있었다. 그녀는 텅 빈 부모님 방으로 어슬렁어슬렁 들어갔다. 침대 밑에 있는 신발은 엄마의 발이 돌아오기를 참을성있게 기다리고 있었고, 침대 곁의 탁자 위에 비어 있는 담배통은 아빠가 돌아와서 버려주기를 애타게 바라고 있었다. 달빛만이 오롯이 방을 비추고 있었다. 낮고 폭이 넓은 침대를 덮은 흰색 코바늘뜨개 덮개가 달빛을 받아 충만하게 빛나고 있었다. 부모님은 이 크고 호화로운 침대에서 영화배우처럼 잠을 잤다. 고리버들로 만든 하트 모양의 침대 머리판에 기대어 멜러니는 아빠와 엄마가 사랑을 나누는 모습을 상상해보았다. 이런 무더운 밤에 생각하기에는 아주 대담한 일 같았다. 그녀는 이 침대에서 그들이 껴안고 있는 모습을 그려보려고 무진 애를 썼지만, 엄마는 언제나 검은 외출복을 입고 있었고 아빠는 파이프와 함께 그의 트레이드마크인 팔꿈치에 가죽을 덧댄 거친 트위드 재킷을 입고 있었다. 사랑을 나눌 때 아빠의 파이프는 가슴주머니에 쑤셔넣어져 있을 터였다. 멜러니는 아무리 애를 써도 부모님의 알몸을 상상할 수 없었다. 엄마 아빠를 생각하면 옷은 머리카락이나 손톱처럼 그들 몸의 일부로 보였다.

특히 엄마는 무슨 일이 있어도 꼭 옷을 챙겨입는 여자였다. 날씨가 어떻든 꼭 스타킹을 신고, 항상 장갑을 끼고 모자를 쓰고, 외출 준비를 하듯 완벽하게 차려입었다. 멜러니의 상상 속에서 사랑을 나누는 엄마의 모습에는 검은색 리본 장미를 옆에 단 챙 넓은 갈색 벨벳 모자가 겹쳐 있었다. 멜러니는 어려서 엄마에게 꼭 안길 때면 항상 계절에 따라 모나 면, 리넨 같은 천에 두툼하게 감싸였던 기억이 났다. 엄마는 분명 태어날 때부터 옷을 입고 있었을 것이다. 고급 잡지의 '올해의 옷 잘 입는 태아는 무엇을 입나'라는 특집기사에서 고른 우아하고 몸에 꼭 맞는 양막을 차려입고 말이다. 그리고 아빠. 아빠는 늘 똑같았다. 트위드와 담배. 트위드와 담배와 타자기 리본 말고는 없었다. 이런 것들이 뒤섞인 것이 바로 아빠였다.

부모님의 결혼사진이 벽난로 위에 걸려 있었는데, 친숙한 물건들도 달빛 속에서는 이국적이고 신기해 보였다. 부모님에게 시간을 알려주다가 그들이 미국으로 떠난 다음날 세시 오분 전에 멈춰버린 프랑스제 금도금 시계도 그랬다. 아무도 굳이 태엽을 다시 감지 않았다. 시계 옆에는 푸른 등에 노란 꽃들이 얼룩진, 밝고 쾌활하고 멍청한 멕시코산 도자기 오리가 있었다. 엄마가 일요일 신문 컬러 부록에서 보고 산 것이었다. 멜러니는 벽난로 쪽으로 어슬렁어슬렁 걸어가 도자기 오리를 집어들었다가 다시 내려놓고는 눈을 들어 결혼사진을 보았다.

결혼식 날, 엄마는 옷에 대한 깨달음이라도 얻은 사람처럼 보였다. 온 마음을 바쳐 너무도 현란하게 몸단장을 한 탓에 엄마의 펄럭이는 옷자락이 아빠를 완전히 가려버렸다. 바람에 날리는 면사포에 가린 쑥스러운 웃음만 흐릿하게 겨우 보여, 가죽을 덧댄 트위드 재킷을 도통 벗지 못하는 아빠가 결혼식에서까지 그 옷을 입었는지는 알 수 없었다. 하지만 엄마는 중세 연회에라도 나간 것처럼 공단과 레이스를 온몸에 휘감아 불꽃처럼 피어올라 있었다.

흰색 공단 드레스는 목 아래 움푹 팬 곳에 자리잡은 사랑의 정표 목걸이가 보이도록 앞이 깊게 파였고, 마치 백조의 날개처럼 넓은 소매가 길게 흘러내려 있었다. 사진을 위해 매만진 드레스는 가는 허리에서부터 거대하고 흰 기차처럼 그녀 앞으로 멋지게 늘어져 꼭 연못에 비친 것처럼 보였다. 인조 장미로 만든 화관을 이마 아래까지 눌러썼고, 면사포가 그 주위로 분수처럼 샘솟아 거품을 뿜으며 허리를 지났다. 그녀는 흰 장미 한 다발을 마치 아기처럼 두 팔로 안고 있었다. 그녀의 미소는 감상적이고 황홀하며 풋풋하고 감동적이었다.

그녀는 친척들에게 둘러싸여 있었다. 아빠가 소설로, 자서전으로, 그다음엔 영화 같은 것으로 승승장구한 뒤로는 자주 보지 못한 친척들이었다. 너무 뽀글뽀글한 파마에다 너무 꽉 끼는 신발을 신어 발이 거북해 보이고 번쩍이는 에나멜가죽 핸드백을 일주일치 식료품처럼 끌어안고 있는 거트루드 고모. 멜러니는 할아버지(카메라가 자신의 영혼을 삼키기라도 할까

봐 노려보고 있는)의 생전에 온 가족이 함께 보낸 몇번의 크리스마스 때 거트루드 고모에게 받은 제비꽃향 입맞춤이 기억났다. 할아버지, 안녕. 거트루드 고모, 안녕. 로즈 고모를 팔에 안고 머릿기름을 바른 해리 삼촌도 안녕. 루주를 바른 로즈 고모. 사진에는 둥근 루주 자국이 검게 나왔다. 그녀는 마치 행운을 위해 초대된 굴뚝청소부 같았다.(영국에서는 결혼식에 굴뚝청소부를 초대해 신부에게 입을 맞추고 남편과 악수하게 하면 행운이 온다고 믿는 풍습이 있었다—옮긴이) 안녕, 필립 외삼촌.

다른 사람들과 달리 필립 외삼촌은 카메라를 보고 미소짓지 않았다. 그는 엘크스회의 엄숙한 친목회나 유서깊고 명예로운 버펄로회 회원의 장엄한 장례식, 아니면 남북전쟁 참전군인 모임 같은 다른 단체에서 길을 잘못 들어 이 사진으로 들어왔는지도 모른다. 그는 서부극에 나오는 미씨씨피 노름꾼들처럼 윗면이 납작하고 챙 끝이 말린 검은색 모자를 쓰고 검은 끈 넥타이를 이상한 나비매듭으로 묶었다. 검은색 정장 바지는 꽉 끼고, 재킷은 길었다. 하지만 전체적으로는 기품이 떨어지는 모습이었다. 검은 모자에 덮인 머리칼은 흰색이거나 그게 아니라도 아무튼 금빛이 아주 강했다. 입은 팔자수염에 가려 보이지 않았다. 나이를 가늠할 수 없었지만 어쨌거나 젊기보다는 나이 들어 보이는 편이었다. 키는 크고 체격은 보통이었다. 두 손은 앞으로 짚은 흑단 지팡이의 은손잡이 위에 깍지 껴져 있었다. 그는 아무 표정도 없었다. 너무 무표정이라 따분해 보일 정도였다. 그는 엄마의 유일한 남자형제였다. 엄마의 유일하게 살아 있는 친척이었고, 나머지 사람들은 아빠의 가족이었다. 그런데 그는 누이의 결혼식에서 웃을 줄도 몰랐다. 인색한 사람 같으니.

멜러니는 필립 외삼촌을 한번도 본 적이 없었다. 그녀가 어렸을 적에, 뚜껑을 열면 인형이 튀어나오는 장난감을 그가 보낸 적이 있었다. 그는 장난감 만드는 일을 했다. 멜러니가 상자를 열자 불쑥 튀어나온 머리에서 그녀를 익살맞게 그린 괴기스러운 얼굴이 눈을 흘겼다. 그해에 부모님은 첼시 가까운 곳에 막 마련한 작은 별장의 창가에 앉아 미소짓는 자신들과 멜러니(조녀선은 태어나기 전이었다)를 찍은 크리스마스카드를 그에게 보냈었다. 그녀의 아버지가 명성과 돈을 얻기 시작한 때였다. 그런데 그 답례로 돌아온 것이 이 무시무시한 장난감이었다. 멜러니는 그 장난감이 정말이지 무서웠다. 그녀는 새해가 될 때까지 그 장난감이 나오는 악몽을 꿨고, 부활절까지도 때때로 그랬다. 엄마는 그 장난감을 버렸다. 부모님은 그 선물이 배려 없는 악취미라는 데 동감했다. 그후로 필립 외삼촌에게는 카드를 보내지 않았다. 근근이 이어지던 연락도 완전히 끊어졌다.

사진은 손에 쥘 수 있는 시간의 덩어리다. 엄마의 생애에서 가장 아름다운 시간의 조각인 이 사진. 미소를 띤 젊은 엄마는 진열장 안의 나비처럼 카메라에 몸통이 찔려 유리 아래 영원히 갇힌 듯 보였다. 이 사진을 보며 멜러니는 엄마의 이 행복한 시간 조각에서 필립 외삼촌이 차지할 자리는 없다고 생각했다. 그는 어울리지 않는 색깔, 아니 빛깔이 전혀 없는 얼룩이었다. 그는 완전히 다른 시간 속에 살고 있었다. 결혼식에 오다가 늙은 뱃사람이라도 만나서(쌔뮤얼 테일러 코울리지의 시 「늙은 뱃사람의 노래」에 나오는 인물로, 결혼식에 가는 한 남자를 막고 자신의 긴 이야기를 들려준다 —옮긴이) 흰 장미와 색종이 조각 따위와는 전혀 상관없는 다른 차원으로 넘어가버린 것 같았다.

'뭐, 이 사람을 볼 일은 없겠지.'

그녀는 웨딩드레스를 더 꼼꼼히 살폈다. 오로지 처녀성을 잃기 위해 드레스를 입다니, 묘한 일이었다. 부모님은 결혼 전에 쎅스를 했을까? 이 문제를 깊이 생각하자 그녀는 자신이 정말 어른이 되어가는 기분이 들었다. 아빠는 가족에 얽매이지 않는 자유분방한 사람이었을 것이다. 그는 혼자 아파트에 살고 있었다. 블룸즈버리의 원룸아파트, 가스레인지 위에서 끓는 커피, 자유연애에 대한 이야기, 로런스, 어둠의 신들. 아빠는 자신의 미소짓는 신부를 이미 어둠의 신들에게 제물로 바쳤을까? 만약 그랬더라도, 신부는 그녀의 엄마이기에 여전히 미소짓고 있었을까? 그리고 순결한 흰색 옷을 입었을까? 그렇다면 멜러니가 런들 부인에게 몰래 빌린 여성잡지에 나오는 편지들은?

'제 남자친구는 제가 정조를 허락하지 않으면 절 떠날 거라고 해요. 하지만 전 순결한 몸으로 결혼하고 싶어요.'

상징적이고 고결한 흰색. 하얀 공단은 모든 흔적을 드러낸다. 흰 면사포는 손가락 한번만 대도 구겨지고, 흰 장미는 한번의 숨결에도 꽃잎이 떨어진다. 순결은 깨지기 쉽다. 불가사의한 웨딩드레스였다. 엄마가 신혼 첫날밤에 그 드레스를 입었을지, 멜러니는 잠시 궁금했다.

엄마는 감상적인 여자였다. 흐릿한 외국 스티커가 점점이 붙은 트렁크 안, 곱게 덮인 인도 자수천 아래에 흰색 공단이 상하지 않게 파란 박엽지로 싼 웨딩드레스가 소중히 보관되어 있었다. 엄마는 왜 드레스를 간직하고 있을까? 그 드레스를 입고 관에 들어가거나 천국으로 입고 가려는 걸까? 하지만 천국에서는 장가도 가지 않고 시집도 가지 않는데.(마태복음 22장 30절의 인용—옮긴이)

그해 여름, 멜러니는 몸이 자라 종아리 가운데까지 올라오는 평범한 줄무늬 파자마를 입고 달빛 속에서 얼굴을 찌푸렸다. 그녀는 엄마의 화장대 위에 있는 향수병 몇개를 만져보았다. 나무 모양의 도자기 반지걸이가 있었다(하지만 반지들은 모두 미국에 있는 엄마의 손가락에 끼워져 엠파이어스테이트빌딩, 그랜드캐니언과 디즈니랜드에 선을 보이고 있었다). 그리고 반지걸이와 짝을 맞춘 도자기 머리핀 접시에 핀 두 개와 깨진 셔츠 단추가 있었다. 분명 사진작가의 소품일 복슬복슬한 강아지 인형을 들고 그걸 찢어발길 생각을 하고 있는 것이 분명한 빅토리아를 찍은 사진도 있었다. 멜러니는 엄마나 좋아할 사진이라고 생각했다. 그녀도 나중에 본때 없는 자식들의 못난 구석을 알아보지 못하게 될까? 오래된 샤넬 향수를 아무 생각 없이 귀 뒤에 톡톡 두드려 바르자 금방 엄마 냄새가 나서 멜러니는 자기가 여전히 멜러니인가 싶어 거울을 흘끗 보았다.

완전히 얼이 빠진 얼굴이었다. 그녀는 밤이라 위로 감아올려 묶은 머리를 풀어헤쳐 등 뒤로 늘어뜨렸다. 머리를 이런저런 모양으로 만들어 얼굴을 덮어보기도 하고, 발레리나처럼 뒤로 끌어모아보기도 하고, 한쪽으로만 넘겨보기도 하다가 트렁크에 보관되어 있는 웨딩드레스가 생각났다.

'나한테 맞을까?'

이런 생각을 하는 내내 그녀는 자신의 모습을 보고 있었다. 그러다가 멍하니 파자마 윗도리 단추를 풀고 모델이나 카바레 댄서 같은 자세를 취해보았다. 엄마의 화장대 거울은 그녀의 거울보다 짧지만 폭은 더 넓었다. 그러는 내내 그녀는 생각하고 있었다. '해도 될까? 안될까?' 서랍을 열자 화장분이 두껍게 들러붙은 페니 동전 하나가 한쪽 구석에 있었다.

"앞면이면 하는 거야." 그녀는 거울에 비친 자기 모습을 보고 말했다. 앞면이었다. 그녀는 숨을 깊게 쉬고 트렁크를 벽에서 끌어당겨 황동 걸쇠를 향해 손을 뻗었다. 묘지 도굴꾼처럼 못된 짓을 하는 기분이었지만, 동전은 떨어지고 주사위는 던져졌다. 뚜껑이 끼익 하고 열렸다. 그 오랜 세월 동안 고이 쌓여 있던 엄청난 박엽지들이 살랑거리며 느릿느릿 일어났고, 공중으로 약간 떠올라 잠시 맴돌며 향기를 뿜었다. 멜러니는 박엽지들을 쓸어냈다.

종이를 덧대어놓은 화관이 제일 먼저 나왔다. 인조 장미 외에도 사진에서는 보지 못한 은방울꽃 가지 몇개에 이슬을 본 딴 진주가 여기저기 붙어 있었다. 장미 꽃잎 몇개가 뒤틀리고 흐트러져 있었고, 한 송이는 다다이즘 전시품처럼 완전히 뭉 개져 있었다. 멜러니는 꽃잎들을 하나하나 정성스레 똑바로 편 다음 화관을 들고 이리저리 돌려보았다. 신부의 화관. 그리 고 침대 위에 올려놓았다.

그녀는 파르나소스산에 모인 크라나흐의 고딕풍 비너스들 모두가 두를 수 있을 만큼 기나긴 면사포를 펼쳤다. 멜러니는 그물에 낚인 고등어처럼 면사포에 갇혔다. 면사포가 그녀를 에워싸며 부풀어올라 눈을 가리고 콧구멍을 막았다. 이리저리 몸을 돌려보았지만 더 뒤엉키기만 했다. 그녀는 한동안 면사 포와 씨름하다 마침내 이겼고, 더는 참을 수가 없어 침대 위에 놓인 화관 옆에 아무렇게나 쌓아놓았다. 이제 드레스를 입어 볼 차례였다.

드레스는 아주 무거웠다. 매끄러운 공단은 닦을 때가 아니 면 응접실 장식장에서 나올 일이 없는 은 찻주전자처럼 윤이 났다. 방 안의 달빛은 그 화려하고 신비로운 주름만을 비추고 있었다. 멜러니는 파자마를 벗어던지고 드레스 안으로 들어갔 다. 몸이 닿자 아주 차가웠다. 드레스는 호스로 천천히 얼음물 을 뿌리는 듯이 오싹하게 몸 위로 미끄러졌고, 그녀는 몸을 떨 며 숨을 멈추었다.

드레스는 너무 컸다. 그녀의 엄마는 한창 통통할 때 결혼했 다. 두 명의 깡마른 멜러니가 그 드레스를 입고 샴쌍둥이 결혼식이라도 올릴 수 있을 정도였다. 멜러니는 샴쌍둥이 한 쌍의 결혼 이야기를 읽은 기억이 났다. 그들은 아주 큰 침대가 필요했겠지. 4인용 침대.

드레스가 너무 커서 그녀는 실망감에 부아가 났다. 흰 공단이 남아돌아 몸이 그 안에서 이리저리 움직였다. 그녀는 앞을 가로막는 옷단을 발로 차며 다시 화장대로 가서 핀을 찾아 꽂았다. 하지만 거울을 보고는 드레스가 크건 말건 그게 문제가 아니라는 걸 알았다.

엘리자베스 시대 처녀들의 드레스처럼 젖가슴 끝을 스쳐지나가는 드레스가 위로 쏘아올리는 미광에 비쳐 치렁치렁 늘어진 검은 머리 아래 그녀의 얼굴이 창백하고 거룩해 보였다. 그녀는 호리호리함을 묘하게 돋보이게 하고 가지 촛대처럼 자신을 밝혀주는 풍성한 드레스 안에서 움직였다. 그녀는 자기가 면사포를 잘 다루지 못하리라는 걸 알면서도 화관을 집어 머리에 똑바로 썼다. 작은 진주알들이 눈알처럼, 아니 흔히 말하듯 물고기 눈물처럼 반짝였다. 엄마의 진주는 가짜였지만 그래도 빛이 났다.

'내가 이렇게 아름답단 말야?' 멜러니는 진주와 꽃을 머리에 쓴 채 깜짝 놀랐다.

그녀는 엄마의 옷장을 열고 긴 거울에 비친 자기 모습을 자세히 살폈다. 여전히 아름다웠다. 혹시 달라 보일까 싶어 자기 방으로 돌아가 자기 거울에도 비춰보았지만 역시나 아름다웠다. 달빛, 흰 공단, 장미. 그리고 신부. 누구의 신부일까? 하지만 오늘밤, 자신이 만족스러워 우쭐한 그녀에게 신랑 같은 건 필요없었다.

"나 좀 봐!" 그녀는 그윽한 시골 밤에 평온한 과일을 살찌우고 있는 사과나무에게 말했다.

"나 좀 보라니까!" 그녀는 아이들이 생각하는 대로 둥글고 즐거운 얼굴로 미소짓고 있는 호박 같은 달에게 뜨겁게 외쳤다.

풀내음 나는 상쾌한 산들바람이 열린 창으로 불어와 그녀의 목을 쓰다듬자 머리칼이 살랑거렸다. 달 아래 시골은 마법에 걸린 이국의 땅처럼 펼쳐져 있었다. 씨가 뿌려지지도 수확되지도 않는 동양의 불멸의 밀이 자라는, 사람의 발길이 닿지 않은, 사람의 손길이 닿지 않은 미지의 땅. 처녀.

'정원으로 나가야겠어. 밤 속으로.'

치맛자락을 그러쥐고 급히 계단을 내려가다, 이런, 삐걱거리는 소리가 났다. 그녀는 숨을 죽이고 현관문 빗장을 잡아당기다가 손톱을 다쳤다. 조용히, 살살, 안 그러면 런들 부인이 밤에 좀도둑들을 처치하려고 침대 옆에 두는 부지깽이를 휘두르면서 내려올 거야. 밤. 멜러니가 밤 속으로 들어가자 이내 밤은 그 검은 두 손가락으로 낮의 그녀를 눌러 꺼뜨렸다.

정원의 꽃들은 한밤중의 뜻밖의 달콤함에 싸여 찻잔 모양으로 피어 있고, 풀은 침묵이 짙어진 작은 목소리로 잔물결을 일으키며 중얼거렸다. 정적은 세상의 끝과도 같았다. 그녀는 혼자였다. 흰 공단을 껍질처럼 뒤집어쓴 그녀는 최후의, 단 하나뿐인 여자였다. 깊고 파랗고 높은 하늘의 궁륭 아래 그녀는 회

열에 싸여 파르르 떨었다.

저토록 둥근 달이라니. 나무들은 꿈꾸는 새들을 가득 싣고 있었고, 이슬 맺힌 풀이 작고 다정한 짐승의 촉촉한 혀처럼 그녀의 발을 핥았다. 풀은 낮보다 더 길어지고 더 찰싹 달라붙는 것 같았다. 드레스가 뒤에서 끌리면서 그녀가 지나가는 자리에 반짝이는 흔적을 남겼다. 고요한 공기는 불가사의할 만큼 맑았다. 그림자가 진 나뭇가지와 꽃들은 마치 물에 비친 것처럼 어둑하면서도 또렷하게 서 있었다. 그녀는 느리고 조용한 발걸음으로 물속 같은 밤을 걸었다. 바르르 떨며 입으로 들이마시는 공기는 흑포도주 맛이 났다.

라일락 덤불이 꿈틀거렸다. 작은 털북숭이 밤짐승이 그녀 앞을 황급히 가로질러 잘린 풀더미 속으로 부스럭거리며 사라졌다. 그게 뭐든, 그 짐승은 바람에 날리는 나뭇잎들과 마찬가지로 형체가 없는 것이었다.

"밤이 이런 건 줄은 정말 몰랐어." 멜러니는 작은 목소리로 중얼거렸다.

그녀는 황홀경에 빠져 몸을 떨었다. 왜? 어떻게? 자신을 잊은 그녀는 그 답을 알지 못했고 신경쓰지도 않았다. 겹겹이 쌓인 구름이 높이 솟아 하늘로 녹아들었고 여기저기에서 별이 빛났다. 오로지 이 정원뿐인 세상은 하늘만큼 텅 비어 있고, 영원처럼 끝이 없었다.

초등학교 때 성경수업에서 선생님이 영원에 대해 설명한 적이 있다. 혀 짧은 소리를 내고 안경을 끼고 레몬비누 냄새가 났던 브라운 선생님은 아이들의 질문에 분필을 빙빙 돌리면서 영원에 대해 거창하게 얘기했다. 그녀가 말하기를, 영원이란 계속되고 계속되고 계속되는 공간 안에 신이 있는 것과 같다고 했다. 일곱살의 멜러니는 그 신이 건포도 푸딩 속의 6펜스 은화 같은 거라고 생각했다.(영국에는 크리스마스 푸딩 속에 은화 하나를 넣어놓고 그것을 발견하는 사람에게 행운이 찾아온다고 믿는 풍습이 있다―옮긴이) 건포도의 은하계에 떠밀리며 외로이 다른 6펜스 은화 친구를 기다리는 신. 일곱살의 멜러니는 신은 정말 외롭겠다고 생각했다. 그리고 열다섯살이 된 멜러니는 엉뚱한 드레스를 입고 광대한 하늘을 바라보며 영원 속에 잠겨 서 있었다.

그건 드레스만큼이나 멜러니에게 버거운 일이었다. 그걸 감당하기엔 그녀는 너무 어렸다. 외로움이 그녀의 목을 죄었고 갑자기 그녀는 견딜 수 없었다. 그녀는 공포에 질렸다. 정원에 들이닥친 이 이질적인 외로움과 공포에 길을 잃었고, 흑포도주에 취한 듯 그걸 막을 힘이 없었다.

그녀는 훌쩍이며 갑자기 뛰다가 치마에 감겨 비틀거렸다. 너무 버겁고, 너무 급작스러웠다. 현관문으로 돌아가 폐쇄되고 아늑한 실내의 어둠속으로, 인간의 냄새로 돌아가야 했다. 나뭇가지들이 그녀의 머리칼을 쥐어뜯고 얼굴을 때리며 위협했다. 풀은 저절로 엮여 덫처럼 그녀의 발목을 휘감았다. 멜러니가 두려움을 품자 정원은 그녀의 적이 되었다.

하얀 현관 계단은 성역이었다. 그녀는 그곳에 푹 주저앉았다. 런들 부인은 그 계단을 일주일에 한번씩 못생기고 굳은살이 박였지만 친근한 손으로 북북 문질러 때를 벗겨내고 하루에 한번씩 쓸었다. 멜러니가 맥박이 쿵쿵 뛰는 뺨을 차가운 돌에 대자 세척 가루가 카스트 제도의 표식처럼 얼굴에 묻었다. 하지만 문은 닫혀 있었다. 그녀가 나올 때 뒤에서 저절로 닫힌 것이다. 멜러니는 열쇠가 없었다. 밖에 갇히고 말았다. 스스로를 밖에 가둬버렸다.

문을 열고 들어갈 수 없다는 걸 깨닫고 그녀는 거의 절망했다. 게다가 자갈길에 발을 베였다. 뛰어올 때는 몰랐지만 지금은 발에 멍이 들고 피가 나는 것이 보이고, 드레스 옷단에 묻은 작은 피 얼룩들이 달빛을 받아 거뭇하게 보였다. 하지만 무엇보다 나쁜 일은 안으로 들어가지 못하고 집 밖에 앉아 있다는 것이었다. 그녀는 위안 삼아 돌을 움켜쥐었다.

'힘을 내야 해. 이젠 어떡하지?'

방 창문을 열어놓고 나왔다. 사과나무를 타고 올라가면 방으로 기어들어가 바깥의 광대한 영원의 사막에 대고 창을 쾅 닫아버릴 수 있을 터였다. 그러자면 피난처인 계단에서 나가 또다시 모험을 떠나야 했다. 사과나무를 타느냐 아니면 아침까지 기다리느냐. 런들 부인이 아침식사를 준비하러 내려올 그때까지. 그러면 런들 부인에게 어쩌다가 엄마의 웨딩드레스를 입고 밤새도록 집 밖에 있었는지 해명해야겠지.

그녀는 여덟살 때 사과나무를 탔고 열두살 때 또 한번 그랬다. 지금은 열다섯인데? 하지만 사과나무밖에는 뾰족한 수가 없으니 집 뒤로 돌아가야 했다. 거기에 무엇이 숨어 있든. 무슨 괴물이 있든. 밤과 똑같은 물질로 된 살을 지니고 부드러운 입을 쩍 벌린, 큼직하고 고요한 무엇이 기다리고 있든.

그녀는 그것들이 그곳에서 자기가 발에 걸려 넘어지기를 기다리고 있다는 걸 알았다. 그것들은 그녀에게는 보이지 않는 흐릿한 공간에서 움직였다. 그녀는 혹시라도 그것들을 볼까봐 앞만 똑바로 보려 애썼다. 그녀는 최대한 집 가까이 붙어서 무작정 화단을 지났다. 집이 그나마 보호자가 되어주었다. 귓속에서 피가 요동쳤다. 어쩌면 주위의 괴물들이 소란스럽게 숨을 쉬는 소리일지도 몰랐다. 이런 고요한 밤에는 영화나 만화책이나 악몽에 나오는 아무리 기이한 공포라도 다 믿을 수 있을 것 같았다.

'바보처럼 굴지 마, 거긴 아무것도 없어. 아무것도.' 그녀는 속으로 중얼거렸다. 하지만 '아무것도'라는 말이 머릿속에서 뗑뗑거리며 울렸고 그녀는 그 메아리가 무서웠다. 두려움 속에서 그녀는 드디어 그녀의 계단이자 그녀의 친구인, 옹이투성이 늙은 가지에 열매를 빽빽이 매단 그녀의 나무에 도착했다. 하지만 그녀가 정말 겁에 질린 오늘밤은 그 열매마저 불길한 독사과처럼 보였다. 놀이 친구인 나무마저 그녀에게 등을 돌린 듯 전혀 위안이 되지 않았다.

나무를 타던 시절이라면 오르는 데 몇분 안 걸렸을 것이다. 하지만 머리를 기르기 시작하고 여름방학 때 매일같이 반바지 입는 걸 그만두면서 나무타기도 그만두었다. 월경을 시작한 열세살 때부터 그녀는 스스로를 잉태한 기분이었다. 정확히 알지 못하는 임신기간 동안 자기 안에서 천천히 자라고 있는 어른 멜러니의 태아를 배고 있는 듯했다. 그러니 이 기간 동안 나무를 오르다가는 유산을 할 수도 있을 테고, 그러면 그녀는 평생 어린시절에 갇혀서 짧은 머리 말괄량이로 남을지도 몰랐다. 하지만 발등에 불이 떨어졌는데 어떡하랴.

'그나저나 드레스를 입고 어떻게 나무를 오르지?'

손발 디딜 곳을 찾느라 낑낑대다보면 긴 공단은 돌이킬 수 없이 찢기고 뒤엉킬 것이다. 그러면 나뭇가지에 걸려 올라가지도 내려가지도 못할 테고. 아침에 사람들이 농장에서 사다리와 밧줄을 가져와 그녀를 구해주는 수밖에 없을 것이다. 죽었든 살았든. 아니, 바보 같은 생각이야. 살겠지. 살아서 그 모든 수치를 겪게 되겠지. 그러니 그녀는 위험천만한 사기꾼 같은 밤에 드레스를 벗고 알몸으로 나무를 올라야 했다. 별 수 없었다.

낮은 가지 하나에 검은색이 더 짙은 곳이 보였다. 그녀의 지나친 상상 속 괴물과도 같은 그 똘똘 뭉친 어둠이 살짝 꿈틀거렸다. 목 안에서 비명이 막 치밀어오르는 참이었다. 녹색 눈이 번뜩이더니 그 검은 것이 야옹 하고 울었다. 그녀는 마음이 놓여 고개를 저었다. 런들 부인의 고양이였다. 그녀에게 동행이 생겼다. 귀를 쓰다듬자 고양이는 몸을 떨며 길든 짐승답게 가르랑거렸다. 뜻밖의 그 소리에 마음이 든든해졌다. 누군가 그녀에게 작은 등불을 준 것만 같았다. 고양이가 계속 가르랑거려만 준다면, 멜러니는 드레스를 벗을 용기가 있었다. 여름의

막바지로 접어들어 밤이 차가워지는 터라 그녀는 머리를 내려뜨려 온기를 더했다.

그녀는 드레스를 한데 뭉쳐 나뭇가지가 갈라진 곳에 찔러넣었다. 드레스를 가지고 올라가서 다시 트렁크에 넣어두면 옷단에 묻은 피를 보지 않는 한 그 옷을 누군가 입었다는 걸 아무도 모를 테고, 피도 조금밖에 없었다. 고양이가 고개를 갸웃거리면서 번뜩이는 눈으로 옷뭉치를 노려보았다. 그러더니 발을 쭉 뻗어 드레스를 만졌다. 발끝에는 갈고리 같은 교활한 발톱이 달려 있었다. 무자비한 발짓이었다. 천이 죽 찢어지는 소리가 났다.

"세상에." 고양이는 드레스를 기다랗게 찢어놓았다. 멜러니가 주먹을 휘두르자 고양이는 나무에서 껑충 뛰어 잔디밭으로 내려서더니 사라져버렸다. 그녀는 또 혼자가 되었고, 달은 하늘을 미끄러져 내려가기 시작했다. 곧 달이 지고 완전한 어둠이 그녀를 지워버릴 터였다. 그녀는 기도했다. '하느님, 제발 제가 침대로 무사히 돌아갈 수 있게 해주세요.' 그러고는 손가락을 꼬아 행운을 빌었다.

그녀는 자신의 알몸을 끔찍하리만치 의식했다. 마치 살갗마저 완전히 벗겨내고 뼈만 남은 철저한 알몸이 된 것처럼, 그 노출은 낯설고 또 근원적이었다. 그녀는 손가락의 살을 보고는 깜짝 놀랐다. 손이 장갑처럼 벗겨지고 뼈만 남은 것 같았다.

그녀가 시험 삼아 나뭇가지 하나를 흔들자 그녀 주위로 사과가 우두둑 떨어졌다. 하지만 나뭇가지는 그녀를 지탱할 만큼 강했다. 그녀는 숨을 깊이 들이쉬고 몸을 위로 휙 날렸다. 옹이투성이 큰 가지들 속으로 몸을 던지자 나무껍질에 정강이와 허벅지와 배가 긁혀 자국이 깊게 파였다.

그녀는 손과 발을 내디딜 곳을 찾느라 매번 힘들게 몸부림쳐야 했다. 어쩌다 믿고 발을 디딘 가지 하나가 소리를 내며 부러지자 그녀는 땅과 하늘 사이에 늘어진 채 두 손으로 괴롭게 매달렸고, 맥없는 이파리들과 그림자뿐인 세상에서 안전하고 단단한 것을 찾아 무턱대고 발길질을 했다. 그녀가 움직이자 사과가 쉴새없이 떨어졌고, 가죽처럼 질긴 손으로 그녀의 두 눈과 헐떡이는 입을 마구 찔러대는 이파리들 사이로 이지러진 달이 깜박였다. 낯선 세상에서 그녀는 숨을 헐떡이며 힘겹게 싸웠다. 잔가지들이 뺨과 부드러운 젖가슴을 할퀴었다. 마치 나무와 씨름을 하는 것 같았다. 땀이 흘렀다. 그리고 그녀의 뒤에는 크리스천(『천로역정』의 주인공—옮긴이)이 순례길에 지고 간 무거운 짐처럼 드레스가 질질 끌리고 있었다.

얼마나 오래 발버둥쳤는지 모르지만 드디어 그녀의 머리 위로 창틀이, 약속의 땅이 보였다. 하지만 그것은 나무 꼭대기의 단단한 가지보다도 꽤 높이 있어서 그녀는 위험을 무릅쓰고 어떻게든 자신과 드레스를 그 위로 던져올려야 했다. 천만다행으로 창문은 곰돌이 에드워드와 『로나 둔』과 은빛을 향해 활짝 열려 있었다. 그녀는 몸을 흔들고, 마음을 다잡고, 입술을 깨물며 거품 같은 이파리들 속에서 몸을 일으켰다.

어지럽고 떨려서 두 번이나 나무에서 야박한 땅으로 떨어질 뻔한 후에 멜러니는 드레스를 휙 던져올렸다. 드레스가 펼쳐지며 그녀의 얼굴에 흰 날개를 퍼덕거렸고, 거대한 새처럼 창틀에 앉아 한순간 떨다가 앞으로 고꾸라져 시야에서 사라졌다. 그리고 그녀도 드레스를 따라 몸을 힘껏 위로 던졌고, 방안으로 떨어지며 얼굴을 바닥에 찧었다.

멍이 들고 지저분한 몰골에 여기저기 베인 상처에서 피가 났다. 그녀는 크림색 인도산 융단에 누워, 마침내 단단한 바닥이 주는 안도감에 훌쩍였다. 일어설 수 있게 되자 그녀는 창으로 절뚝절뚝 걸어가서 달에 대고 종주먹을 흔들었다. 그리고는 곰돌이 에드워드를 움켜쥐고 담요 밑으로 침대 한복판까지 파고들어가 곧장 잠들었다.

아침에 멜러니는 갈가리 찢긴 드레스를 보았다.

드레스를 펼쳤다. 드레스는 좁은 침대를 덮긴 했지만 누더기였다. 고양이가 시작한 일을 나무가 완성한 것이다. 치마 부분은 세 조각으로 찢어져 늘어졌고, 긁혀서 너덜너덜해진 소매는 겨우 실 몇가닥으로 몸통에 매달려 있었다. 게다가 나무에서 묻은 녹색과 그녀의 붉은 피로 더럽게 줄무늬가 져 있었다. 생각보다 피를 많이 흘린 것이다. 그녀는 두려움에 몸이 굳은 채 드레스를 만지작거렸다.

그럼 화관은? 화관을 깜박했다. 나무를 오를 때 분명 머리에 계속 쓰고 있었다. 하지만 방 안 어디에도 없었다. 그녀는 창가로 갔다. 화관은 맨 꼭대기 가지에 걸려 있었는데, 너무 높아 닿지 않을 것 같았다. 꼭 흰 새집 같았다. 진주알들이 밝은 아침 햇빛을 받아 반짝였다. 소방대가 달려오지 않는 한 화관은 거기 그렇게 계속 있을 수밖에 없었다.

토스트와 베이컨 냄새가 부엌에서 올라왔다. 삶은 계속되었다.

"이런 바보!" 멜러니는 거울에 비친 자신에게 매몰차게 말했다.

머리에는 사과나무 이파리들이 묻어 있었다. 그녀는 머리를 빗어 이파리들을 바닥으로 털어내면서 화를 못 이기고 긴 머리카락을 세게 홱 비틀었다. 고통을 느끼니 기분이 좀 풀렸다. 그녀는 벌을 받았고 치욕을 당했다. 그토록 참담하게 끝나버린 달빛 모험을 곧 실토해야 할 어리석은 아이.

멜러니는 엉망이 된 드레스를 장롱으로 도로 가져가, 수북한 박엽지 밑에 아무렇게나 쑤셔넣고 꾹 눌렀다. 엄마가 집에 오시면 엄마한테만 몰래 얘기해야지. 그때까진 아무도 화관을 못 볼 거야. 화관은 나무 아주 높은 곳에 걸려 있었고, 런들 부인은 근시이고 조너선은 장님이나 마찬가지고 빅토리아는 위를 올려다보는 법이 없었다.

"언니 베이컨 좀 먹어도 돼?" 빅토리아가 물었다. 그리고 조너선은 그녀의 토스트를 먹었다. 멜러니는 뱃속에 무겁게 가라앉은 죄책감과 수치심 때문에 먹을 수가 없었다. 식사가 끝나자 그녀는 방으로 가서 공부로 속죄를 하려는 듯이 교과서들을 꺼냈다. 여름 내내 거들떠도 보지 않던 『로나 둔』을 읽으며 세세하게 필기를 했다.

런들 부인과 빅토리아는 잡화점에 갔고 조너선도 새로운 조립용품을 사러 같이 갔다. 텅 빈 집이 멜러니를 에워싸고 윙윙거렸다. 그녀는 집 안 가득한 빈 방들의 기묘한 부재를 느꼈고, 어쩌다 쿵쿵거리는 소리나 삐걱거리는 소리가 들리면 목덜미에 경련이 일었다. 햇살 좋은 아침이었고, 나무에 달린 사과들은 싱그럽게 반짝였다. 하루에 사과 하나를 먹으면 병원에 갈 일이 없다. 말벌들은 나무 밑동에 떨어진 과일 속으로 파고드느라 벌써부터 분주할 것이다. 그녀는 말벌을 싫어했다. 말벌이 창 밑에서 배를 불리고 있다는 생각을 하면 견딜 수가 없었다.

열한시 반, 한창 졸리는 무더운 아침에, 문 두드리는 소리가 무시무시하게 들렸다. 너무 크고 갑작스러운 소리에 펜글씨가 흔들려 공책에 얼룩이 생겼다. 그녀는 아래층으로 내려갔다. 런들 부인의 고양이가 복도에서 굼뜨게 움직이며 파리들을 쫓고 있었다. 그녀가 저지른 어리석은 짓의 목격자. 지난밤의 파국에 고양이도 어느정도 책임이 있었다. 지나가면서 고양이를 발로 차자 고양이가 그녀에게 으르렁거렸다.

문간에는 손에 전보를 든 배달원이 있었다. 그녀는 그를 보자마자 마치 전보가 그의 이마에 찍혀 있기나 한 듯 그 내용을 알아챘다. 아침은 순식간에 캄캄해졌다. 다시 아침으로 돌아왔을 때, 배달원은 여전히 서서 팁을 기다리고 있었다. 멜러니에게는 한푼도 없었지만 다행히 우윳값을 계산하고 남은 6펜스가 거실 탁자에 있었다. 고양이는 세번째 계단에 앉아 눈을 깜박였다. 배달원이 떠났다. 그의 오토바이 엔진 소리가 멀리 들렸다.

"내 잘못이야." 그녀는 고양이에게 말했다. 그녀의 목소리는 수초처럼 흔들렸다. "내 잘못이야, 내가 엄마 드레스를 입어서 이렇게 된 거야. 내가 엄마 드레스를 망치지 않았으면 아무 일도 없었을 거야. 아, 엄마!"

위장이 조여왔다. 멜러니는 화장실로 올라가 속을 게워냈다. 그녀는 전보를 펼쳐보지 않고 계속 손에 꽉 쥐고 있었다. 전보를 보고는 또 구토를 했다. 그녀는 자기 방으로 들어갔다. 거울 속의 자신, 흰 얼굴, 검은 머리를 보았다. 엄마를 죽인 아이. 그녀는 빗을 집어 거울에 비친 자기 얼굴을 향해 던졌다. 거울은 산산조각났다. 거울 뒤에는 옷장의 맨나무만 있었다.

그녀는 맥이 풀렸다. 여전히 거울을, 거울 속에 비친 방을 보고 싶었지만 자신은 사라지고 깨져버렸다. 그녀는 깨진 유리를 넘어 창문으로 가서 나무에 걸린 신부 화관을 보았다.

"저걸 집어서 치워버려야지. 그래야 돼. 그럼 엄마가 돌아올 거야."

하지만 그녀는 창틀에 올라가면 보나마나 떨어지리라는 걸 알았다. 또, 죽은 사람이 어떻게 돌아온단 말인가?

"아, 엄마!"

그녀는 부모님 방으로 가서 결혼식 날의 그들을 보았다. 웨딩드레스가 사라지고, 여인이 사라지고, 신부보다 약간 뒤에 수줍게 서서 햇빛에 부신 눈을 가늘게 뜬 남자도 사라졌다.

"아, 엄마! 아, 아빠!"

멜러니의 얼굴에 눈물이 흘러내리기 시작했다. 그녀는 전보를 이로 물고 액자에서 사진을 조심스레 꺼낸 다음, 사진을 갈기갈기 찢어 눈송이 같은 그 조각들을 난로 속에 집어던졌다. 그러고는 액자를 산산조각내버렸다. 그런 다음 방 안을 부수기 시작했다.

그녀는 거친 손놀림으로 서랍과 장롱을 열고 내용물을 뒤엎어 망가뜨렸다. 화장품과 향수가 든 상자와 병을 파헤쳐 자기 몸과 가구와 벽에 덕지덕지 발랐다. 침대에서 매트리스와 베개를 끌어내, 스프링이 매트리스 커버를 뚫고 튕겨오르고 베개가 터져 오리털이 미세한 안개처럼 뿌옇게 날릴 때까지 발로 찼다. 여전히 그녀의 이에 단단히 물린 전보는 침에 젖어 점점 거무스레해지고 있었다. 그녀는 아무것도 보지도 듣지도 않은 채 자동기계처럼 마구 부숴댔다. 눈물과 기름기 때문에 깃털이 뺨에 들러붙었다.

런들 부인이 빅토리아와 함께 집에 돌아왔다. 더운 날씨여서 두 사람은 아이스크림콘을 먹고 있었다. 런들 부인은 껍질을 벗겨놓은 감자를 삶고 식탁을 차렸다. 조너선은 새 상자를 품에 안고 집에 왔다. 커티싸크 호 조립용품을 산 것이다. 안경 뒤에서 그의 눈이 흥분으로 빛나고 있었다.

"저녁 준비 거의 다 됐다, 조너선." 런들 부인이 기분 좋게 말했다.

그는 고분고분 식탁에 앉아 무릎 위에 상자를 올려놓았다.

소중한 물건이니 손에서 놓지 않을 작정이었다. 빅토리아는 가게에서 받아온 종이봉투를 가지고 놀았다. 식사가 나오고 두 아이는 먹기 시작했다. 런들 부인은 멜러니가 어디 있는지 궁금해졌다. 아침을 안 먹었으니 저녁은 먹어야 할 텐데. 조녀선과 빅토리아는 걸신들린 듯 먹었다. 런들 부인은 그들을 방해하고 싶지 않았다.

"멜러니!" 런들 부인은 계단 아래에서 멜러니를 불렀다.

대답이 없었다.

애가 방에서 책을 읽다 잠들었나? 조금 씩씩거리며 계단을 오른 런들 부인은 텅 빈 방에 온통 깨진 거울 조각들이 바닥에 흩어져 있는 것을 보았다. 그녀는 그 광경에 한숨을 내쉬고는 중얼거렸다.

"어쩌다 거울을 깨놓고 무서워서 숨은 모양이군."

소리죽여 서글프게 우는 소리가 층계참에서 들려왔다. 깜짝 놀란 그녀는 뜻밖의 그 소리를 따라가보았다. 멜러니가 찢어진 잠옷 더미 위에 앉아 있었다. 깨진 병 조각에서 나는 샤넬 넘버파이브의 냄새에 숨이 막힐 지경이었다. 멜러니는 일그러진 얼굴로 앉아 있었다. 립스틱과 마스카라가 뒤범벅된 얼굴은 진홍색과 검은색으로 된 가면 같았고, 벌어진 입에서는 소리없는 절망이 흘러나오고 있었다. 런들 부인은 살면서 많은 일을 겪은 덕에 어려운 일에도 잘 대처했다.

그녀는 멜러니의 뜨겁고 경직된 손가락을 억지로 펴서 전보를 빼앗았다. 멜러니는 런들 부인을 전혀 신경쓰지 않았다. 런들 부인은 앞치마 주머니에서 독서용 안경을 꺼내 닦은 다음 전보를 읽었다. 그녀는 고개를 천천히 가로저었다. 그녀가 멜러니를 두 팔로 안았지만 멜러니는 나무토막처럼 뻣뻣한 몸으로 서글프게 울기만 했다. 그래서 부인은 멜러니를 혼자 남겨두고 터벅터벅 아래층으로 내려갔다.

"조녀선, 가서 의사선생님 좀 불러오렴. 누나가 몸이 안 좋아."

"아직 푸딩을 안 먹었잖아요." 조녀선은 당당하게 말했다.

"오븐에 넣어서 데워놓으마."

"난 지금 먹고 싶어!" 빅토리아가 오늘 간식이 애플파이라는 걸 알고 시끄럽게 소리를 질렀다. 런들 부인은 그녀에게 파이를 두툼하게 한 조각 잘라주고 커스터드 쏘스를 부어주었다. 먹을 수 있을 때 먹어두는 게 좋겠지. 런들 부인은 마치 장례식장에서 고기를 먹듯 천천히 파이를 씹었다. 뱃속이 든든하면 힘든 때 도움이 된다는 걸 그녀는 경험으로 알고 있었다. 그런 다음 고양이에게 고기 육수를 얹은 감자를 한 접시 주면서 말했다.

"너랑 난 이제 새 집을 찾아야겠구나, 야옹아." 고양이는 가르랑거리고 꼬리를 흔들며 먹었다.

2

멜러니는 안정제에 취해 시간도 기억도 없고 꿈밖에 없는 바다에서 눈도 귀도 막힌 물고기처럼 헤엄쳤다. 여름이 가을로 바뀐 뒤에야 그녀는 수면으로 떠올라 침대에 핼쑥하게 누워 지난 일을 떠올렸다. 기운을 어느정도 차리자 그녀는 어느 이른 아침 밖으로 나가 사과나무 밑에 웨딩드레스를 반듯하게 묻었다. 마치 자신의 심장을 묻은 것처럼 가슴이 휑했다. 그래도 그녀는 이제 움직이고 말할 수 있었다.

"네가 동생들한테 엄마 노릇을 해줘야 한다." 런들 부인이 말했다. 부인은 그들의 코트에, 빅토리아 것까지 팔에 검은 띠를 꿰매어 달았다. 부인은 이미 검은 코트를 가지고 있었다. 언제 닥칠지 모를 죽음에 항상 준비가 되어 있었기 때문이다. 장례를 치를 유해가 집으로 오지 않을 거라는 사실에 그녀는 낙담하고 기분이 상했다. 유해라고 할 만한 게 없다고 했다. 그래도 그렇지.

멜러니는 북아메리카 인디언처럼 머리를 빳빳하게 땋아내리기 시작했다. 머리칼을 너무 세게 잡아당기는 바람에 살갗이 팽팽해진 나머지 뒤통수의 흰 가르마가 갈라져 뇌수가 삐져나올 것처럼 아팠다. 그건 속죄였다. 그녀는 땋은 머리의 뾰족한 끝을 씹으며 부엌의 의자 다리 하나를 발로 찼다. 복도 쪽으로 열린 문으로 경매인들이 중얼거리는 소리가 들려왔다.

물건이란 물건은 죄다 팔아넘겨야 했다. 남은 돈이 없었다. 아빠는 언제든 더 많이 벌 수 있을 거라 생각해서 한푼도 저축하지 않았다. 아이들은 진공상태 속에서 하루하루 살아갔다. 아직은 먹을 음식이 있고 런들 부인도 있었다. 그녀는 확고한 하나의 점이었다. 이제 멜러니는 그녀 옆에 붙어서 집안일을 도왔다. 혼자 있는 게 싫었다. 거울은 깨졌고, 그녀는 이를 닦을 때나 거실 탁자를 지날 때 자기 얼굴이 언뜻언뜻 보이는 게 싫었다. 하지만 아이들을 품고 있는 런들 부인은 새 직장을 찾고 있었고 집도 가구도 그들 손을 떠나 팔릴 참이었다.

"엄마 노릇." 멜러니는 그 말을 되뇌었다. 그녀는 조너선과 빅토리아에게 엄마가 되어주어야 한다. 아직 조너선과 빅토리아가 엄마의 빈자리를 느끼는 것 같지는 않았다. 그들은 자기만의 세계가 있었다. 조너선은 새 모형을 만드는 데 박차를 가했다. 빅토리아는 햇살 속에서 티끌을 쫓아다니며 시냇물처럼 재잘거렸다. 부모님 얘기를 하지도 않았고 지금과 같은 생활이 끝나가고 있다는 것도 모르는 듯했다. 빅토리아는 너무 어렸고, 조녀선은 다른 일에 정신이 팔려 있었다. 집을 살 마음이 있는 사람들이 집을 보러 오는 일이 점점 더 잦아졌는데, 그럴 때면 아이들은 그들이 갈 때까지 거치적거리지 않게 비켜 있었다.

"다 내가 질 짐이야." 멜러니는 스스로에게 말했다.

런들 부인은 무릎양말을 떴다. 조녀선에게 줄 이별 선물이었다. 이제 발뒤꿈치로 넘어가고 있었다.

"변호사들이, 나더러 너희들한테 말해주라더구나. 내가 가까우니까. 그래서 적당한 때를 기다리고 있었단다."

"무슨 일인데요?"

"너희들은 필립 외삼촌한테 갈 거란다."

멜러니의 눈이 휘둥그레졌다.

"필립 외삼촌이 셋을 다 맡을 거야. 가족은 떨어져 살면 안 되니까." 그녀는 들으란 듯이 콧방귀를 꿰었다.

"하지만 우린 외삼촌이랑 전혀 안 친해요. 엄마의 유일한 남자형제인데 사이가 별로 안 좋았어요." 멜러니는 아주 오래전에 우연히 들었던 이야기에서 그 이름을 떠올렸다. "성이 플라워였어요. 엄마는 플라워 양이었죠."

"변호사 말로는 그 양반은 완벽한 신사라더구나."

"어디 사는데요?"

"런던에, 거기서 쭉 산 모양이야."

"그럼 우린 런던으로 가겠네요."

"그게 좋을 거야, 너희들도 크고 있으니. 런던 전부가 좋을 거다. 극장도, 춤도." 그녀는 잡지와 소설에서 읽은 것들을 생각해냈다. "또 밤 모임도."

"외삼촌은 무슨 일을 한대요? 예전엔 장난감을 만들었는데."

"지금도 그렇다는구나. 결혼도 했고. 거기 가면 아주머니가 돌봐줄 거야."

"결혼한 줄 몰랐어요."

"요즘 사람들은 가족간에 그렇게 연락을 끊고 산다니까!" 런들 부인은 못마땅한 듯 말했다. "네 외삼촌의 아내를 모르다니! 어쨌거나 네 외숙모잖니!" 쇠로 된 그녀의 바늘이 번쩍였다.

"완전히 생소하고 낯설겠죠."

"사는 게 다 그렇단다. 너희들 모두 보고 싶을 거다. 작은 소녀로 크고 있는 아기 생각이 많이 날 거야. 숙녀가 되어가고 있는 너도."

멜러니가 고개를 숙이자 땋은 머리가 얼굴 위로 흔들렸다.

"저희한테 참 잘해주셨어요."

"짐 싸는 걸 도와주마. 암, 그래야지."

"언제," 멜러니는 숨을 꿀꺽 삼켰다. "저희는 언제 가죠?"

"곧."

10월, 빛이 산뜻하고 짙은, 상쾌하면서도 안개가 자욱한 황금빛 10월. 그들은 계단에 서서 팔에 검은 띠를 두르고 여행가방을 든 채 택시를 기다리고 있었다. 운 좋게 건져낸 물건 몇개를 꼭 움켜쥐고, 자신의 몸을 내맡겨야 할 거친 바다를 절망스럽게 노려보는 비참한 난파선의 승객들처럼.

'이 집을 다신 못 보겠지.' 멜러니는 생각했다. 옛집에 작별을 고하는 엄청난 순간이었다. 너무 엄청나서 이해가 안되고 막연히 서운할 뿐이었다. 여태 사과나무에 걸려 있는 장미 화관은 비바람에 많이 시달려 색이 바랬다.

런들 부인은 아이들에게 차례로 축축하게 입을 맞추었다. 그녀도 그날 집을 떠날 참이었다. 그녀는 멋진 검은색 코트를 입고, 깔끔하게 꿰맨 천 장갑을 끼고, 질기고 편한 끈 달린 신발을 신었다. 고양이는 트렁크 옆 바구니 안에서 잠들어 있었다. 런들 부인의 새 주인이 차를 가져와 고양이를 태워갈 것이었다. 그들의 인연은 끝났다. 그녀는 다른 집에서 다른 사람들과 살 터였다.

"아 참, 학교." 멜러니가 불쑥 말했다. 트렁크를 보자 생각이 났다. 멜러니는 학교를 미처 생각하지 못했다. 그녀와 조너선은 다시 학교에 나가야 하고, 빅토리아는 남들처럼 이번 학기에 초등·유아반을 시작해야 했다.

"필립 외삼촌이 알아서 다 해주실 거야. 가는 동안 동생들 잘 챙기고, 기차에서 먹을 과자랑 만화책도 사주렴." 런들 부인이 말했다. 그녀는 고래 등처럼 불룩한 검은색 모조가죽 핸드백을 열고 아스피린 병과 낱개로 흩어져 있는 머리핀과 박하사탕 통 사이를 헤적였다. "이거 받아라." 작별 선물인 1파운드짜리 지폐 한 장이었다.

그때 택시가 왔다. 택시 운전기사, 기차역의 검표원, 플랫폼에 서 있는 다른 승객들, 그들은 아이들의 남다른 사정을 알아챘을까? 까만 띠를 보고는 안다는 듯이 애처롭게 고개를 끄덕이고 격려와 연민의 미소를 지었던가? 멜러니는 그렇게 생각했고, 처음으로 느낀 동정의 기운에 몸이 얼어붙는 듯해 애써 침착하게 행동할 힘을 그러모았다.

엄마 노릇.

'내가 책임을 져야 해. 이젠 내 멋대로 하면 안돼.'

기차 안에 자리를 잡고 앉으며 멜러니는 생각했다. 빅토리아는 밑에 뭐가 있나 보려고 좌석 쿠션을 들어올리고, 조너선은 범선 조립도를 자세히 살피고 있었다.

비참함을 가득 담은 새까만 양동이가 멜러니의 머리 위로 부어졌다. 그녀는 이제 막 눈뜨기 시작한 섬세한 자신의 일부가 죽어버렸다고 생각했다. 데이지를 꽂은 어린 소녀가 옛집을 떠나지 않고 남아 새 주인이 자기 얼굴을 비춰보는 거울에 불쑥 모습을 드러내고, 어두운 밤 삐쭉삐쭉한 사과나무 속에서 허옇게 번뜩일 것이다. 네바다 사막 위에 산산조각나 흩어진 부모님을 잃어버리고 팔다리가 잘린 꼴이 되어버린 그녀는 잃어버리고 사라진 것에 아직 익숙해지지 않았다. 일상적인 국내 비행. 예정에 없던 폭풍우. 엔진 고장. 사망자 가운데 두 명의 영국인이 포함되어 있습니다. 저명한 문인과 그 아내의 죽음을 전하게 되어 유감입니다.

엄마.

아니, 어머니. 돌아가셨으니 예를 갖춰 불러야지, '어머니'. 어머니와 아버지는 죽었고 우리는 고아다. '고아'라는 단어에도 고귀한 느낌이 있었다. 멜러니는 아는 고아가 한 명도 없었는데 이제는 다름아닌 자신이 고아가 되었다. 제인 에어처럼. 하지만 남동생과 여동생에게는 그녀밖에 남지 않았기에 이제 그녀가 돌봐야 한다.

"런던! 런던!" 빅토리아는 굼뜨고 비틀거리는 시골 기차가 기찻길을 따라 파슬리가 흐드러진 나른한 시골 역에 서거나, 잠깐의 휴식을 위해 들판 가운데 아무데나 설 때마다 소리를 질러댔다.

"런던에 가면 역에서 그 사람들이 우리를 못 알아볼 거야. 만난 적이 없잖아." 조너선이 느닷없이 말했다.

"어린애들만 셋이 다니는 걸 보면 쉽게 알아볼 거야." 멜러니가 말했다.

기차는 연옥과도 같은 곳이었다. 이미 알고 있는 완료된 과거와 아직 시작도 하지 않은 예측 불가능한 미래 사이의 대기 시간. 기나긴 여행이었다. 조너선은 멜러니에게는 보이지 않는 어떤 풍경을 창밖으로 뚫어지게 바라보았다. 빅토리아는 결국 잠이 들어 런던으로 천천히 들어서는 것을 보지 못했고, 동굴처럼 소리가 울리는 아치형의 종착역에 기차가 섰을 때도 깨어나지 않았다. 멜러니는 몸이 뻐근하니 쑤셨고 검댕을 뒤집어썼다. 그녀는 이상하게 춥고 메스꺼웠지만 야무지게 입술을 깨물고 가방들을 챙기며 말했다.

"조너선, 빅토리아 데리고 나와."

그는 자신의 특별한 짐을 들고 곰곰이 생각했다.

"나는 작업중인 모형을 들어야 돼, 부서지면 안되니까." 일리있는 말이었다. 그와 말싸움해봐야 소용이 없었다.

"그럼 내가 데려갈게. 짐꾼을 불러야겠어."

빅토리아는 몸집이 크고 무거운 아이여서 그 무게에 두 팔이 떨어져나갈 것만 같았다. 멜러니는 사람들에게 이리저리 치이며 플랫폼을 둘러보았다. 부를 짐꾼이 아무도 없었다. 필립 외삼촌은 어디에 있지?

그때, 광고판에 기대어 느긋하고 굼뜨고 촌스러운 몸짓으로 종이컵에 든 차를 마시는 젊은 두 남자에게 눈길이 갔다. 그들의 묵묵함이 그녀를 끌어당겼다. 그들은 자신들만의 독특한 분위기를 풍겼다. 그들 뒤로는 2미터쯤 되는 맥주병에 '남자의 음료!'라고 빨갛게 적힌 광고판이 있었지만, 그들의 모습은 늘 비를 머금은 바람이 불고 새들이 노래하는 고요한 바위투성이 시골의 풍경을 연상시켰다. 억세면서도 점잖은 남자들이었다. 그녀는 푸른 들판에서 막 온 처지이고 그들은 평생을 런던에서 살았을 텐데도, 그녀는 그들이 시골 사람이고 자기는 그렇지 않다고 느꼈다. 그들은 형제였다.

닮은 구석이라곤 없지만 분명 형제였다. 같은 천으로 동시에 재단한 다른 옷 두 벌이라고 할까. 어린 쪽은 열아홉살 정도로 멜러니보다 고작 몇 쎈티미터 더 컸는데, 어깨 덮개와 놋쇠 단추가 달려 군복처럼 보이는 암청색 재킷 칼라 위로 빨간 머리가 길게 늘어져 있었다. 색이 바래고 닳은 코듀로이 바지는 꽉 끼고 쭈글쭈글했다. 마치 교회 기부함에서 나온 헌옷 같아 보였다. 광대뼈가 불거지고 눈초리가 올라간 얼굴은 민담 속 바보 이반의 얼굴 같았다. 오른쪽 눈에 약간 사시기가 있어서 시선이 불안하게 엇나갔다. 그는 장미꽃처럼 붉은 입술을 느슨하게 벌리고 숨을 쉬었다. 실없이 그러는지 은밀한 농담을 들었는지 그가 씩 웃었다. 시적이고 눈부신 몸짓으로 컵을 입으로 가져가는 그의 동작에는 나긋나긋하고 비범한 우아함이 있었다.

그의 곁에는 나이가 더 많고 돌처럼 굳은 똑같은 남자가 있었다. 더 큰 키, 더 벌어진 어깨와 우악스럽고 무표정한 얼굴이 어색한 조합을 이루고 있었다. 사나운 인상의 남자는 가는 세로줄무늬 정장 재킷에, 접어올린 끝단이 해진 바지와 때가 타지 않을 듯한 베이지색과 갈색의 셔츠를 입고 있었다. 갈색과 파란색이 섞인 넥타이에는 하프 모양의 넥타이핀이 끼워져 있었다. 그의 귀에는 손으로 만 담배를 반쯤 피우다 비벼끈 꽁초가 종이 쪼가리와 담뱃잎으로 너덜너덜한 채 꽂혀 있다.

그들은 아무 말도 없이 차만 마셨다. 그들을 휘감은 기차역의 소란에도 아랑곳없이 너무도 고요했다. 그들은 침묵 속에 깃들어 꿈쩍도 하지 않았다.

어린 남자가 차를 다 마시고는 원반던지기 선수처럼 서정적인 동작으로 포물선을 그리며 컵을 광고판 위로 던지고는 손등으로 입을 닦았다. 그는 한쪽으로 기운 시선으로 기차를 천천히 처음부터 끝까지 샅샅이 훑고 있는 듯했다. 묘한 회녹색 눈이었다. 그 대서양 같은 빛깔의 시선이 파도처럼 멜러니를 덮쳤다. 그녀는 그 속에 빠졌다. 그것이 물이었다면 그녀는 홈뻑 젖었을 것이었다. 그가 다른 남자의 팔을 건드리자 그도 바로 컵을 버리고 함께 그녀에게 다가왔다. 한 남자가 나뭇가지 사이로 부는 바람처럼 움직였다면 다른 남자의 움직임은 무너지는 탑처럼 삐걱삐걱 불안하게 이어졌는데, 한 걸음 내디딜 때마다 앞으로 무너질 듯하다가 몸을 빳빳하게 휙 세워 뒤꿈치를 짚고 잠깐 흔들리다가는 다음 걸음으로 옮겨갔다. 어린 남자가 미소를 지으며 환영의 인사로 손을 내밀었다. 다른 남자는 미소짓지 않았다. 멜러니는 그들이 자기를 마중 나왔다는 걸 알고 깜짝 놀랐다.

그녀는 흑백사진의 얼굴에 카우보이모자를 쓴 노인을 상상하고 있었던 터라 이 낯선 사람들이 다가와서 말을 걸자 어안이 벙벙했다. 런던 철도의 주요 역에 출몰해 비윤리적인 목적으로 어린 소녀들을 꾀는 남자들에 대한 일요일 신문의 기사를 읽은 가물가물한 기억이 머릿속을 스쳐갔다. 하지만 어린 소년이 그녀를 보고 말했다. "네가 멜러니구나."

그들은 그녀의 이름을 알았다. 다행이었다. 그녀는 그의 입이 움직이는 것을 보았다. 그는 계속 말하고 있었지만 기차의 기적 소리가 부드럽기 그지없는 그의 목소리를 삼켜버렸다.

"네, 제가 멜러니예요." 그녀가 대답했다.

"아기는 내가 안을게, 멜러니." 그의 말투에는 경쾌한 아일랜드 억양이 살짝 묻어 있었다. 그녀는 그가 하는 말을 듣기 위해 몸을 가까이 숙여야 했다. 그녀는 기꺼이 빅토리아를 넘겨주고 뻐근해진 두 팔을 풀었다.

조녀선이 그들의 짐을 든 짐꾼을 뒤로하고 기차에서 나왔다.

"저 사람이 복도에서 객차로 바로 들어와서 '일손이 필요하실 것 같군요, 선생' 하고 말했어." 조녀선이 신기해하며 덧붙였다. "나보고 '선생'이래! 세상에!"

"얘가 조녀선이에요. 그리고 그 아기는 빅토리아고요." 멜러니가 말했다.

"내 이름은 핀이야. 그리고 이쪽은 프랜씨. 핀 자울과 프랜씨 자울. 만나서 반갑다."

형제는 당황스러울 정도로 격식을 차리며 멜러니와 조녀선과 악수를 했는데, 핀은 빅토리아를 안고 있어 아슬아슬한 곡예를 부려야 했다.

"그런데 누구시죠?" 멜러니가 물었다.

"너희 마거릿 외숙모가 우리 누나야. 그러니까 우리가 아저씨뻘인 셈이지." 핀이 말했다. 그는 비뚤게 난 누런 이를 드러내며 느슨하고 여우 같은 미소를 지어 보였다.

"당신들은 아일랜드인이잖아요!"

"그러면 안된다는 법은 없는 걸로 알고 있는데." 핀이 너무 상냥하게 말해서 멜러니는 부끄러워졌다. 빅토리아가 그의 품 안에서 꼼지락거렸다. 그가 뭐라고 말하자 빅토리아는 그의 짙은 남색 가슴으로 얼굴을 파묻고 다시 더 깊이 잠들었다. 그가 입은 것은 누가 입다 버린 소방수 재킷이었다. 멜러니에게 는 심한 충격이었다. 그들은 아무렇게나 줄을 지어 택시 승차 장으로 갔다.

"택시를 타고 가기에는 아주 멀지만, 너희 외삼촌이 형한테 돈을 주면서 꼭 그렇게 하라고 시켰지." 핀이 말했다. "그 양 반은 나한테는 돈을 안 맡기거든." 그렇게 덧붙이며 그는 또 씩 웃었다.

"나한테 1파운드가 있었는데, 그 돈으로 땅콩우유 초콜릿을 샀어요."

"1파운드를 몽땅 초콜릿에 썼단 말이야?"

"잡지도 샀어요. 오면서 읽으려고요. 조너선한테는 『씨 브 리지즈』를 사주고 빅토리아한테는 『비노』를 사줬죠. 애들을 재미있게 해줘야 하니까요."

"그래도 그렇지, 너무 심해."

멜러니는 핀의 옆자리로 밀어넣어지고, 프랜씨가 그녀 옆에 돌처럼 말없이 앉았다. 조너선은 그들 앞의 접이식 의자에 자 리잡았다. 어느덧 런던이 미끄러지듯 지나가고 있었지만 멜러 니는 밖을 보지 않았다.

"자울이라고요?" 그녀는 망설이며 물었다.

"응, 자울."

"별로 아일랜드 이름 같지 않은데요."

"그럴지도 모르지. 하지만 분명히 있어."

그리고 침묵이 흘렀고 남자들의 고약한 냄새가 느껴지기 시작했다. 멜러니는 그 냄새의 근원지에 잠깐 곤혹스러웠다. 그 형제가 그렇게 더러울 줄은 생각도 못했다. 그들 사이에 꼭 끼여 있으니 그들의 체취가 코를 찔러 거의 질식할 지경이었다. 악취나는 남자와 가까이 앉은 것이 처음이라 두렵기마저 했다. 두 남자 모두 지독하고 불결한 짐승의 냄새를 풍겼다. 게다가 핀에게서는 가난에 찌든 빈민가의 냄새 말고도 독한 페인트와 기름 냄새까지 났다. 언뜻 보니 프랜씨의 칼라 가장자리가 때에 절어 있고 목도 더러웠다. 핀의 목은 머리카락에 가려 보이지 않았다.

빗으로 빗고 비누로 문질러왔던 그녀의 십오년 세월이 욕조와 샴푸와 깨끗한 속옷이 끝없이 이어진 광경으로 떠올랐다. 물을 가득 채운 욕조의 행렬, 닳아 없어질 때까지 문질렀던 매끄러운 비누들. 그녀는 거품이 이는 뜨거운 물을 떠올려 그들의 악취로부터 자신을 지켜보려 했지만 아무 도움도 되지 않았다. 설마 택시가 영원히 멈추지 않아서 바깥 공기를 쐬지 못하는 건 아니겠지. 미터기는 어김없이 째깍거리며 요금을 올리고 있었다. 조녀선은 그렇게 많은 요금을 물리는 뻔뻔함을 감상하기라도 하는 듯 감탄의 눈길로 잠시 미터기를 지켜보고 있었다.

"아직도 멀었어요?" 멜러니는 꽉 막힌 작은 목소리로 물었다.

"한참 멀었어." 핀이 멍하니 대답했다. 그는 무슨 생각을 하고 있을까? 지금은 짙은 속눈썹에 가려진 눈에 매부리코를 한 그의 옆모습은 사납고 괴이했다.

"한참 멀었어." 그가 다시 말했다.

"어두워지기 시작하는데요." 그녀가 말했다. 거리에서 빛이 빠져나가고, 조녀선의 얼굴이 가물거리다가 택시 안에 고인 어둠 속으로 스며들었다.

"더 어두워질 거야." 핀이 대답했다. 그의 목소리가 갑작스레 따뜻해졌다. 마치 멜러니가 칼날 다리를 넘어 코베닉 성(성배 전설에서 성배가 있는 성―옮긴이)으로 안전하게 들어가게 해줄 비밀스러운 단어를 우연히 알아내기라도 한 것처럼, 어떤 의식을 치르는 듯한 대화였다. 프랜씨는 고개를 돌리고 꼭 다문 입을 풀어 초기 그리스 테라코타 조각상 같은 고풍스러운 미소를 지었다. 흐트러진 그의 재킷에서 곰팡내가 훅 풍겼다.

"그런데 너희들 외숙모에 대해서 알기는 해?" 핀이 말했다.

"음, 네. 마거릿 외숙모요. 당신의 누나."

"그 얘기는 들었는지 모르겠는데……" 그가 말을 멈추었다. 두 형제는 어둠속에서 모호한 시선을 주고받았다. 그들의 눈이 서로에게 희게 번득였다.

"네 외숙모는 벙어리야." 프랜씨가 처음으로 입을 열었다. 그의 목소리는 무미건조하고 거칠었다. 그는 느긋하게 담배를 말면서 무심히 콧노래를 흥얼거리기 시작했다.

"벙어리요?" 멜러니가 넋두리하듯 말했다.

"단 한마디도 못해." 핀이 말했다. "아, 너희도 진작 들었어야 하는 건데. 끔찍한 고통이지. 결혼식 날, 저주처럼 그게 누나한테 내린 거야. 침묵이."

프랜씨는 담배를 말던 손을 멈추고 동생이 말이 너무 많다는 듯 얼굴을 찌푸렸지만, 멜러니는 눈치채지 못했다. 그녀의 마음속에서 새 외숙모는 인형을 만드는 외삼촌에게 딸린 희미한 그림자였었다. 하지만 이젠 특징이 생겼으니 그녀도 실체가 되었다. 벙어리.

"정말 안됐어요!" 멜러니가 놀라며 말했다.

"우린 아주 친해, 우리 세 명은. 형제자매는 친해야 마땅하지." 프랜씨가 말했다. 그의 담배는 몸에 좋기라도 한 것처럼 약초 냄새가 짙게 났다.

"누나는 요리 솜씨가 뛰어나." 핀이 누나의 결점을 만회하려는 듯이 말했다. "패스트리가 얼마나 대단하다고!"

"외숙모는 브레드푸딩을 자주 만드나요?" 조너선이 물었다.

"별로." 핀이 잠깐 생각하고는 대답했다.

"아, 잘됐다." 조너선이 말했다. 조너선도 런들 부인이 끝없이 브레드푸딩을 먹인다는 걸 알고 있었고 결국에는 원망한 것이 틀림없다.

택시는 으스스한 잿빛 거리를 올라갔다. 점점 더 짙어지는 새하얀 보풀 같은 안개 속으로 10월의 남루한 나무들이 칙칙한 이파리를 여기저기 떨어뜨리고 있었다. 구슬프고 운수 사나운 남부 런던.

"집에 거의 다 왔어." 핀이 말하자 멜러니는 갑자기 울음이 터지는 것을 참을 수 없었다. 핀이 그녀의 무릎에 손을 얹고 부드럽게 말했다.

"우리도 부모님이 돌아가시고 나서 여기서 살았어. 계속은 아니지만."

"그럼 우린 다 고아군요!"

"그래, 우린 한 배를 탄 거지."

"배." 조너선은 신이 나서 그 말을 따라했다.

그들은 높은 언덕 위의 쐐기 모양 공터에 도착했다. 빅토리아풍 로꼬꼬 양식의 철제 장식을 두른 별난 공중화장실이 한가운데 있고, 피부병에 걸린 것처럼 줄기에 흰 반점들이 난 기진맥진한 단풍나무가 그 위로 축 늘어져 있었다. 이제 불을 환하게 밝힌 상점들이 많았다. 진열창에 인조 풀을 초록빛으로 쌓아 장식한 과일가게에는 덫에 걸린 작은 겨울 해처럼 빛나는 오렌지, 무언가를 더듬는 손 같은 얼룩덜룩한 바나나 송이, 멀리서 보면 주름진 거대한 녹색 장미처럼 보이는 양배추, 향신료와 식초로 요리하는 블랙커런트 꽃눈 같은 붉은 양배추. 파란 앞치마를 두르고 핏자국이 묻은 밀짚 맥고모자를 쓴 반백의 남자가 흔들리는 두 짝의 양고기 사이로 손을 뻗어 대리석판에 놓인 쏘시지를 집고 있는 정육점. 순록과 호랑가시나무 그림의 크리스마스 포장지에 싸인 과자와 사탕, 그리고 주름종이로 만든 싼타클로스가 벌써부터 11월 5일의 불꽃놀이 축제를 위한 폭죽과 불꽃과 요정 분수대를 밀어내고 있는 과자가게.

다른 가게들도 있었다. 생기 없고 창백한 여자가 주전자, 촛대, 책 몇권, 기울어진 의자, 절뚝거리는 탁자, 금 간 접시가 가득 담긴 이 빠진 에나멜 상자 같은 망가지고 오래된 물건들 사이에 앉아 파라핀 난로 옆에서 뜨개질을 하고 있는 고물가게. 사탕처럼 반짝이는 칵테일 캐비닛 옆에 모켓 재질의 쏘파 쎄트를 진열해놓은 새 가구점. 모든 가게들은 높고 낡은 건물의 아래층에 있고 간판에는 구불구불한 구식 글자들이 씌어져 있었는데, 가구점만은 제대로 작동되지 않는 네온 간판을 깜박이고 있었다.

'집을 위한 모든 것.'

"여기 세워주세요." 공중화장실 바깥에서 핀이 택시 운전기사에게 말했다. 프랜씨가 때 묻은 두툼한 지폐 뭉치에서 돈을 빼내 택시비를 치렀다.

"외삼촌 집은 어디예요?" 멜러니가 물었다.

"가게가 집이지. 우린 가게 위에서 살아. 저기."

판자를 쳐놓은 파산한 보석가게와 진열창 가득 반짝이는 곡물들을 전시해놓은 식품점 사이에 어두운 동굴 같은 가게가 하나 있었다. 불빛이 너무 어두한 탓에 위층 가정집 밑에서 고개를 숙이고 있는 가게가 언뜻 눈에 들어오지 않았다. 동굴 안에는 흔들목마의 희미한 윤곽과 그보다는 뚜렷하게 주홍색으로 빛나는 말의 콧구멍, 그리고 짙고 칙칙한 색의 옷을 입고 팔다리가 뻣뻣하게 줄에 매달린 꼭두각시들이 보였다. 하지만 말에 바른 갈색 광택제와 꼭두각시들의 짙은 보라색과 자주색이 어둠속에서 한데 뒤엉켜 제대로 보이지 않았다.

출입구 위에 초콜릿색 바탕에 검붉은 색으로 '필립 플라워의 진기한 장난감'이라고 쓴 간판이 있었다. 문에는 이탤릭체로 '영업중'이라고 쓴 카드 밑에 작은 명함이 붙어 있었다. '프랜씨스 K. 자울. 바이올린. 릴과 지그 등등. 옛 아일랜드의 숨결. 언제든 연주 가능. 저렴한 가격.' 그리고 토끼풀(아일랜드의 국화(國花)—옮긴이) 하나와 연필로 쓴 메씨지. '안에서 문의하십시오.'

핀이 문을 밀었다. 문은 그들을 들여보내기 싫은 양 두꺼운 깔판에 잠깐 걸렸다. 머리 위에서 종이 사납게 울리고 계산대 옆 횃대에 앉은 밝은 분홍색 앵무새가 날아오르며 반항하듯 새된 소리를 질렀다. 하지만 앵무새는 다리에 사슬이 묶여 있어 날개를 퍼덕거리다 이내 내려앉았다. 반질반질한 적갈색 나무로 만든 기다란 계산대가 있고, 그 뒤쪽으로 판지 상자가 차곡차곡 쌓인 선반이 있고 여러 색깔과 기묘한 모양의 꾸러미들이 있었다. 하지만 불빛은 먼지투성이 고동색 벨벳 커튼으로 내부와 분리되어 있는 진열창의 조명만큼이나 흐렸다. 가게 안에는 앵무새 말고는 아무도 없었다. 계산대 위에는 메모장과 싸인펜이 있었다.

멜러니는 생각했다. '그렇겠지. 마거릿 외숙모가 물건을 팔려면 가격을 써야 하잖아. 벙어리니까.'

그녀의 머릿속에서 '벙어리'라는 단어가 종처럼 울렸다.

"새 이름은 조이야. 조이가 가게를 지키는 셈이지." 핀이 말했다.

"안 팔아." 앵무새가 느닷없이 끼여들었다.

빅토리아가 잠에 취한 얼굴을 들고 신기한 듯 새를 보았다. 핀은 피곤한 기색 없이 아직도 빅토리아를 안고 있었다. 가벼워 보여도 강한 사람이 틀림없었다.

문이 열리고 갑자기 너무나 밝은 빛이 쏟아져들어와 눈을 찔렀다. 마거릿 외숙모였다. 아무렇게나 쌓아놓은 건초더미 같은 그녀의 머리는 그 사이로 빛나는 빛 때문에 붉게 타올라 마치 손을 대면 델 것만 같았다. 그녀는 붉은 여인이었다. 핀과 프랜씨보다 더 붉었다. 눈썹도 눈 위에 붉은 잉크를 두껍게 칠한 것처럼 붉었지만, 얼굴엔 색이 없고 뺨과 가는 입술에도 핏기가 전혀 없었다. 또 그녀는 심한 말라깽이였다. 집안 내력인 듯한 큰 광대뼈가 수척하고 두드러지게 튀어나왔고, 좁은 어깨는 뼈만 앙상한 날개처럼 스웨터 천 위로 불거져 있었다.

런들 부인처럼 그녀도 검은 옷을 입고 있었다. 보기 흉한 스웨터와 질질 끌리는 치마, 뒤꿈치에 큰 구멍이 난 검은 스타킹, 움직일 때마다 바닥을 찰싹찰싹 때리는 구겨진 검은 신발. 그녀는 초조하고 굶주린 듯한 미소를 지으며 핀처럼 두 팔을 벌려 그들을 맞았다. 핀이 그녀의 품에 빅토리아를 안기자 그녀는 한숨을 토하고는, 아이를 바라면서도 가지지 못한 여인처럼 격정적이면서도 미숙하게 아이를 껴안았다. 멜러니는 그녀의 나이가 궁금했지만 도무지 짐작할 수 없었다. 스물다섯에서 마흔 사이의 어느 나이라도 가능해 보였다.

"외숙모랑 같이 안쪽으로 들어가. 짐은 형이랑 내가 방으로 옮겨줄게." 핀이 멜러니와 조너선에게 말했다.

안쪽의 작은 거실에서는 검게 칠한 작은 벽난로 쇠살대 안에서 더욱 거세진 석탄불이 굴뚝으로 노란 불길을 밀어올리고 있었다. 벽에 플러그를 꽂은 전기주전자가 양철 쟁반 위에서 김을 뿜고, 주전자를 둘러싼 찻잔들이 물이 끓기를 기다리고 있었다. 구석에는 금도금한 커다란 새장이 있고, 그 안에 번들거리는 검은 털과 노란 부리에 작고 매서운 눈을 한 박제 새가 여러 마리 있었다. 박제 새들은 기가 막힐 정도로 실물 같아서 멜러니는 잠시나마 그것들이 진짜 새인 줄 알았다. 오래되고 푹 꺼졌지만 편안한 가죽 덮개 안락의자 하나가 등받이에 코바늘뜨개 덮개를 걸치고 있고, 등나무 좌석에 등이 꼿꼿한 의자들이 여럿 있었다. 벽에는 분필통이 달린 큰 칠판이 못으로 박혀 있었다. 칠판에는 흰 분필로 '환영한다 멜러니, 조너선, 빅토리아'라고 씌어 있고 그 둘레에 파란색 소용돌이무늬가 그려져 있었다. 멜러니는 목이 메었다. 감동적이고 진심 어린 환영이었다.

마거릿 외숙모가 분필을 들고 썼다. '코트 벗고 편하게 있으렴. 내가 가게를 봐야 하니까 잠깐 아래층에 있자꾸나.' 멜러니는 그녀의 집게손가락에 분필가루가 딱딱하게 묻어 있는 것을 보았다. 그녀는 할 수만 있다면 말이 아주 많았을 것 같다. 그녀는 빅토리아를 큰 의자에 앉히고 차를 끓이기 시작했다. 종이봉투에 든 커다란 크림빵도 두 개씩 나눠주었다.

"마지막으로 먹은 게 아침이었어요. 쏘시지랑 베이컨. 당연히 집에서요." 조너선이 말했다.

"우리는 집에 있었어." 빅토리아가 말했다. 뺨에 크림과 잼이 묻어 있었다. "이제는 집 없어."

빅토리아의 입이 슬픔으로 동그랗게 벌어져, 씹다 만 입안의 크림빵이 횐히 보였다. 마거릿 외숙모가 또 분필을 쥐고 손바닥으로 칠판을 문지르고는 재빨리 휘갈겨썼다. '이젠 여기가 너희 집이야!'

"쟨 읽을 줄 몰라요." 멜러니가 말했다. 빅토리아는 엉엉 울었다. 마거릿 외숙모는 빅토리아의 기분을 풀어줄 만한 것을 찾으려 주위를 둘러보다가 새장이 있는 구석으로 쏜살같이 달려갔다. 그녀가 새장 바닥에 있는 지렛대를 잡아당기자 모든 새들이 깡충깡충 뛰고 부리를 열었다 닫았다 하며 지저귀었다. 그 광경에 바로 반한 빅토리아는 생글생글 웃었다. 가련하게 벌어졌던 입이 퍼지면서 흑인 꼬마처럼 수박 조각 같은 큰 웃음을 지었다. 그녀는 손뼉을 쳤다. 새들은 이분 정도 깡충깡충 뛰면서 울었다. 그러다가 기계장치가 멈추기 시작하자 새들은 점점 더 느리고 무겁게 뛰었고, 울음소리는 늘어져서 헐떡임이 되었다. 새들은 점점 지쳐가고 있었다. 빅토리아는 다시 시무룩해졌다. 마거릿 외숙모가 다시 지레를 당기자 새들이 쫑긋 서서 아까처럼 팔팔하게 폴짝이기 시작했다.

"대단해요!" 멜러니가 말했다.

마거릿 외숙모가 칠판으로 달려가서 썼다. '너희 외삼촌이 만든 거야.'

"솜씨가 아주 좋으신가봐요."

'주문받은 거란다. 돈도 받았지. 사실 작동시키면 안되는데.' 그녀의 흰 이마가 근심으로 찡그려졌다.

왔다갔다하는 움직임과 참새가 빵 부스러기를 쪼듯 고개를 까닥거리는 몸짓 때문에 마거릿 외숙모는 꼭 새 같아 보였다. 부를 노래가 없는, 붉은 볏을 단 검은 새. 가게 앵무새가 감미로운 기계음을 듣고는 시끄럽게 재잘거리기 시작했다. 장난감들이 자기를 놀리는 줄 알고 화가 나서 정신없이 떠드는 듯, 사납고 의미없는 음절들이었다. 집은 새들로 가득했다.

형제가 차를 마시러 들어오면서 누나에게 미소를 지었다. 그들은 굳이 말을 하지 않아도 서로의 마음을 알았다. 그녀는 핀의 흐트러진 머리를 살짝 쓰다듬어주고 프랜씨의 옷깃에 뺨을 댔다. 그들은 서로를 사랑했고 남의 눈을 신경쓰지 않았다. 그 작은 방에서 그들의 사랑은 마치 손으로 만져질 듯 분명하고, 불처럼 따뜻하고, 달콤한 차처럼 진하고 포근했다. 그들을 보자 멜러니는 지독하리만치 쓸쓸하고 사랑받지 못하는 기분에 휩싸였다. 그러나 핀이 그녀 옆에 와서 앉으며 크림빵을 또 하나 주었고, 그녀는 먹고 싶진 않았지만 우정의 표시로 기쁘게 받았다.

"그래도 저녁을 못 먹으면 안돼." 핀이 말했다. "토끼파이거든. 우리 누나만큼 토끼파이를 잘 만드는 사람은 또 없지. 안 그래, 형?"

프랜씨는 예의 그 고풍스러운 미소를 지었고, 마거릿 외숙모는 소리없이 웃었다.

"토끼파이, 개한테 먹일 뼈는 남겨야지." 핀이 생각에 잠기며 말했다.

"와, 멍멍이가 있어요?" 빅토리아가 몸을 통통 튀기며 소리쳤다.

"쟨 항상 개를 갖고 싶어했는데 엄마가, 아니 어머니가 허락을 안하셨어요. 애들은 개를 갖고 싶어하면서도 돌보지는 않는다고요. 고양이도 마찬가지고요."

"뭐, 완전히 자기 건 아니지만 빅토리아도 이제 개를 가진 거네." 핀이 대꾸했다.

모두 차를 더 마셨다. 조너선은 방이나 다른 사람들에게 관심이 없었다. 그는 망망한 태평양 어딘가의 산호초 위로 이는 거대한 파도에 눈을 붙박은 채 앉아 있었다. 병 하나가 파도에 실려 그의 발치로 올라와 바위에 고인 물속에서 뒹굴었다. 그는 병을 깨뜨렸다. 그 안에 메씨지가 하나 있었다. 그는 그걸 읽고 놀랐다. 의문이 하나 생겼다. 저 머나먼 곳에서 그가 물었다. "외삼촌은 언제 볼 수 있어요?"

"내일." 핀이 바로 대답했다. "오늘 갑자기 일이 생겨서 나갔거든. 그래서 형과 내가 너희들을 마중 나간 거야, 매형 대신에."

왜 핀만 말하는 걸까? 글쎄, 마거릿 외숙모는 말을 하지 못했고 프랜씨는 하려고 하지 않았다. 멜러니와 조너선을 방으로 데려간 것도 핀이었다. 조너선의 방은 바람이 잘 통하는 높은 다락이었는데, 흰 칠을 새로 했고 작은 철제 침대 위에는 네

모난 뜨개천들을 꿰맨 피난민 담요 같은 침대보가 덮여 있었다. 지붕에 난 창으로 불빛이 가득한 거대한 굽이진 계곡과 꽃밭 같은 황홀한 도시의 야경이 보였다.

"낮에는 쎄인트 폴 대성당이 보여." 핀이 말했다.

"꼭 망대 같아요. 배에 있는. 침대 있는 것만 다르고." 조너선이 말했다.

그는 신이 나서 안경을 벗고 이젠 깨끗하지 않은 손수건으로 안경을 닦았다. 우리는 여기서도 당연한 일처럼 매일 깨끗한 손수건을 쓸 수 있을까? 멜러니는 염려스러웠다. 안경을 벗은 조너선의 눈이 바깥 공기에 익숙지 않아 깜박거렸다. 그는 곧장 짐을 풀기 시작했다. 자기 방이 마음에 든 것이다. 두 사람은 그를 두고 나갔다. 이제 멜러니는 핀과 단둘이 있었다.

그녀와 빅토리아가 잘 방은 조너선의 방보다 한 층 아래, 통통한 진홍색 장미가 그려진 벽지를 바른 기다랗고 나지막한 방이었다. 멜러니가 쓸 반짝이는 놋쇠 침대가 있고, 그 밑에 볼록하게 생긴 흰색 요강이 있었다. 오랫동안 쓰지 않은 듯 요강 바닥에 먼지가 쌓여 있었다. 장식용으로 놓아둔 모양이었다. 멜러니는 무슨 일이 있어도 그걸 쓰지 않겠다고 다짐했다. 옷장에서는 나프탈렌 냄새가 났다. 씨앗 포장지에서 오려낸 꽃을 붙여 꾸미고 담청색으로 칠한 서랍장도 있었다. 벽난로 선반 위에는 대나무 틀에 끼운 「세계의 빛」(영국의 라파엘전파 화가 윌리엄 헌트(1827~1910)의 그림 — 옮긴이) 복제화가 있었다. 방에 거울은 없었다. 파란 바탕에 녹색 오징어가 구불거리는 무늬의 둥근 종이초롱 안에 전구가 달려 있어 빛이 차갑고 요란스러웠다. 창턱에 있는 제라늄 화분에는 분홍색 꽃이 여태 피어 있었다. 커튼은 파란색과 흰색의 격자무늬 천이었다. 창밖을 보니 저 아래 어둠속에 온통 뒤엉킨 덤불처럼 보이는 작은 정원이 담으로 둘러싸여 있었다.

"잠깐만요." 그녀는 가방을 열어 곰돌이 에드워드를 꺼냈다. 에드워드를 베개에 눕히고 나니 기분이 한결 나아졌다. 그녀는 십년 동안 에드워드와 함께 지냈다. 핀이 담배에 불을 붙이고 서랍장에 늘어져 기대자 그의 무게 때문에 서랍장이 뒤뚱거렸다. 그녀는 그가 나가줬으면 싶었다.

"멋진 곰이구나." 그가 스스럼없이 말했다. 그의 목소리는 창으로 들려오는 저 멀리 런던의 자동차 소리만큼이나 희미했다.

"오래된 거예요." 그녀가 곰돌이 에드워드의 보드라운 털 속으로 손을 찔러넣으며 말했다.

"그래도 털인형을 가지고 놀기엔 너무 큰 거 아냐, 멜러니?"

"난 열다섯살이에요. 정확히 말하면, 1월에 열여섯살이 돼요."

"1월이라. 음, 열다섯치고는 꽤 성숙했구나." 그는 또 피식 웃었다. 그의 사팔눈이 접시 위의 수은처럼 주르륵 미끄러지며 움직였다. 이 사이로 뾰족한 혀끝이 보였다. 그가 바닥에 담뱃재를 떨었다. 물결치듯 오르내리는 그의 손목은 완벽하고 확고한 화음이었다. 멜러니는 갑자기 숨쉬기가 힘들어졌다.

마치 그가 현란한 외투처럼 남성스러움을 걸치고 있는 것 같았다. 그는 사냥감을 노리는 황갈색 사자였다. 그럼 그녀가 먹잇감일까? 그녀는 책과 시로부터 만들어내 여름 내내 꿈꾸었던 연인을 떠올렸다. 그는 방 안을 악취로 가득 채우고 있는 이 오만하고 무례하고 무시무시한 남성성 앞에서 본래대로 종이처럼 구겨졌다. 그녀는 기분이 나빴다. 하지만 그에게서 눈을 뗄 수 없었다.

"머리카락이 참 멋지구나." 그가 말했다. "멋져. 기네스 맥주처럼 새까맣고 에티오피아인의 겨드랑이처럼 새까매."

그녀는 그가 도도한 앞발을 쭉 뻗어 실없이 자신을 희롱하고 있다는 생각이 들었다. 게다가 그 우스꽝스러운 소방수 재킷을 입고서.

"그런데 뭐하러 그렇게 힘들게 머리를 땋니? 왜?"

"왜냐하면," 그녀가 말했다.

"무슨 이유가 있겠어. 네 예쁜 얼굴을 망치고 있잖아, 귀염둥이 아가씨. 이리 와봐."

그녀는 움직이지 않았다. 그는 창틀에 담배를 비벼끄고 웃으며 다시 부드럽게 말했다.

"와보라니까."

멜러니는 그에게 다가갔다.

그는 멜러니의 어깨에 두 손을 얹고 그녀의 얼굴을 꼼꼼히 살피고는, 마음에 드는 듯 고개를 끄덕이더니 그녀의 머리를 풀기 시작했다. 그녀는 온몸이 달아올라 숨을 죽였다. 젊은 남자와 이렇게 가까이 있는 건 생전 처음이었다. 페인트 냄새가 그의 몸 냄새를 이기고 다른 냄새들을 모두 억눌러버렸다. 그는 그녀의 머리채를 흔들고는 주머니에서 붉은 머리카락이 뒤엉킨 이 빠진 검은 빗을 꺼내 그녀의 머리를 빗었다. 그는 그 일에 열중하고 있었다. 그녀는 그가 지금은 자신을 희롱하는 게 아니라는 걸 알았다. 그를 에워싼 공기가 바뀌어 덜 긴장되고 평범해졌다. 그는 진짜 미용사처럼 그녀의 머리를 부풀리며 손질해주고 있을 뿐이었다. 그녀는 인정하긴 하지만 이해할 수는 없는 어떤 은밀한 이유 때문에 매우 기분이 나빴다.

"이제 예쁘구나." 그는 손바닥으로 멜러니의 머리를 훑어 마지막으로 윤을 내며 만족스럽게 말했다. "이제 저녁 먹으러 가자. 넌 그 자리에서 가장 아름다운 아가씨가 될 거야."

그들은 아주 묵직한 가구들이 늘어선 식당에서 빳빳하고 하얀 식탁보가 깔린 둥근 마호가니 식탁에 앉아 식사를 했다. 큰 의자와 찬장 때문에 비좁아 움직이기가 힘들었다. 갈색 나뭇잎무늬 벽지를 바른 지 오래된 벽은 습기로 얼룩이 져 있었다. 선반에는 나무로 만든 과일 그릇 안에 축구공만한 크기의 마녀 쫓는 유리구슬이 담겨 있고, 그 주위에 토마토케첩, 쌜러드 크림, HP 쏘스, 대디스 페이버릿 쏘스(유명한 브라운쏘스 상표들―옮긴이), 오케이 과일 쏘스 병들이 뚜껑 밖으로 흘러나온 자국이 말라붙은 채 말없이 모여 있었다. 마거릿 외숙모가 부엌에서 김이 모락모락 나는 향긋한 황금색 직사각형 파이를 들고 나왔다. 프랜씨는 이상한 감사기도를 했다.

"살에서 살로. 아멘."

그런 다음 그들은 식사를 했고 개는 식탁 밑에 자리를 잡았다. 개는 파이를 얻어먹으려고 그들의 무릎마다 축축한 코를 들이댔다. 분홍색 눈의 흰색 불테리어였다.

"개한테 이름이 있어요?" 멜러니가 물었다.

"예전엔 있었지. 그냥 늙은 개야." 핀이 말했다.

핀이 먹는 걸 보면 꼭 발레를 보는 것 같았지만, 프랜씨는 빵으로 고기국물을 닦아 먹고 뼈를 손가락으로 쥐고 씹었다. 동생에게 오케스트라 반주라도 해주는 것처럼 요란스럽게도 먹었다. 음식은 풍족하고 맛있었다. 식탁에는 흰 빵과 갈색 빵, 노랗게 물결진 최고급 버터, 두 종류의 잼(딸기와 살구)이 있고, 찬장에는 그들이 파이를 다 먹고 나서 후식으로 먹을 건포도 케이크가 준비되어 있었다.

마거릿 외숙모는 일요학교 행사용 주전자처럼 너무 무거워서 두 손으로 들어야 하는 갈색 도기에서 갓 끓인 차를 따랐다. 차는 아주 진하고 설탕이 많이 들어 있었다. 마거릿 외숙모는 눈과 손을 열심히 움직여 그들에게 음식을 권하며, 만족스러운 듯 조용히 식사를 이끌었다. 아이들은 긴장을 풀고 게걸스럽게 먹었다. 요리를 이렇게 잘하니 외숙모는 틀림없이 좋은 사람일 거라고 멜러니는 생각했다.

마침내 파이가 찬장의 케이크와 자리를 바꾸고 모두들 차를 두 잔째 마시자, 더 떨어질 부스러기가 없다고 생각한 개가 식탁 밑에서 나와 세 다리로 서서 왼쪽 귀를 긁고 몸을 부르르 떨고는 낑낑거리며 문을 긁어댔다. 핀이 문을 열자 개는 꼬리를 흔들며 밖으로 나갔다.

"밤에 잠깐 산책을 나가거든. 동네를 한 바퀴 도는 거야. 오줌도 싸고. 구석구석 킁킁거리면서 새로운 게 있나 보고는 집에 와서 자."

"어떻게 집에 들어와요?" 멜러니가 물었다. 뭐든 혼자 알아서 잘하는 개 같았다.

"뒷문은 안 잠가놓고, 정원 끝에 샛길이 있어. 그냥 들어오면 돼."

"문을 항상 열어두다가 모르는 사람이나 도둑이 들어오면 어떡해요?"

"우리야 누구든 환영이지." 프랜씨가 잘 쓰지 않아 삐걱거리는 목소리로 말했다.

식당에도 칠판이 있었다. 마거릿 외숙모가 거기에 썼다. '아기는 재워야겠다.' 조너선은 자기 방에서 모형을 조립하고 싶었다. 다들 의자를 뒤로 뺐다. 멜러니는 설거지를 돕겠다고 했지만 마거릿 외숙모는 고개를 저었다. 첫날부터 집안일을 하면 안된다는 것이었다. 그래서 멜러니는 짐을 풀고 일찍 잠자리에 들기로 했다. 지쳐서 몸이 떨릴 정도였고 이 새로운 사람들, 특히 남자들이 조금 무서웠다.

마거릿 외숙모가 여자아이들 방으로 와서 빅토리아의 옷을 서툴게 벗겼지만 빅토리아는 자기 옷을 잘 벗었다. 벙어리 여인은 모성애가 꾸밈없이 드러난 표정으로 아기를 가만히 내려다보았다. 멜러니는 그 표정이 당황스럽기도 하고 감동적이기도 했다. 외숙모는 어디든 메모장과 싸인펜을 꼭 가지고 다니는 모양이었다. 그녀는 빅토리아의 보드라운 허벅다리를 꼬집고는(빅토리아는 좋아하면서 몸을 뒤틀고 쳇소리를 질렀다) 종이에 휘갈겨써서 멜러니에게 보여주었다. '정말 예쁘고 포동포동한 아가구나!'

"네, 다들 그렇게 말해요." 멜러니가 말했다.

'아기는 다섯살이니?' 마거릿 외숙모가 아일랜드 사투리의 흔적을 남기며 썼다.

"다섯살 사 개월요."

마거릿 외숙모는 빅토리아에게 이불을 덮어주고는 자장가라도 불러주고 싶은 양 아기침대에 한참을 걸터앉아 있었다. 그녀의 붉은 머리칼이 위로 대충 묶여 있었는데, 그녀가 하얀 여왕(『거울 나라의 앨리스』에 나오는 인물―옮긴이)처럼 머리핀을 흘렸다. 한두 개가 달그락거리며 아기침대 속으로 들어갔다. 빅토리아는 한숨을 내쉬며 눈을 감았다. 머리핀이 강철 비처럼 떨어졌다.

'어린 아기가 잠드는 걸 보는 건 정말 아름다운 일이야!'

"맞아요, 그런 것 같아요." 멜러니가 말했다. 그녀는 이 수다스러운 벙어리 여인과 길게 얘기하고 싶지 않았다. 침대로 가서 곰돌이 에드워드를 안고 싶었다. 눈이 너무 피곤한 탓에 마거릿 외숙모의 고불고불한 검은 글씨가 이리저리 뛰놀았다.

마거릿 외숙모는 얼른 몸을 숙여 잠든 빅토리아의 이마에 입을 맞추었다. 그러고는 밤인사로 멜러니의 뺨에 입을 맞추고, 목각 관절인형처럼 뻣뻣하게 그녀를 안았다. 그녀의 팔은 경첩 달린 막대기 같았고, 입은 서늘하고 메마른 종이처럼 얇았고, 입을 꼭 다문 입맞춤은 억제되어 있었지만 애정을 간구하는 듯 어쩐지 필사적이었다. 그녀는 깜짝 놀라서 뺨을 만지는 멜러니를 남겨둔 채 횡허케 나가버렸다.

멜러니는 불을 끄고 커튼을 쳐서 밤을 안전하게 밖에 가둬놓은 다음 곰돌이 에드워드와 함께 침대에 들었다. 공단 머리판과 줄무늬 침대보가 있는 침대에 누운 것이 아니어서 멜러니는 조금 울었다. 하지만 새 이불에서는 라벤더 향이 났고, 침대 발치에는 돌로 만든 탕파(뜨거운 물을 넣고 이불 밑에 넣어 잠자리를 보온하는 기구―옮긴이)가 발가락이 다치지 않도록 낡은 담요에 싸여 있었다. 벌이 윙윙거리는 듯한 빅토리아의 순한 숨소리에 자꾸 눈이 감겨 그녀는 잠들었고, 뺨에 흐른 눈물은 말라갔다.

하지만 그녀의 잠은 가볍게 가물거릴 뿐이어서 한참 후에 눈을 떴을 때는 한숨도 자지 않은 기분이었다. 그러나 방 안의 어둠은 더욱 짙어졌고 탕파는 식어 있었다. 그녀가 하품을 하며 요란스레 몸을 옆으로 뒤치자 놋쇠 침대가 밑에서 삐걱거렸고, 비몽사몽간에 음악소리가 들리는 것 같았다. 멀리서 틀어놓은 라디오. 설마 이 늦은 시간에 라디오를. 전선이 바람에 부대끼는 소리겠지. 하지만 그건 시골의 소리였고 그녀는 외삼촌의 집에, 런던에 있었다. 그녀는 고개를 들고 음악을 들었다.

집 안을 맴도는 것은 희미한 바이올린 소리였고, 파이프인지 플루트인지 모를 다른 악기 소리도 있었다. 하나의 악기인 양 어우러져 울리고 있어 바이올린처럼 들리기도 하고 플루트처럼 들리기도 했다. 소리들은 쿵쿵 뛰는 리듬에 맞춰 춤을 추고, 음계를 따라 산양처럼 껑충껑충 뛰어다녔다. 섬세하고 내성적이며 말없는 춤꾼을 위한 무곡. 집 안에 울리는 음악. 프랜씨스 K. 자울, 바이올린. 그럼 플루트는 누가 연주하는 걸까? 핀일까?

곡이 끝났다. 마치 연주자들이 그 선율에 질려서 손가락 사이로 그냥 미끄러뜨린 것처럼, 음악은 결말에 도달하지 않은 채 서서히 느려지면서 침묵으로 흘러내렸다. 잠깐의 멈춤. 그러고는 프랜씨가 혼자 느리고 감미롭게 연주를 시작했다.

멜러니는 침대에 일어나 앉았다. 마치 그녀의 마음속 현에 대고 활을 긋는 듯한 느낌이었다. 어느새 베개가 바닥으로 굴러떨어졌고, 곰돌이 에드워드도 떨어졌다. 사라지고 잃어버린, 모든 사랑했던 것들에 대한 애가이자 너무 깊어 드러낼 수 없을 것 같았던 비통함을 표현하는 그 음악의 숨막히는 아름다움을 견디기 위해 그녀는 두 손을 꼭 쥐었다. 이 모든 것이 너무도 가여워 마음이 시렸다.

음악이 그녀를 침대에서 끌어냈다. 음악이 어디서 흘러나오는지 알고 싶었다. 그녀는 일어나서 신발에 발을 쑤셔넣고는 음악소리를 따라 더듬더듬 걸어가 문을 열고 아래층으로 내려갔다. 그녀의 방에서 두 층 내려가, 식당에서 층계참을 넘어가면 부엌이 있었다. 여태 불이 다 켜져 있었다. 음악은 닫힌 문 뒤에서 흘러나오고 있었다. 소리가 매순간 점점 더 커졌다. 그녀는 무릎을 꿇고 앉아 열쇠구멍에 눈을 대고 안을 들여다보았다.

맨 처음 보인 것은 산책에서 돌아온 흰 개였다. 전열선이 두 줄인 전기난로 앞에서 넝마 깔개에 앉아, 느리게 펄떡이는 바이올린 선율에 박자를 맞춰 느긋하면서도 리드미컬하게 탁… 탁… 꼬리를 쳤다. 감수성이 예민하고 음악을 아는 개였다. 그 광경을 보는 사이, 저렇게 똑똑하고 다정한 개와 함께 이 음악을 나누고 있다는 생각에 그녀는 금세 저 높고 비극적인 뾰족탑에서 벗어난 듯 왠지 이 모든 것이 더 포근하게 느껴졌다.

위치를 조금 바꾸자 마거릿 외숙모가 열쇠구멍의 중심으로 들어왔다. 그녀는 막 하늘에서 내려온 천사처럼 미소지으며 등 곧은 의자에 새처럼 앉아 있었다. 풀어서 어깨까지 내린 머리칼은 불타는 덤불 같았다. 멜러니는 핀이 그녀의 머리를 풀어줬으리라 짐작했다. 타는 듯한 머리칼에 싸인 외숙모의 얼굴은 푸르스름한 탈지유 같았다. 그녀는 은색 키가 달린 흑단 플루트를 허벅지 위에 들고 멍하니 어루만지며 프랜씨의 연주를 들었다.

멜러니가 다시 움직이자, 손만 살아 움직이는 바이올리니스트 조각상 같은 프랜씨가 보였다. 현 밑에 흰 송진이 묻은 바이올린이 그의 턱 아래 고정되어 있었다. 그의 손가락들은 무더운 여름날 꽃밭 위의 나비처럼 현 위를 맴돌았다. 그의 얼굴은 엄하고 진지하면서 기품이 있었다.

느린 선율이 끝나자 멜러니는 한숨을 쉬었다. 마거릿 외숙모는 프랜씨의 손에 자기 손을 얹었다. 그는 무표정하게 바이올린을 내렸다. 그들은 서로를 바라보며 말없이 어떤 의미를 주고받았다. 잠시 뒤 마거릿 외숙모가 간절하게 갈망하는 듯 플루트를 비스듬히 입술에 댔다. 또다른 무곡이었다. 속도를 더한 개의 꼬리가 넝마 깔개를 두드려 먼지구름을 일으켰다. 프랜씨는 싱긋 웃고는 몇소절 뒤에 연주에 합류했다. 그의 활이 번뜩이고 나풀거렸다. 이번에는 딸깍딸깍하는 기묘한 소리가 들려 멜러니는 그게 무엇인지 보려고 다시 몸을 움직였다.

핀이 숟가락으로 연주를 하고 있었다. 멜러니는 숟가락 연주를 처음 보았다. 등을 맞댄 디저트스푼 한 짝이 그의 손가락 사이에서 흔들리며 복잡한 스타카토 리듬을 만들었는데, 그 연주는 몇분밖에 이어지지 못했다. 그의 손가락이 엉키면서 숟가락이 짤랑거리며 멈췄고, 그러면 그는 고개를 휘젓고는 처음부터 다시 시작했다. 핀의 숟가락 연주가 형편없다는 사실을 멜러니도 알 수 있었다. 그는 소방수 재킷을 벗고 높은 칼라의 반소매 속셔츠만 입고 있었는데, 색은 누렇고 팔 밑은 심하게 더러웠다. 자신의 부족한 실력에 화가 난 그는 숟가락을 탁자 위에 팽개치고 일어섰다. 그러자 연주자들은 기대감에 그를 흘긋 보았다. 그는 마루 한가운데로 나갔다. 멜러니는 무릎을 꿇은 채 몸을 틀어 그를 보았다. 그가 춤을 추기 시작했다.

자신의 육체적 매력을 모조리 발휘한 춤이었지만, 화려한 맛이 없고 진부했다. 그의 얼굴 표정은 전혀 변함이 없었다. 몸은 기묘하게 흐느적거렸고, 팔은 옆구리에 엉성하게 붙어 있었다. 그의 모든 개성은 복잡하고 다양한 동작을 해내는 날래고 능란한 발에 집중되어 있는 것 같았다. 표현력이 풍부하고 생기가 넘치는 그의 발은 음 하나하나마다 동작을 붙였다. 나머지 두 사람은 연주를 하며 그를 지켜보았다. 프랜씨는 작게 추임새를 넣으며 격려했고, 마거릿 외숙모는 고개를 끄덕였다. 그녀의 눈은 별과 같았다.

이 붉은 사람들은 자기들을 지켜보는 사람이 아무도 없을 때면 이렇게 즐기며 시간을 보내는 것이었다.

3

대체 누가 이토록 빽빽이 핏빛 장미 울타리를 심어놓았을까. 무성한 암녹색 잎에 싸인, 이렇게 잔혹한 가시를 지닌 장미를.

멜러니는 눈을 뜨고 장미들 사이의 가시를 보았다. 마치 한 세기 동안 꾸준히 자라는 정원에 감금되어 백년의 밤을 보내고 깨어난 잠자는 숲속의 공주가 된 듯한 기분이었다. 실은 장미무늬가 찍힌 새 벽지일 뿐이었지만, 가시가 있는 줄은 몰랐었다. 익숙한 곰돌이 에드워드가 그녀의 베개에 누워 있고, 빅토리아는 2미터쯤 떨어져 하얗게 칠한 창살 뒤 아기침대에서 배를 깔고 자고 있었다. 희미한 잿빛이 커튼 사이로 새어들어왔다. 멜러니의 코끝이 추위로 얼어붙는 듯했다.

그녀는 온기를 찾아 에드워드의 배에 얼굴을 묻었다. 털에서 후추 냄새 같은 게 났다. 그녀는 어제를 떠올렸다. 라파엘전파 풍의 「옛집에서의 최후의 식사」. 세 고아와 애통해하는 하인이 옛 식탁에 침울하게 앉아 다시는 못 쓸 옛 나이프와 포크를 쓰고 있다. 그 나이프와 포크들은 어떻게 될까? 누가 사려고 할까? 그것들은 다른 사람들의 삶이라는 무정한 해변을 표류하는 스테인리스 잡동사니였다. 아마 쓸려나가버리겠지. 그들은 체크무늬 식탁보가 덮인 식탁에 앉았고 발밑에서는 타일이 딸깍거렸다(어머니가 스페인에서 가져온 타일이었다). 놋쇠 장식과 구리 냄비들이 걸린 커다란 벽돌 벽난로가 있고, 커다란 불이 피워져야 할 한가운데에는 중앙난방을 위한 보일러가 있었다. 그래도 괜찮았다. 무척이나 사랑스럽고 고풍스러운 부엌이었다. 어머니가 부엌에서 주름장식이 달린 앞치마를 두르고 케이크를 만드는 모습이 사진에 담긴 적이 있었다. 그 사진들은 명사들의 아내는 어떤 사람들이고 어떻게 살아가고 있는지를 다루는 특집기사 씨리즈에 실렸다. 사랑스러운 부엌이었다. 그곳에서의 최후의 식사는 성찬 같은 것이어야 했다. 하지만 그런 감상을 느끼기엔 너무 어린 빅토리아는 에스키모처럼 쏘시지 기름 범벅이 됐다. 자, 이젠 모두 안녕.

　그들은 런던으로 와서 토끼파이를 먹었고, 그날은 생뚱맞게도 음악과 춤으로 끝났다. 더러운 셔츠를 입고 춤을 추는 핀, 마치 예전에 바이올린 연주자였던 악마처럼 바이올린을 연주하는 프랜씨, 그리고 불타는 머리를 덮어쓰고 플루트를 부는 벙어리 외숙모. 혹시 꿈을 꾼 걸까? 그렇다면 왜? 꿈이 아니었다면 어떻게 침대로 돌아왔을까? 핀이 그녀를 데려다줬을까?

그녀는 볼품없는 플란넬 파자마를 입고 핀의 좁고 젊은 가슴에 꼭 매달린 채 검은 가발을 얹은 덧베개처럼 흐느적거리는 자신의 모습을 그려보았다. 핀은 마치 사티로스 같았다. 닳고 해진 바지 속에 있는 그의 다리는 어쩌면 털이 무성하고 거친 염소 가죽에 갈라진 발굽을 하고 있을지도 몰랐다. 하지만 그는 사티로스라고 하기엔 너무 더러웠다. 사티로스는 산속 개울에서 자주 몸을 씻을 테니까.

'핀은 믿음이 안 가.' 그녀는 생각했다. 그의 눈은 너무 변덕스러운데다 너무 짓궂고 애매했다. 가벼운 사시 때문에 시선의 방향을 확실히 알 수가 없었다. 그리고 흉하고 요란스럽게 입으로 내쉬는 숨. 그를 보면 빨래집게나 종이꽃을 팔고 다니면서 남의 집 닭장을 덮치거나 하녀를 꼬이거나 빨랫줄에서 세탁물을 훔치거나 아니면 세 가지 짓을 다 하는 집시가 떠올랐다. 그는 그녀를 유쾌하지만은 않게 휘저어놓았다. 그래도 그는 젊었고, 그녀는 그 집에 늙은 사람들만 있을까봐 걱정했었다.

빛은 너무 이르고 불안정해 보였다. 멜러니는 다시 잠들고 싶었지만 그러지 못하고 일어났다. 추위가 파자마를 뚫고 들어왔다. 그녀는 중앙난방에 익숙했다. 이제 막 시작된 겨울에 대비해 두툼한 새 파자마를 사야 할 터였다. 돈이 있다면. 이 생각에 그녀는 심란해졌다. 사소한 개인 물건들, 샴푸, 스타킹, 로션 같은 걸 살 용돈이 따로 있을까? 알 길이 없었다. 그녀는 파자마 위에 비옷을 둘러맸다. 예전에 입던 부드러운 면사 가운은 부모님이 떠나기 직전에 못 입을 정도로 줄어들어버렸다. 그들은 급하게 떠나느라 그녀에게 새 가운을 사줄 시간이 없었다. 어머니는 약속했다. "미국에서 최고로 좋은 걸로 사올게."

멜러니는 혼자 욕실을 찾아가야 했는데, 복도 끝에 있다는 게 얼른 기억나서 다행이었다. 욕실이 어디 있는지 알자 낯선 기분이 덜해졌다. 지난밤에는 너무 피곤해서 씻지 못했기에 욕실을 쓰지 않았다. 지금은 기차의 지저분함이 온몸에 느껴져 씻어야겠다는 생각이 들었다. 뜨거운 물에 온몸을 담그고 있으면 좋을 것 같았다.

하지만 욕실 세면대에서는 찬물만 나왔다. 흘러나오는 물에 손을 한참 대고 있었지만 물은 전혀 따뜻해지지 않았다. 어이없게도 그녀는 몸을 담그거나 세수를 할 뜨거운 물이 욕실에 없다는 사실을 받아들여야 했다. 아직도 온수시설이 없는 집이 있다거나 친척이 그런 집에 살 거라고는 미처 생각하지 못했다. 쓸 만한 세숫비누도 없었다. 파란색과 흰색의 그리스식 무늬가 새겨진 도자기 비누그릇에 닳아빠진 가정용 비누가 두꺼비처럼 웅크리고 있었는데, 누렇고 거칠거칠한데다 아무렇게나 막 쓴 탓에 더러운 엄지손가락 지문이 묻어 있었다. 얼굴이 따갑고 비누가 그녀의 얼굴을 좀먹는 것 같았다. 피부가 썩어들어가는 기분이었다. 차가운 물과 빨랫비누. 그러니 이 모양이 될 수밖에 없었다. 깊숙한 구식 세면기에는 갈라진 금이 있고, 그 틈에 기다란 붉은색 머리카락 하나가 끼여 있다가 물이 채워지자 위로 떠올랐다. 둥근 봉에 수건이 걸려 있었지만 그녀가 손을 닦으려고 하자 수건과 봉이 함께 바닥에 떨어졌다. 줄무늬 수건은 별로 깨끗하지도 않았고 끈적끈적하면서도 까칠한 촉감이 났다.

분홍색, 녹색, 파란색, 노란색의 닳아빠진 칫솔 네 개가 치약이 묻어 굳은 플라스틱 걸이에 꽂혀 있었다. 더러운 유리 선반 위 흐릿한 컵 안에서 틀니 한 벌이 사라진 채서 고양이처럼 얼굴 없이 씩 웃고 있었다. 플라스틱 잇몸은 열에 들뜬 듯한 저녁놀의 분홍빛이었다. 멜러니는 분명 필립 외삼촌의 틀니일 거라고 생각했다. 그렇다면 그가 돌아온 것이다.

변기는 물탱크가 보이는 흔한 것이었다. 사슬('당기시오'라는 무뚝뚝한 지시문이 적힌 사기 손잡이가 달려 있었다)을 잡아당기자 철커덩 하는 쇳소리만 온 집 안을 깨울 정도로 시끄럽게 울릴 뿐, 변기를 씻어내릴 물은 한 방울도 나오지 않았다. 그녀는 다시 한번 해보았다. 이번에는 몇방울이 찔끔찔끔 잔잔한 수면 위로 튀었지만 물을 휘저어놓진 못했다. 그녀는 포기했다. 변기 옆에 휴지도 없었다. 대신 사각형으로 대충 찢은 『데일리 미러』여러 장이 고리 모양 줄에 걸려 있었다. 변기 파이프 뒤에 『아이리시 인디펜던트』가 한 부 꽂혀 있었다. 변비에 걸린 누군가가 읽었으리라.

욕실은 벽 중간까지는 암녹색, 그 위로는 크림색으로 칠해져 있었다. 디즈니 물고기 무늬의 찢긴 비닐 커튼으로 반쯤 가려진 키 큰 젖빛 유리창이 그 좁고 높은 욕실에 어울리지 않게 위용을 과시하고 있었다. 거울이라고는 작은 면도용 하나도 없었다. 놋쇠 집게발 네 개가 달린 욕조 안에는 잔모래로 얼룩진 작은 물웅덩이에 씨리얼 상자에서 나온 듯한 소형 플라스틱 잠수함이 떠 있었다. 그 위에 큰 온수기가 있었는데, 표면이 벗겨진 금속이 오래되어 녹색으로 변해 있었다.

멜러니는 최대한 빨리 썼었다. 욕실은 그녀를 크게 낙담시켰다. 「옛집에서의 최후의 세수」. 이번엔 풍속화가 아니라 욕실 광고책자에 나오는 사진이었다. 타일은 분홍빛으로 빛나고, 부드럽고 푹신한 수건과 화장지도 짝을 맞추어 분홍색이었다. 돌고래 모양의 수도꼭지에서 김이 모락모락 나는 물이 콸콸 쏟아져나오고, 입욕제와 화장수, 애프터셰이브 병이 보석처럼 반짝였다. 몸체가 낮은 변기는 아무 소리도 내지 않고 말끔하게 물이 내려갔다. 그야말로 청결에 바치는 신전이었다. 어머니는 근사한 욕실을 좋아했다. 욕실을 대단히 중요하게 생각했다.

"욕실이 이 모양이라고 울면 안돼." 멜러니는 스스로를 엄하게 타일렀다.

그래도 역시 힘들었다. 그녀는 예전의 욕실에 대한, 나아가 어머니에 대한 생각을 억지로 밀어냈다. 살면서 당연하게 여겼던 소박하고 아늑하고 평범한 모든 것들이 실은 굉장한 사치였음을 이제 깨달았다. 유산을 한푼도 못 받았으니 신문으로 뒤를 닦아야 하고 고생을 모르던 손가락이 얼음장 같은 물에 벌게지는 건 당연했다. 이제 황금알을 낳는 거위는 죽어버린 것이다.

침실은 벌써 익숙하고 안전하게 느껴졌다. 그녀는 처음 연여행가방의 맨 위에 있던 검은색 바지와 초콜릿색 스웨터를 입었다. 집에 있었다면 언덕에 안개가 끼고 나무 때는 연기가 골목길에 드리워지는 싸늘한 가을날에 이 옷을 입었겠지…… 그녀는 창밖을 내다보았다. 비는 오지 않았지만 눅눅한 아침이었다. 잿빛 하루가 막 시작되고 있었다.

제멋대로 우거진 정원 덤불에 쭈글쭈글한 이파리 몇개가 맥없이 매달려 있었다. 얼마 안되는 잔디 사이로 암갈색 맨땅이 보였다. 벽에는 낙엽 덩굴이 헐벗은 가지를 가시철사처럼 복잡한 그물 모양으로 쭉 뻗고 있었다. 정원 아래에는 쓰레기통이 놓인 좁은 샛길이 있고, 그 너머로 공동주택들의 조잡하고 너저분한 뒷면이 보였다. 창은 커튼으로 가려져 있고, 높은 창문에 달린 도르래에서 뻗어나온 높은 줄에 세탁물(긴 바지, 속옷, 이불, 셔츠)이 매달려 바람 없는 하늘에서 흐느적거리고 있었다. 거대한 달팽이 같은 양철 욕조들이 마치 건물을 타고 오르다 도중에 쉬고 있는 것처럼 벽 중간에 걸려 있었다. 여기가 바로 그녀가 살아가야 할 새로운 땅이었다.

빅토리아가 잠결에 몸을 뒤치면서 웅얼거렸다. 곱슬곱슬한 검은 머리에 파란 리본을 달고 푹 잠든 아이는 복숭앗빛에 보드랍고 사랑스러웠다. 이곳에서 빅토리아는 어떻게 될까? 맨발에 고무창 운동화를 신고 더러운 티셔츠를 입고, 곱게 자란 사람의 귀에 거슬리는 런던 억양을 쓰는 부랑아가 될까? 멜러니 자신은 어떻게 될까?

집은 완전히 적막했다. 멜러니는 아직 가보지 않은, 부엌이 있는 아래층으로 한번 내려가보기로 결심했다. 어느 문 뒤에 뭐가 있고 난로는 어떻게 켜고 개는 어디쯤에서 자는지, 최대한 빨리 새 집의 구조를 익혀 편히 지내고 싶었다. 어떻게든 편해져야 했다. 그녀는 이렇게 타인처럼 겉도는 느낌을, 이 새로운 환경에서 자신을 잃어버릴 것만 같은 불안한 느낌을 견딜 수가 없었다. 그녀는 리놀륨이 깔린 계단을 살금살금 내려갔다.

부엌은 블라인드가 쳐져 있어 캄캄했다. 퀴퀴한 담배연기 냄새가 나고 씽크대 안에는 씻지 않은 컵이 쌓여 있었지만, 부엌은 굉장히 깨끗했다. 정말 넓은 곳이었다. 짙은 갈색으로 칠한 붙박이 찬장에는 도자기 그릇, 밀가루 통, 빵 상자가 있었다. 걸어들어갈 수 있는 식품저장고도 있었다. 시험삼아 그 안으로 들어가 문을 열어보니 치즈와 곰팡이의 서늘한 냄새가 났다. 그들은 무얼 먹을까? 여러 가지 통조림이 있었다. 복숭아 통조림을 유독 좋아하는지 엄청나게 쌓여 있었다. 콩 통조림, 정어리 통조림도 있었다. 마거릿 외숙모는 통조림을 대량으로 사는 모양이었다. 케이크 굽는 틀이 많이 있었는데, 그중 하나를 열자 지난밤에 먹은 건포도 케이크가 나왔다. 그녀는 잘려 있는 한 조각을 집어먹었다. 식품저장고에서 뭔가를 훔쳐먹는 것이 편안한 기분을 느끼게 했다. 그녀는 부스러기를 흘리면서 부엌으로 돌아갔다.

반질반질한 소나무로 만든 기다란 테이블은 쥐들이 컵을 더럽히지 못하게 하려는 듯 식탁보(차 마시는 시간에 남의 집을 지나가면 창 안으로 보이는 그런 종류의 황갈색 국화무늬 식탁보였다)를 뒤로 걷어 아침식사에 쓸 그릇들을 덮어두고 있었다.

가게와 복도처럼 온통 짙고 탁한 갈색으로 칠한 방이었다. 부엌 벽지는 낡고 갈색이고 번들거리고 기름때가 길게 줄져 있었다. 이곳 역시 벽에 칠판이 있고, 거기에 글이 씌어 있었다. '제시간에 도착했어요. 푹 잠들었어요.' 필립 외삼촌은 아주 밤늦게나 새벽에 돌아왔고 마거릿 외숙모만 깨어 있었던 것 같았다. 멜러니는 그의 귀가를 재구성해보았다. 마거릿 외숙모가 차를 끓이고, 외삼촌은 새로 온 아이들의 안부를 묻고, 외숙모는 그녀만의 방식으로 대답한다. 그는 미씨씨피 노름꾼의 차림을 하고 있다. 하지만 얼굴은 선명하게 그려낼 수 없었다.

부엌은 타인들의 알 수 없는 인생으로 가득했다. 식탁보 위의 검댕 얼룩은 자기만의 비밀스러운 역사를 지니고 있고, 벽난로 선반(베이지색 타일로 만든 현대적이고 추한 것이었다)에 놓인 작은 석고 셰퍼드 모형 뒤로 뜯지 않은 비밀스러운 우편물도 있었다. 벽난로는 한번도 쓰지 않은 것이 분명했다. 나무토막과 석탄이 있어야 할 곳에 부채꼴로 접힌 신문이 있고, 그 위에 이상한 그림이 걸려 있었다. 그녀는 그 그림을 보기 위해 커튼을 더 열어 빛이 들어오게 했다.

대단히 정밀하게 그려진 흰색 불테리어의 초상화였다. 분홍색으로 칠한 살갗 위로 모든 흰색 털이 한올 한올 빗질된 듯 보였고, 코의 까끌까끌한 질감마저 느낄 수 있었다. 불테리어는 끝이 뾰족뾰족한 덤불 속에서 정면을 바라보며 쪼그리고 앉아 있었다. 입에는 패랭이꽃과 데이지가 담긴 고리버들 꽃바구니를 물고 있었다. 꽃들에 맺힌 이슬방울이 파르르 떨리고 있었다. 개의 눈은 색유리 조각들을 화폭에 붙인 것이어서 부자연스럽게 반짝였다. 그 뒤로는 바위투성이 바닷가와 하얀 파도가 줄지어 이어지는 바다, 그리고 멍든 듯 불길한 폭풍우를 머금고 주황색 노을이 줄무늬를 이루는 하늘이 그려져 있었다. 개는 방 안 전체를 내려다보고 있었다. 마치 진짜 개와 교대하면서 그 유리눈으로 끊임없이 경계하며 집을 지키는 경비견이나 파수꾼이라도 되는 양, 거기에는 뭔가 공무적인 느낌이 있었다. 입에 문 꽃바구니는 보는 사람들의 경계심을 누그러뜨리고 무해한 인상을 더하기 위한 액세서리였다. 진짜 개의 흔적은 없었지만 씽크대 옆 바닥에 신선한 물을 채운 오븐 접시가 있었다. 아무래도 근무를 쉬는 중인 모양이었다.

　　초상화 옆에는 뻐꾸기시계가 있었는데, 녹색 앞문 주위로 초록빛 담쟁이덩굴과 자줏빛 포도가 장식되어 있었다. 개를 들여다보고 있는데 윙 하는 소리와 함께 시계 앞문이 열리는 바람에 멜러니는 화들짝 놀랐다. 새가 나와 일곱 번 절을 하며 뻐꾹뻐꾹 울었다. 박제된 진짜 뻐꾸기였다. 어떻게 했는지는 모르겠지만 깃털 가슴 안에 음향장치가 설치되어 있었다. 멜러니가 생전 처음 보는, 기괴한 독창성과 고의적인 괴벽함이 서린 뻐꾸기시계였다. 새가 자기 집으로 다시 들어가고 문이 꽝 닫혔다. 그녀는 시계가 고장나서 그 새를 다시는 안 봤으면 싶었다. 그 새가 마음에 들지 않았다. 그녀는 시들고 기운이 빠져나간 기분이었다. 평범한 것 하나 없고, 모든 것이 기대에 어긋났다. 그녀의 검은 두 다리와 양쪽으로 땋은 검은 머리만 빼면.

차를 끓여도 좋을 것 같았다. 네 다리로 꼿꼿이 서 있는 가스레인지는 아주 낡았지만 그런대로 평범했다. 그녀는 커다란 검은 주전자에 물을 채워 버너 위에 올렸다. 차는 맛있을 거야. 외숙모와 외삼촌한테도 침대로 차를 갖다줘야 할까? 그러면 그들과 잘 시작해볼 수 있을까? 하지만 그녀는 복도의 많은 문 중에 어느 것이 그들의 방문인지 몰랐다. 아니면 프랜씨와 핀에게 차를 가져다줄까? 마멀레이드를 바른 빵처럼 흰 베개에 붉은 머리를 묻고 자는 핀. 핀을 생각하자 뱃속 깊숙한 곳에서 반은 두렵고 반은 기분 좋은 기묘한 떨림이 일었다. 하지만 그녀는 그들이 자는 곳도 어딘지 몰랐다.

정원에서 기모노를 입고 있는 사람이 그려진 양철 차통이 가스레인지 옆 선반에 있었다. 멜러니는 어림으로 따져 성령강림절 용 주전자에 차를 한 번, 두 번, 세 번 넣었다. 그때 계단에서 발소리가 들렸다. 찻주전자 뚜껑을 손에 들고 가만히 서 있자 향기로운 김이 그녀의 얼굴로 피어올랐다. 발소리는 밑으로 내려와, 부엌을 지나서, 가게로 들어갔다. 발소리가 완전히 사라진 줄 알았는데, 짐승의 발이 터벅터벅 리놀륨 위를 걷는 소리와 함께 금세 다시 돌아왔다. 핀이 우유 다섯 병을 들고 개를 데리고 부엌으로 들어왔다. 멜러니는 긴장을 풀고 뚜껑을 주전자에 올려놓고는 말했다.

"안녕하세요."

"집에 빨리 적응하는구나." 그는 별로 놀라는 기색 없이 말했다. 눈곱 긴 눈에는 아직 잠기운이 묻어 있고 아침이라 빗지 않은 머리는 엉키고 헝클어져 있었다. 그가 썩은 어금니까지 보일 만큼 크게 하품을 했다.

"차 좀 마실래요? 이래도 괜찮은 건지 모르겠어요. 그러니까, 차 끓이는 거요."

"아, 괜찮아, 이 시간에는. 난 차를 많이 넣어줘. 그리고 설탕 셋."

그녀는 '이 시간에는'이 무슨 뜻인지 궁금했다. 다른 시간에는 차를 끓이면 안된다는 걸까? 그녀는 그가 옷을 제대로 입지 않았다는 걸 알았다. 코듀로이 바지를 입었지만 맨발이었고, 단추를 끄른 파자마 상의 틈으로 새하얀 가슴이 언뜻언뜻 보였다. 그는 전기난로를 켜고 그 앞에 무릎을 꿇고 앉아, 붉어지는 전열선으로 손을 뻗었다. 멜러니가 그의 맨몸에서 눈을 돌리고 차를 건네자 그는 고마워하며 마셨다. 개는 물을 조금 핥아먹고는 그의 옆에 느릿느릿 앉아, 마치 자기 초상화를 비평하려는 듯이 가만히 눈을 치켜뜨고 초상화를 보았다. 아니면 소리없이 서로 얘기를 주고받는 걸까. 핀은 파자마 주머니에서 담배를 더듬어 찾았다. 멜러니는 뜨거운 차에 입을 데었다. 컵은 싸구려 버들무늬였지만 소박한 것이 마음에 들었다.

"더 줄래?" 그가 찻잔을 건네며 부탁했다. 뜨거운 차를 어쩜 저렇게 빨리 마실까? "잠 깨는 데는 차만한 게 없지."

그의 옆에서 멜러니는 아무리 애써도 어색하게 움직이는 손과 우아하게 서 있지 못하는 두 다리를 날카롭게 의식하고 있었다. 하지만 그녀는 곁눈질은 하지 않았고, 그의 사팔눈은 잠으로 기운을 차린 것처럼 아침에 더 심해 보였다.

"또 머리를 묶었네." 그가 무심히 말했다.

"이게 더 편해서요." 그녀는 약간 얼굴을 붉혔다.

"아, 그래." 그는 눈을 문질러 잠기운을 몰아내며 어깨를 으쓱했다. 그러고는 멜러니를 아래위로 훑어보다가 사납게 말했다. "안돼, 그 옷 입지 마!"

"네?"

"바지 말이야. 너희 필립 외삼촌의 방침이 그래. 바지 입은 여자를 못 참거든. 바지 입은 여자는 가게에도 안 들여. 매춘부라고 고함을 지르면서 거리로 쫓아내지. 아, 어떨 땐 무시무시하다니까. 매형한텐 네가 걸어다니는 수치 덩어리로 보일걸?"

"외삼촌이 돌아오셨다는 거 알아요. 욕실에서 틀니를 봤거든요."

"멜러니, 얼른 올라가서 치마로 갈아입고 와. 안 그럼 쫓겨나!"

그녀는 얼떨떨하게 자기 모습을 내려다보았다. 몸은 가려져 있었다. 단정했다. 그가 농담을 하는 게 분명했다.

"얼른!" 그는 간청했다. 애원이었다.

"뭐……" 이상하긴 했지만 그녀는 대답했다. "나보단 당신이 외삼촌을 더 잘 알겠죠."

"그래. 맞아. 나는 그 인간을 아주 잘 알지."

멜러니는 문손잡이에 손을 얹은 채 머뭇거렸다.

"내가 외삼촌에 대해서 알아둬야 할 게 또 있나요?"

"화장은 안돼, 명심해. 그리고 매형이 시킬 때만 말을 해. 매형은 조용한 여자를 좋아하거든."

그녀는 칠판을 보았다.

"그렇군요."

핀은 무용을 하듯이 일어나서 세번째 잔을 채웠다. 그의 가슴이 물마루를 타는 뱃머리처럼 파자마 상의 사이로 솟아올랐다. 살갗은 은은한 광택이 도는 흰색 벨벳 같았고 젖꼭지는 앵무새처럼 선명한 분홍빛이었다. 그러나 그가 땀과 잠의 냄새로 방을 가득 채우고 있어 멜러니는 그가 입으로 숨쉬지 않기를 바랐다. 그의 발바닥은 때가 끼어 거무튀튀했다.

"빨리 가서 바지 갈아입어, 멜러니."

그녀는 올라가 가방에서 회색 주름치마를 꺼내 지퍼를 열고 입었다. 아주 수수한 학생용 치마였다. 어떤 충동에 이끌려, 그녀는 땋은 머리를 풀어헤쳤다. 상을 당하기 전처럼 머리칼이 귀에서 살랑거렸다. 빅토리아는 전혀 깰 기미가 없었다. 멜러니가 부엌으로 돌아갔을 때 핀은 식탁에 앉아 오래된 신문을 읽으면서 빵의 속살에 회색 지문을 남기며 둥글게 뜯어 아무것도 바르지 않은 채로 먹고 있었다. 개는 '개'라고 적힌 질그릇에 담긴 다진 말고기를 으르렁거리며 물어뜯고 있었다.

"더 낫군." 핀이 마음에 드는 듯 말했다. 그녀의 머리도 눈치챘을까? "빵 좀 먹어." 그들은 함께 빵을 먹었고 그는 신문을 읽었다. 뻐꾸기가 삼십분을 알리며 울었다. 멜러니는 움찔했다.

"네 외삼촌이 만든 시계야."

"어머!"

"매형이 만들 줄 아는 게 얼마나 많은지 넌 아직 모를 거야, 멜러니."

"예전에 뚜껑을 열면 인형이 튀어나오는 장난감을 외삼촌이 보내준 적이 있어요. 그건 무서웠어요."

"그래도 인형이랑 목마랑 인형 집은 알겠지?"

"아니요."

"매형은 대가야. 기술이나 재주로 그를 따를 자가 없지. 나름대로 천재고, 자기도 그걸 알아." 그는 잠시 생각에 잠겼다. "작품 좀 볼래? 지금이 딱 좋아. 다들 깨기 전에. 다른 시간엔 안돼."

"왜요?"

"그게 매형 방침이야. 다른 사람이 보는 걸 싫어하거든. 특히 극장. 극장은 자기 혼자 독차지하려고 하지."

"극장? 무슨 극장요?"

"꼭두각시들과 그들의 연극을 위한 극장. 꼭두각시에 대해선 아무도 몰라. 팔려고 만든 게 아니거든. 매형 취미지."

그의 옷 앞판에는 노른자 자국이 말라 있고, 소맷부리는 잿빛에 너덜너덜했다. 그리고 프랜씨처럼 그의 이도 흡연 때문에 누렜다. 그는 새 담배에 불을 붙였다. 담뱃갑에 로버트 번즈(영국의 시인—옮긴이)가 그려진 스위트 애프턴 담배였다. 아침식사를 마친 개는 숨을 크게 내쉬며 넝마 깔개에 드러누웠다. 불 때문에 개의 옆구리가 주황색으로 물들었다.

"개 그림은 누가 그린 거예요?"

"내가."

"정말, 정말 똑같아요."

"개가 다 거기서 거기지." 그는 어깨를 으쓱했다. "나는 매형의 꼭두각시와 무대와 장난감을 색칠해. 대단한 장난감들이지, 그래."

"그 일밖에 안해요?"

"기술도 배워. 난 네 외삼촌의 도제야, 멜러니." 그는 식탁에서 벌떡 일어났다. "네가 직접 가서 보는 게 좋겠다."

멜러니는 그가 그녀의 이름을 부르는 방식이 별로 마음에 들지 않았다. 그 이름이 우습다는 듯 그는 매끄러운 세 음절을 익살스러운 억양으로 발음했다. 하지만 그녀는 호기심이 일어 그를 따라갔다. 개는 나른한 눈을 뜨고 그들이 무사히 나가는지 지켜보았다. 핀은 더러운 맨발로 질퍽한 소리를 내며 걸었다. 염소 뿔처럼 길게 구부러진 그의 발톱을 보고 멜러니는 그가 가지고 있을지도 모른다고 생각했던 갈라진 발굽을 떠올렸다. 그의 발톱은 칼도 들지 않을 것 같았고 몇달, 어쩌면 몇년을 깎지 않은 것처럼 보였다. 그는 일층 가게로 들어가는 문을 열었다. 가게는 블라인드가 쳐져 어둑했고 앵무새는 꾸벅꾸벅 졸고 있었다.

"파는 물건부터 한두 개 보자." 핀이 그렇게 말하며 불을 켰다. "착하지, 조이." 앵무새가 깨서 재잘거리자 그가 말했다.

"네 외삼촌은 나무와 금속을 다 써서 작업해." 그의 부드러운 목소리에는 아무런 감정도 없었다. "이건 어때?"

그가 종이상자 하나를 골라, 밝은 갈색 털에 단추 눈알이 달린 두 마리의 원숭이 장난감을 꺼냈다. 한 마리는 가는 세로줄무늬 정장 차림을 한 작고 멋진 원숭이였고, 검은 드레스를 입은 다른 한 마리도 정교했다. 수컷 원숭이는 양철 바이올린을, 암컷 원숭이는 양철 플루트를 들고 있었다. 원숭이들은 붉은 유약을 바른 양철 연단 위에 서 있었다. 멜러니는 갑자기 거북함이 치밀었다. 핀은 부드럽게 미소지으며 태엽을 감았다. 모피 팔들이 움직였다. 양철 활이 현을 긋고, 양철 플루트가 모피 입에 붙어 움직였다. 바닥에 있는 오르골에서 지난밤의 음악을 본뜬 가냘프고 맑은 선율이 흘러나왔고 원숭이들은 발을 굴렀다.

"춤곡이야.「더블린으로 가는 바윗길」. 내가 지금 그 길을 걷고 있다면 얼마나 좋을까."

멜러니는 말없이 원숭이들을 바라보았다. 드디어 태엽장치가 끼익 멈추었다. 앵무새가 새된 소리를 질렀다. "안 팔아! 안 팔아!"

"잘된 작품이야. 인기가 좋지. 발목에 종을 달고 춤추는 원숭이도 있어. 종을 달고 말이야."

"밤에 음악을 들었어요."

"널 침대로 데려다준 게 나야. 늦게야 널 봤는데, 부엌문 바깥 층계참에서 웅크리고 있었어. 그러고 있는 걸 보니까 짠하더라."

"내가 어떻게 다시 침대로 왔나 했어요."

"네 외삼촌을 만만하게 보지 마." 핀이 전날밤 일은 무시하면서 말했다. "그렇지만 낭만적인 것도 만들지. 감상적이고."

그는 다른 상자에서 큼직한 장미를 하나 꺼냈다.

"흰 장미네요." 멜러니는 숨을 죽였다.

"왜 그래?"

"아, 아무것도 아니에요."

태엽을 돌리자 빳빳한 꽃잎들(빳빳하게 만든 캔버스? 아니면 판지? 얇은 대팻밥?)이 우아하게 활처럼 휘며 열리더니, 주름장식이 달린 아이 손만한 크기의 여자 양치기 인형이 나왔다. 장미 한가운데에서 작게 딸랑딸랑하는 소리가 나기 시작했다. 양 치는 여자는 한 발을 들고 한 발 끝으로 빙글 돌다가 다른 쪽 다리로 바꾸었다. 마침내 그녀가 인사를 했고 꽃잎이 그녀의 머리 위로 닫혔다. 딸랑딸랑 소리가 멈추었다.

"우린 이걸 '깜짝 장미 꽃병'이라고 부르지." 그는 주머니에서 풍선껌을 꺼내 포장을 풀고 입안에 집어넣었다. "십 기니야. 매형은 이게 정말 아름다운 줄 알아."

그가 풍선을 불자 풍선이 방귀 소리를 내며 터졌다.

"독창적이네요." 멜러니는 확신이 서지 않아 머뭇머뭇 말했다.

"거지 같은데 팔리긴 해." 핀은 상자를 치웠다. "이건 좀 나아. 내가 생각해낸 거야."

그는 나비넥타이를 매고 자전거를 타는 노란색 곰을 보여주었다. 곰은 계산대 위를 달리면서 드문드문 종을 울렸다. 움직이는 방향이 들쑥날쑥했다. 그러다 유난히 크게 방향을 트는 바람에 계산대 오른쪽으로 떨어졌고, 핀이 공중에서 잡아채자 거꾸로 뒤집혀 바퀴가 빙빙 돌았다. 정말 엉뚱하고 익살맞은 장난감이라 멜러니는 킥킥거리며 직접 작동해보려고 손을 뻗었다.

"웃으니까 좋구나. 안 웃으려고 작정한 줄 알았지. 가게는 언제든 볼 수 있으니까 너무 늦기 전에 아래층으로 내려가자."

그들은 지하실로 들어갔다. 흰색으로 칠한 그 방은 집의 아래쪽을 완전히 차지하며 길게 뻗어 있었다. 한쪽 끝에 있는 창은 지하 석탄고로 이어져 있고, 철창살을 통해 위쪽 포장길 쪽에서 약간의 빛이 비스듬히 새어들어왔다. 새 나무의 깨끗하고 향긋한 냄새와 갓 바른 페인트의 톡 쏘는 냄새가 났다. 발밑에선 대팻밥이 저벅저벅 밟혔다. 공작대가 한쪽 벽을 따라

쪽 이어져 있었는데, 깎이고 잘린 팔다리들로 뒤덮여 있어 꼭 의족공장 '발푸르기스의 밤' 같았다. 반대쪽 벽에는 온갖 색깔의 물감이 튄 채색 작업대가 있었다. 벽에는 춤추는 꼭두각시, 춤추는 곰, 껑충껑충 뛰는 어릿광대가 걸려 있었다. 일부만 조립된 꼭두각시들은 크기가 가지가지였는데, 키가 멜러니만한 것도 있었다. 어떤 것은 눈이 없고, 어떤 것은 팔이 없고, 어떤 것은 다리가 없고, 어떤 것은 알몸이고, 어떤 것은 옷을 입은 채 모두 미완성으로 갈고리에 매달려 기묘한 활기를 띠고 있었다. 암청색, 황금색에 휘황찬란한 분홍색과 자주색까지 가지각색의 가면들도 있었다. 핀이 그중 한 가면을 쓰자 빨갛고 노란 얼룩덜룩한 얼굴에 텁수룩한 눈썹과 콧수염, 뾰족한 턱수염이 뒤섞인 메피스토펠레스로 변했다.

"진짜 털이야. 우리는 제대로 된 것만 쓰거든." 그가 턱수염을 당기며 말했다. 기다란 네온 불빛을 밝힌 방은 그림자 하나 없었다.

방 저쪽 끝에 상자 모양의 큰 조립식 무대장치 위로 빨간 비단 천막이 바닥까지 내려져 있었다. 가면을 쓴 핀이 앞으로 가서 끈을 잡아당겼다. 막이 작은 무대 양쪽으로 걷히면서 열리자, 조용히 기다리고 있던 숲의 작은 동굴과 판지 바위들이 나타났다. 분수 속에 150센티미터는 족히 되는 꼭두각시 씰피드(공기의 요정—옮긴이)가 흰 면사포를 쓴 채 마치 누군가가 가지고 놀다가 싫증나서 던져버리고 나간 것처럼 마구 뒤엉킨 줄 속에 엎어져 있었다. 길고 검은 머리가 꼭 죄인 공단 옷의 허리 부분까지 내려와 있었다.

"이제 됐어요. 그만 볼래요." 멜러니는 혼란스러운 기분이었다.

"아, 이 정도는 맛보기야."

그녀는 하얀 공단 옷과 면사포 속에 쓰러져 있는 인형을 차마 계속 보고 있을 수 없었다.

"난, 난 극장이 마음에 안 들어요. 부탁이에요, 핀, 막을 닫아요."

그가 마지못해 밧줄을 다시 당기자 고맙게도 빨간 천막이 버려진 요정을 가렸다.

"사실 꼭두각시 극장은 매형이 가장 아끼는 애인인 셈이지. 아니, 차라리 집착이라고 해야겠다. 매형이 올리는 무대를 너도 봐야 하는데! 가끔은 나더러 줄을 당기게 시켜. 나한텐 최고의 날이지." 핀의 목소리는 끝이 얄궂게 꼬였다.

"이제 됐어요." 그녀는 다시 한번 말했다. 이 기묘한 세상이 그녀 주위를 뱅글뱅글 돌았다. 장난감과 꼭두각시가 사람을 위축시키고, 새들마저 기계장치이고, 얼마 안되는 인간들은 가면을 쓰고 그 끔찍한 짧은 밤 시간에 악기를 연주했다. 그녀는 또다시 그 밤으로 떠밀려들어갔다. 그녀는 또다시 밤 속에 있었고, 그 인형은 그녀 자신이었다. 그녀의 입이 파르르 떨렸다.

멜러니가 괴로워하는 것을 본 핀의 느슨한 입이 달의 뒷면처럼 연민 때문에 아래로 처졌다. 그가 갑자기 옆으로 재주를 넘으며 방 안을 빙글빙글 돌아 그녀는 당황하며 깜짝 놀랐다. 그는 악마의 가면을 쓴 자신을 윙윙거리는 장난감, 팔과 다리를 빛내며 빠르게 도는 회전불꽃으로 만들었다. 그가 그녀 앞에서 손으로 땅을 짚고 서자, 거꾸로 뒤집힌 그의 가짜 얼굴이 종이 뺨 위로 흘러내린 가짜 머리칼과 진짜 머리칼에 가려졌다.

"웃어봐. 널 즐겁게 해주려고 애쓰고 있잖아."

그는 더러운 발을 공중에 차올렸다.

"집에 가고 싶어요." 멜러니는 11월처럼 쓸쓸하고 절망적인 목소리로 말했다. 그녀는 두 손에 얼굴을 묻었다. 그의 고약하고 교활한 냄새가 가까이에서 났다. 그가 천천히 몸을 바로 세우고 가면을 벗었지만 그에게서 고개를 돌리고 있어 얼굴을 볼 수는 없었다.

"수녀님이 형과 나한테 최고로 좋은 빳빳한 옷에 부드득거리는 신발을 신겨서 데려왔지. 수녀님은 아일랜드의 고아원에서 여기까지 같이 와주셨어. 고아원에는 이백 개의 침대 안에 이백 개의 머리가 있고, 이백 장의 군용 담요 밑에 이백 개의 상처받은 마음이 있었어. 좋은 수녀님들이 우리를 돌봐주셨지. 수녀님은 하느님을 믿고 우리를 데리고 아일랜드 해를 건넜는데, 하느님은 고약한 날씨로 수녀님을 괴롭혔고 수녀님은 딱하게도 쎄인트 조지 해협에 토하셨어. 형은 울고 있었어. 형이 우리 어머니의 눈을 감겨드렸거든. 그걸 할 사람이 형밖에 없었어. 그때 형은 겨우 열네살이었는데, 바이올린 솜씨는 벌써 기가 막혔지. 하지만 손에서 어머니 눈꺼풀의 감촉을 떨쳐버리지 못하는 거야. 수련 꽃잎 같다고 계속 그랬지. 희고 축축했다고. 하지만 죽은 눈꺼풀이었다고.”

“그만해요, 핀.” 그녀는 눈물이 나올 것 같았다. 놀랍게도 그 눈물은 그녀 자신을 위한 것이 아니라 아주 오래전의 핀과 프랜씨, 특히 프랜씨를 위한 것이었다. 핀은 그녀를 안을 것처럼 두 팔을 벌렸지만 그녀는 여전히 눈에 주먹을 대고 눈물을 참고 있었다. 그때 머리 위로 꽝 하고 큰 소리가 들렸다. 핀이 어깨를 으쓱했다. 그는 늘 어깨를 으쓱거렸다.

“아침 먹으라고 종을 울리는 거야. 뛰어야 돼. 뭐라도 조금 먹고 나면 기분이 괜찮아질 거야. 그리고 이 집에서는 식사 때 늦지 않는 게 제일 중요해.”

거대하고 압도적인 풍채의 남자가 부엌으로 가는 계단 꼭대기를 가로막고 서 있었다. 빛을 등지고 있어서 얼굴은 보이지 않았다. 게다가 핀이 그녀 앞에서 계단을 오르고 있었다. 남자는 손에 순무처럼 생긴 둥근 시계를 들고 그걸 뚫어져라 보고 있는 듯했다. 그는 혼자 뭐라고 중얼거리고 있었다. 갑자기 계단의 불이 켜졌다. 중얼거림은 고함소리가 되었다.

“삼 분 지각! 뻔뻔스럽게 냄새나는 누더기까지 걸치고 신나게 뛰어올라오는군! 내가 더러운 비트족들한테 하숙이라도 치고 있는 건가? 그래? 응?” 그가 핀의 머리를 소리나게 세게 때리자 핀은 비틀비틀하더니 난간을 움켜잡았다. 핀은 휘청거리며 웃기 시작했다.

“멜러니, 이분이 필립 외삼촌이셔!”

사진을 봤기 때문에 금방 알아보긴 했지만, 살이 아주 많이 불어 있었다. 그는 그녀를 무시한 채 핀의 파자마 윗도리를 쥐고 뒤에서 잡아떼려 했다. 험악한 드잡이가 벌어졌고, 핀은 계속 웃으면서 뱀장어처럼, 웃는 뱀장어처럼 앞뒤로 스르르 몸을 피했다. 그는 필립 외삼촌의 팔 밑으로 휙 빠져나가 층계참에 있는 사슴뿔 모양 옷걸이에서 파란 재킷을 잡아채서 허둥대며 목까지 단추를 채웠다.

"가리면 되죠." 그가 숨을 헐떡이며 말했다.

"죽이 식고 있어." 필립 외삼촌이 말했다. "네가 너무 늦어서 그래. 난 식은 죽이 제일 짜증나. 너희 자울 가 놈들도 그렇고."

그가 한번 더 말했다.

"너희 자울 가 놈들 말이야."

하지만 핀이 몸을 가리고 나자 그는 화가 많이 가라앉은 듯했다. 멜러니는 사슴뿔 모양 옷걸이에 서부영화에서 미씨씨피 노름꾼들이 쓰는, 윗부분이 납작하고 챙 끝이 말린 검은 모자가 걸려 있는 것을 보았다. 모자는 오래되어 털이 거의 다 빠지고 아주 오래된 동전처럼 푸르스름했다. 필립 외삼촌은 그 모자 하나밖에 없는지도 몰랐다.

4

가끔 마시는 차와 가벼운 간식을 뺀 나머지 식사는 모두 식당에서 했는데, 식당은 아무리 자주 가서 앉아 있어도 곰팡내가 사라지지 않았다. 하지만 아침만은 예외여서 항상 부엌에서 먹었다. 멜러니는 그 이유를 도무지 알 수가 없었다.

부엌에는 조너선과 빅토리아가 찬물로 씻어 발그레한 얼굴을 하고서는 아직 손대지 않은 죽을 앞에 두고 앉아 있었다. 마거릿 외숙모가 그들을 깨우고 씻긴 것이 분명했다. 외숙모는 가녀린 팔을 초조하게 흔들며 멜러니를 빅토리아 옆에 앉혔다. 검은 치마와 스웨터를 입고 더러운 검은색 면 앞치마를 비뚤게 둘러 등 뒤에서 가는 끈으로 묶었는데, 왠지 허둥지둥하는 모습이었다. 잠결에 핀을 꽂았는지 머리가 많이 흐트러져 있었다.

빅토리아는 녹색 개구리가 그려진 예쁜 턱받이를 하고 있었지만 딱딱한 식사 분위기에, 종소리와 호통소리에 기가 눌린 것 같았다. 아이는 천만다행으로 평소와 달리 얌전했다. 멜러니는 아침식사 동안 웃고 노래하는 빅토리아를 참지 못할 테고, 필립 외삼촌은 아기를 때릴지도 모르니 무시무시했을 것이다. 멜러니와 빅토리아의 맞은편에 앉은 두 자울 형제는 꾀죄죄함과 정갈함을 대조시킨 교훈적인 그림 같았다. 프랜씨는 이미 답답할 정도로 깔끔하게 옷을 차려입고 깨끗한 녹색 넥타이에다 어제와 달리 단검 모양의 넥타이핀까지 하고 있었다. 식탁머리의 커다란 팔걸이의자에는 필립 외삼촌이 육중하게 앉아, 빵 조각이 담긴 큰 접시와 겉면이 끈적끈적한 오렌지 모양 마멀레이드 병을 고압적으로 통제하고 있었다. 마거릿 외숙모는 식탁 맨 끝에 웅크리고 앉아 주전자가 끓는지 곁눈으로 살피고 있었다. 식전 기도는 프랜씨의 것보다는 덜 이상하지만 심하게 생략되어 있었다.

"우리에게 귀한 음식을 내려주시니"라고 필립 외삼촌이 말했고, 그걸로 끝이었다. 그가 숟가락을 들었다. 그것이 신호였다. 그들은 일제히 죽으로 달려들었다.

갈색 주전자에 우유가 들어 있었고, 금박 입힌 초록색 깡통에 담긴 골든 시럽이나 설탕 중 하나를 고를 수 있었다. 시럽을 독점한 핀은 먹지는 않고 꿈을 꾸듯 멍하니 시럽으로 자기 그릇에 교회식 자수를 그렸다. 완전한 침묵이 흘렀지만, 프랜씨만은 교향곡을 연주하듯 쩝쩝거리고 툭툭 튀기는 소리를 냈다. 핀은 계속 정교한 레이스 무늬를 만들었고, 다른 그릇들은 비워졌다. 시간이 흘렀다. 필립 외삼촌은 숱 많은 눈썹 밑으로 메두사 같은 시선을 핀에게 던졌다.

"핀." 그가 마침내 무섭게 입을 열었다.

"네?" 핀은 씩 웃으며 기운 좋게 말했다. 그는 왜 저렇게 크게 웃으면서 누런 이를 내보이는 걸까?

"먹는 것 갖고 장난치지 마, 젠장!"

"그냥 디자인을 한 거예요."

"먹는 거든 뭐든 장난치지 마."

마거릿 외숙모는 몸을 떨면서 눈을 감았다. 핀은 한숨을 내쉬며 놀라운 속도로 그릇을 비웠다. 먹는 게 아니라 주머니에 퍼넣는 것 같았다. 외삼촌이 핀에게만 정신이 팔린 틈을 타서 멜러니는 힐끗 외삼촌을 쳐다보았다.

그의 몸집은 여전히 놀라웠다. 어머니의 결혼식 때는 아주 말랐었다. 나이는 얼마나 될까? 마거릿 외숙모보다 많은 건, 훨씬 많은 건 확실한데, 얼마나 더 많을까? 그의 머리카락은 나이 들어 보였지만 백발은 아니었다. 오히려 변색된 은발처럼 노르스름했고, 왼쪽 가르마에서 이마를 가로질러 매끄럽고 윤이 나게 빗겨져 있었다. 대단한 허영으로 관리된 숱 많은 머리카락이었다. 텁수룩한 그의 팔자수염은 더 짙은 색깔에 줄무늬처럼 회색이 섞여 있었는데, 머그잔(장미 꽃봉오리 그림 사이에 '아버지'라고 새겨진 작은 크기의 특별한 전용 머그잔이었다)에 살짝 잠기는 곳은 갈색으로 흐물흐물해져 있었다.

콧수염 때문에 슈바이처 같은 분위기를 풍겼지만 인자해 보이지는 않았다. 뼈마디가 굵고 오랜 세월 페인트와 나무를 다룬 탓에 거칠게 흉터가 지고 변색된 큼직한 손에 든 머그잔은 크기는 알맞지만 너무 예뻐 어울리지 않았다. 멜러니는 그의 손을 잡고 싶지 않다는 생각을 했다. 그의 눈썹은 메피스토펠레스 가면의 눈썹처럼 튀어나왔고, 그 아래 눈은 비 오는 날처럼 무채색이었다.

그는 풀을 먹여 유리처럼 반짝이는 새하얀 나비 칼라 셔츠에 그의 누이가 결혼한 뒤로 한번도 풀지 않은 것 같은 끈 넥타이를 매고 있었다. 가장의 위엄을 노골적으로 드러내며 앉아 있는 그의 벌어진 검은색 양복조끼(그 번들거리는 등 부분에는 긴 줄이 여럿 그어져 있었다)에는 빅토리아 시대의 탄광 주인들이 즐겨 했을 법한 화려한 금시곗줄이 매여 있었다. 그라면 탄광에 문제가 생겨도 전혀 신경쓰지 않을 것 같았다. 턱 밑에는 널따란 흰색 리넨 냅킨이 쑤셔넣어져 있었다. 그가 풍기는 위압감에 숨이 막힐 지경이었다. 말린 꽃처럼 가녀린 마거릿 외숙모는 그의 존재감에 질려 그를 쳐다보지도 못하는 듯했다. 그녀는 아주 조금, 아기 곰(영국의 전래동화 『골디락스와 곰 세 마리』에 나오는 아기 곰을 말한다 ―옮긴이)의 양만큼 먹었지만 숟가락 끝으로 조금씩 떠먹어 시간은 가장 오래 걸렸다. 필립 외삼촌이 빈 그릇에 자기 숟가락을 쨍그랑 하고 내려놓을 때까지도 그녀는 다 먹지 못했다.

"핀, 접시 치워라! 당장!"

마거릿 외숙모가 먹던 음식을 남겨두고 가스레인지로 가서 베이컨과 튀긴 빵을 담은 뜨거운 오븐 접시를 차례로 내왔다. 하지만 핀은 한가롭게 기지개를 켜면서 진홍색 동굴 같은 목구멍이 보일 정도로 부자연스럽게 과장된 하품을 했다. 필립 외삼촌은 얼굴을 찌푸렸다.

"사람 열받게 하려고 작정했나, 응?"

핀은 접시를 쌓아올렸다. 기울어진 접시 탑을 들고 필립 외삼촌의 널찍한 등 뒤를 지나가던 그는 외삼촌이 보지 못하는 곳에서 날래고 우스꽝스러운 춤을 살짝 추었다. 다른 사람들은 아무도 말을 하거나 움직이지 않았다. 식사는 베이컨을 거쳐 마멀레이드로 끝났고, 식사를 시작했을 때와 똑같은 답답한 침묵이 흘렀다.

주중의 아침과 점심, 그리고 차를 마실 때 쓰는 버들무늬 도자기는 아주 많았고, 핀과 프랜씨가 가끔 밤늦게 코코아와 뜨거운 우유를 마실 때 쓰는 흰색 군용 민무늬 머그잔도 몇개 있었다. 일요일엔 수프 그릇과 야채 접시가 흰 바탕에 녹색 줄무늬가 있는 훨씬 멋진 사기그릇 한 벌로 나왔다. 마거릿 외숙모는 이걸 자랑으로 여겼다. 아일랜드에 있을 때 그녀의 어머니가 쓰던 것이었다. 이 사기그릇들은 식당 선반에 있다가 식사전에 데우거나 식사 후에 설거지할 때만 부엌으로 왔다. 얼마 지나지 않아 멜러니는 녹색 줄무늬 사기그릇이 나타나는 것으로 주일을 계산하기 시작했다. '또 일요일이구나.' 그리고 월요일 아침마다 버들무늬 접시에 그려진 작은 다리를 보면서,

그 다리를 건너 외삼촌의 집에서 달아나 꽃 피는 나무들이 있는 곳으로 갔으면 하고 빌었다. 그러나 첫날 아침엔 훗날 그렇게 될 것을 짐작하지 못했다.

"우리에게 귀한 음식을 내려주셨으니." 필립 외삼촌이 말했다. 그러고는 냅킨을 접시에 떨어뜨리고 의자를 뒤로 밀었다. "핀, 옷 제대로 입고 당장 내려와."

문이 그의 뒤로 쾅 닫혔다.

방 안이 더 밝아지는 것 같았다. 핀은 씩 웃고 프랜씨는 담배에 불을 붙이면서 둘 다 의자를 뒤로 기울여 두 다리로 세웠다. 마거릿 외숙모는 설거지를 하기 위해 가스레인지에 주전자를 올려놓았다. 부엌에도 뜨거운 물이 나오지 않았다. 아이들은 쭈뼛쭈뼛 서로 다가갔고 동생들은, 조너선조차, 멜러니의 손을 잡았다. 빅토리아는 큰 소리로 코를 훌쩍거렸다. 마거릿 외숙모의 얼굴에 괴로운 표정이 스쳐갔다.

'말은 거칠어도 본심은 안 그렇단다.' 그녀가 칠판에 분필로 썼다.

보이지 않는 무대지시에 따르기라도 하듯 개가 거칠게 짖었다.

"우리 이름도 안 물어봤어." 조너선이 놀란 목소리로 멍하게 말했다.

"네 이름을 아니까 그렇지." 핀이 상냥하게 말했다.

"일할 준비 안해요?" 멜러니가 그에게 물었다.

"먼저 씻어야겠지? 면도도 하고?"

"외삼촌 시더!" 빅토리아가 불쑥 필립 외삼촌에 대해 말하며 헐떡였다. 마거릿 외숙모가 근심에 차 빅토리아를 안아올리며 꼭 껴안았다.

"쟤가 날카로운 소리에 익숙하지 않아서 그래요." 멜러니가 말했다.

"익숙해져야 할 텐데." 핀이 겨드랑이를 긁으며 말했다.

멜러니는 설거지를 도운 다음, 그날은 외숙모와 함께 가게를 보면서 물건들의 가격과 자리를 익힐 참이었다. 빅토리아는 그들과 함께 있으면서 혼자 놀 수 있을 터였다. 가정적인 풍경이었다. 자기 마음대로 할 수 있게 된 조너선은 가서 배를 만들 수 있게 해달라고 부탁했고, 허락을 받았다.

"조너선은 손재주가 좋아요." 멜러니가 말했다.

"외삼촌이 참 좋아하겠구나." 핀이 면도할 뜨거운 물을 찾아 어슬렁거리며 말했다. "우리랑 같이 꼭두각시 한두 개는 깎을 수 있겠어."

"학교는……" 그녀가 포크를 닦아 말리면서 작게 말했다.

"아, 지금은 학기가 너무 많이 지나서 늦었어." 핀이 말했다.

여전히 식탁에서 담배를 피우고 있던 프랜씨는 커피콩 가는 기계가 윙윙 돌아가는 것 같은 소리를 내며 웃었고, 팔꿈치까지 비눗물이 묻은 마거릿 외숙모는 경고하듯 그를 보며 입술에 손가락을 댔다.

"매형은 못 들어, 누나. 걱정하지 마." 핀이 뒤에서 누나의 허리를 두 팔로 껴안으며 말했다.

그녀는 몸을 뒤로 기댔고, 붉은 머리가 기운없이 흘러내린 그녀의 목에 그가 입을 맞추었다. 멜러니는 그들에게 방해가 되었다. 그녀는 그들의 끈끈한 친밀감에서 한 발 비켜서서, 씻은 포크들을 포크 서랍에 꼼꼼히 정리했다. 나이프를 닦아 치우고 숟가락도 치웠다. 그녀는 입력된 동작에 따라 째깍째깍 움직이며 물건을 치우는 태엽인형이었다. 필립 외삼촌에게 벌써 개조당한 걸까. 그녀에겐 자기 의지가 없었다.

바깥은 이렇다 할 날씨가 없는 런던의 아침, 해도 없고 비도 없이 밋밋하고 단조롭고 서늘한 공허였다. 멜러니는 자신의 처지도 마찬가지라는 생각이 들었다. 이제 다시는 극단적인 상황 같은 건 없으리라. 뜨거운 태양이니 뭐니 걱정할 일도 없으리라. 그녀는 천국과 지옥 사이에 있었고 남은 인생도 그럴 것이었다. 가냘프게 흐르는 그녀의 피로는 견딜 수 없을 만큼 큰 기쁨이나 무서운 슬픔 없이 그 지루한 길을 걸어가는 것을 인생이라 부를 수 있다면 말이다. 그녀는 고작 열다섯살이었다. 소름 끼치는 일이었다.

식탁의 칼과 포크를 치우면서 속상해하던 멜러니는 모든 것을 연극이나 멜로드라마처럼 보면 더 편안해진다는 걸 알았다. 예를 들어 필립 외삼촌을 오손 웰즈가 연기하는 영화 속 인물로 생각하면 받아들이기가 더 쉬웠다. 그녀는 극장에 앉아 영화를 보고 있는 것이다. 곧 흰옷을 입은 여자가 아이스크림과 짭짤한 땅콩과 팝콘 따위를 팔러 올 것이다. 하지만 거기엔 아무런 흥취도 없었다. 그녀는 핀, 프랜씨 그리고 벙어리 여인이 서로 편하게 주고받는 애정을 애써 보지 않으려 했다.

지난밤, 이 세 사람은 그것이 세상에서 가장 쉬운 일인 양 한데 어우러져 머리 셋 달린 새로운 동물이 되었다. 프랜씨의 손과 마거릿 외숙모의 입술과 손가락, 핀의 발로 기분 좋게 혼잣말을 했다. 멜러니는 열쇠구멍으로 그들을 훔쳐보았다. 하지만 그 열쇠구멍보다 더 가까이 그들에게 다가갈 일은 없을 터였다. 영화를 보는 건 관음증 환자처럼 간접경험을 하는 것이었다. 그들 자울 가 사람들은 양털처럼 따뜻한 하나의 독립체였다. 그녀는 지독히도 그들이 부러웠다. 편히 지내라고? 어떻게 그럴 수 있을까? 모든 것이 산산이 흩어져버렸고, 그녀는 그들과 동떨어져 있었다. 별안간 멜러니는 그들의 영화에 끼여들고 싶은 마음이 간절해졌다.

그녀는 진정 그들에게 속하고 싶은 걸까? 잠깐 동안은 못 견딜 정도로 그러고 싶다가도 별안간 그들이 싫어졌다. 그들은 지저분하고 천했다. 그녀는 '천하다'라는 말을 쓰기 싫었다. 어머니가 가르치길, 꼭 천한 사람들이 남더러 '천하다'고 욕한다고 했다. 하지만 그들에겐 꼭 맞는 말이었다.

'이 집에선 책을 한 권도 못 봤어, 단 한 권도.'

그리고 화물차 운전사들의 식당에서나 볼 수 있는 양념병들, 죽을 질질 흘리며 먹고 지금은 아까 불을 붙였던 성냥개비로 이를 쑤시며 생각에 잠긴 프랜씨, 핀의 불결한 속셔츠와 더 불결한 파자마가 있을 뿐이었다. 게다가 그녀가 그 집에서 본 그림이라곤 그녀의 방에 있는 감상적인 구식 그림과, 어린애가 그려서 자랑하려고 벽난로 선반 위에 걸어놓은 것 같은 핀의 개 초상화가 전부였다. 그리고 그녀는 이제 막 커피의 미묘한 맛을 알아가기 시작했는데 온통 차, 차, 차뿐이었다. 그리고 마거릿 외숙모의 구멍 난 스타킹에다, 또 휴지도 없었다. 온통 역겨운 것들뿐이었다. 그들은 돼지처럼 살고 있었다.

그렇다 해도 그들은 붉고 실체가 있었고, 그녀, 멜러니는 영원히 잿빛 그림자였다. 그녀가 어둠과 결혼하고 세상이 끝나버린, 그 웨딩드레스의 밤 탓이었다. 이 모든 일은 세상 끝의 텅 빈 공간에서 일어나고 있었다. 그녀는 달리 할 일이 없어 젖은 행주로 컵과 받침접시와 접시를 닦았다.

그런데 요한계시록에 나오는 짐승 같은 필립 외삼촌에게 짓눌려 살면서 어떻게 계속 붉고 실체가 있을 수 있을까?(마거릿 외숙모의 경우엔 실체가 있다 없다 하지만) 그녀의 외삼촌이, 지붕을 무너뜨려 그들 모두를 묻어버릴까 겁이 날 정도로 목소리가 엄청 큰 괴물일 거라고 누가 상상이나 했을까?

아, 가여운 마거릿 외숙모. 그렇게 순한 여자가 부부라는 이유로 그와 (아마도) 같은 침대에서 자다니. 그는 그녀와 그녀의 남동생들의 순수한 오락을 조롱하는 장난감을 만들었고, 그가 사자처럼 소리를 지르면 그녀는 와들와들 떨었다. 멜러니는 그녀가 아기를 원한다는 걸 알 수 있었다. 하지만 필립 외삼촌의 아기를 원하는 걸까? 마거릿 외숙모는 아기를 간절히 원했고, 빅토리아가 자기 자식이었으면 하고 바랐다. 그렇다면 그녀가 빅토리아를 가져도 좋았다. 빅토리아에 대한 모든 권리를 당장에 포기하고 나니 멜러니는 긴장이 조금 풀리는 기분이었다. 짐을 하나 던 것이었다.

'도망칠 수 있을지도 몰라.' 그녀는 찬장 선반에 접시들을 똑바로 세우며 생각했다. '일을 구해서 원룸 같은 데서 혼자 살 수 있을 거야. 잡지에 나오는 여자들처럼.'

혼자 쓰는 가스풍로로 네스까페를 끓이고, 혼자 먹을 조각 치즈를 사고. 한쪽 벽은 제라늄꽃의 붉은색으로, 다른 벽은 수레국화의 푸른색으로, 나머지는 흰색으로 칠해야지. 예전 집에서 그렇게 하고 싶었는데 어머니가 허락해주지 않았었다. 멜러니는 망원경을 거꾸로 볼 때처럼 아주 작지만 뚜렷하고 선명하게 떠오르는 어머니를 생각했다. 어머니는 가장 좋은 검은색 정장 차림에 작은 여행모자를 쓰고, 새까맣게 타버린 다른 사람들의 살점에 둘러싸여, 노란 모래 위에 흩어진 사고 잔해 속에 누워 있었다. 하지만 실제로는 전혀 그렇지 않았을 것이다. 멜러니는 찬장 고리에 컵들을 걸었다. 그녀의 팔이 오르락내리락했다. 그녀는 가벼운 호기심에 싸여 그 움직임을 바라보았다. 마치 팔이 스스로 살아 움직이는 듯했다.

그날 늦은 아침, 멜러니는 가게 뒷방에 앉아 외숙모의 메모장에서 종이 한 장을 떼어내 약속대로 런들 부인에게 편지를 썼다. 그녀는 연필을 씹으며 그 부서진 조각들을 삼켰다. 런들 부인에게 무슨 얘길 해야 할까? 그들과 멀리 떨어져 있고, 그들을 과거의 기억으로 만들어 다른 기억들과 함께 불룩한 핸드백에 넣고 잊어버린, 이제는 남인(언제는 남이 아니었던 적이 있었을까) 런들 부인에게.

'런들 부인께

여행은 즐거웠지만 피곤했어요. 아주머니도 즐거운 여행이었기를 빌어요.'

멜러니는 잠깐 생각한 다음 똑같은 단어를 쓰지 않기 위해 두번째 '여행'을 지우고 '여정'이라고 고쳐썼다. 학교에서 배운 표현법이었다. 아무래도 다시는 학교를 다니지 못할 거란 생각이 들었다.

'빅토리아와 전 한방을 써요. 마거릿 외숙모는 벌써 빅토리아를 아주 좋아하시는 것 같아요.'

이상하리만치 얌전해진 빅토리아는 마거릿 외숙모의 발밑에 앉아 계속 변하는 불의 무늬를 뚫어지게 바라보면서 마치 곡을 하듯 알 수 없는 노래를 흥얼거리고 있었다. 왜 빅토리아에게 가지고 놀 장난감을 주지 않을까? 장난감이 이렇게 넘쳐나는데.

멜러니는 '마거릿 외숙모는 벙어리예요'라고 썼다. 그러고는 '벙어리예요'를 지우고 '좋은 분이에요'라고 써넣었다. 런들 부인이 변호사들에게 이 사실을 들어서 알고 있으면서도 아이들에게 차마 말하지 못했을 거란 생각이 들어서였다.

'필립 외삼촌은 약간 보수적이지만 우리는 아주' ― 그녀는 이 점을 강조했다 ― '아주 빨리 자리를 잡을 수 있을 거예요. 아주머니도 자리를 잡으시고 고양이도 잘 지내길 빌어요.'

이건 거짓말이었다. 멜러니는 고양이가 잘 지내길 바라지 않았다. 죽었으면 싶었다. 그녀는 그 고양이의 본성이 사악하다는 확신이 있었지만, 런들 부인이 아끼는 녀석이니 문제아라 해도 안부를 물어야 했다.

'사랑하는 멜러니, 조너선, 빅토리아가.'

편지를 다 쓰고 나서 그녀는 한숨을 쉬었다. 이제 봉투를 찾고 우표를 사서(우체국이 어디지?) 편지를 부쳐야지. 그리고 하루가 지나면 런들 부인은 냉장고와 자동 오븐 제어장치가 달린 가스레인지와 눈높이 그릴과 번쩍이는 플라스틱 조리대와 전기 믹서와 전기 커피메이커가 있는 새 부엌에서 편지를 읽으려고 안경을 꺼내겠지. 런들 부인의 새 집에는 붉게 래커칠을 한 단지에 갓 갈아놓은 커피가 들어 있을 거라고 멜러니는 확신했다. 그녀는 집에 있는 런들 부인의 모습을 머릿속으로 그리는 일에 매달렸다. 부인은 그녀 집의 일부였고, 아이들은 그녀의 무릎이라는 검은 항구에 잠시나마 정박했었다.

가게 종이 울리고, 앵무새가 시끄럽게 울었다. 멜러니는 외숙모와 함께 나가, 작은 청바지를 입고 콧구멍에 콧물이 말라붙은 남자아이에게 핼러윈 가면을 팔았다. 사납고 무섭게 생긴 가면들이 엄청나게 많았다. 멜러니와 외숙모는 계산대 위에 상자를 하나하나 차례로 열어 사자, 곰, 악마, 마녀(진짜 짚으로 머리카락을 만든 담녹색 가면) 가면을 소년 앞에 내놓았다. 작업실에 있는 것들보다는 덜 정교한 가면들이었다. 멜러니가 그렇게 말하자 외숙모가 설명했다. '거기 있는 건 고급형이고, 여기 이것들은 표준형이야. 그런데 작업실에는 가지 마

114

라.' 멜러니는 모피로 된 귀가 달린 회색 곰 가면을 소년에게 권했다.

흥분한 소년은 가면들을 차례로 써보면서 사자처럼 으르렁거리고 고양이처럼 야옹거렸다. 아이는 일곱살쯤 되어 보였고 손수건 한쪽 끝에 돈을 묶어놓고 있었다. 그의 밋밋한 남부 런던 발음이 상스럽고 꼴사납게 들려 멜러니는 빅토리아가 그 억양을 배우지 말았으면 하는 생각이 또 한번 들었다. 아이는 필립 외삼촌의 가면을 사려고 오랫동안 용돈을 모은 것이 분명했다. 그 가면 하나에 19씰링 11펜스는 비싼 듯했지만, 어린 소년은 마냥 좋아했다.

그는 줄무늬 호랑이 가면을 쓴 얼굴로 계산대 너머의 멜러니를 공격하는 시늉을 했다. 그녀는 놀란 척 탄성을 질렀다. 인광성 물감을 칠해 불타는 듯 선명한 그 가면은 호랑이의 본성을 완벽하게 표현하고 있었다. 참으로 야만스럽고 포악했다. 그녀는 그 가면들이 어린애들이 가지고 놀기에 좋지 않다고 생각했다. 드디어 소년은 6펜스와 1펜스 동전들을 세어 계산대에 올려놓고는, 주물로 뜬 날카로운 플라스틱 엄니가 달리고 줄을 당겨 고무 코를 올렸다 내렸다 할 수 있는 코끼리 가면을 최종적으로 선택했다. 발정난 코끼리의 얼굴 같다고 멜러니는 생각했다. 그녀가 가면을 종이봉투에 넣어주겠다고 했지만 아이는 고무줄을 머리 뒤로 탁 두르고는 거리로 뛰어나갔다. 코끼리가 저지 셔츠 칼라 위에서 날뛰며 새 코를 끄덕끄덕 흔들었다. 마거릿 외숙모는 미소를 지으며 돈을 서랍에 넣었다. 사랑스럽고 포근하고 자연스러운 미소였다.

'어린 손님이 오면 기분이 좋아.' 그녀가 썼다.

"하지만 힘들 것 같아요."

'여기 아이들은 나한테 익숙하단다.'

숙모는 그녀의 말을 무슨 뜻으로 알아들은 걸까. 고맙게도 외숙모가 그 무서운 가면들을 치웠다.

시간은 아주 더디게 흘렀다. 열한시 반, 뒷방에서 차가 끓었다. 멜러니는 지하로 가져다줘야 하나 생각했지만, 밑에도 가스풍로가 있어서 그들이 직접 계속 끓여 마시는 듯했다. 조너선에게 차를 가져다주려 하자 마거릿 외숙모는 받침접시를 위에 올려서 컵의 온기를 유지하는 법을 가르쳐주었다.

조너선의 다락방은 아주 추웠다. 그는 추위에 시달려 움츠러들어 있었다. 무릎의 딱지가 추위 때문에 짙은 자줏빛으로 두드러져 보였고, 코는 살이 까진 것처럼 빨갰다. 그는 멜러니가 들어가도 고개를 들지도 않았다. 바닥엔 검은색 실과 밧줄이 뒤엉켜 거미줄을 치고 있고, 그의 배가 터키 융단 위에 거만하게 떠 있었다. 그는 쪼그리고 앉아 밧줄로 복잡한 실뜨기를 하고 있었는데, 예전과 달라진 게 아무것도 없는 듯이 회색 플란넬 교복을 깔끔하게 입고 있었다. 가슴에 뱃지가 달린 재킷, 반바지와 쭈글쭈글해진 긴 회색 양말, 그가 이곳으로 올 때 입었던 옷이었다. 그것은 과거의 숨결이었다. 그는 잠든 사이 누가 침대 옆 의자에 다른 옷을 갖다두지 않으면 아침에 일어나서 전날밤에 벗어둔 옷을 그대로 입었다.

"여기 뜨거운 것 좀 마셔."

멜러니가 말했지만 그는 듣지 못했다.

"조너선! 차 가져왔다니까!"

그녀는 바닥에 컵을 내려놓고 그의 어깨에 손을 얹었다. 그는 손가락에서 천천히 검은 실을 떼내며, 누구냐고 묻는 것처럼 안경 너머로 그녀를 똑바로 보았다. 안경은 흐릿하고 더러웠다. 그는 안경을 벗어 안경알에 입김을 분 다음 무척이나 더러워진 손수건으로 닦았다. 분홍빛으로 충혈된 그의 눈은 무방비상태로 보였다. 멜러니는 그를 보자 기니피그나 두더지 같은 작은 동물이 떠올랐다. 그는 안경을 끼고 다시 그녀를 살폈다.

"아, 누나구나." 그는 그렇게 말하며 당황한 듯 차를 보았다.

"마셔, 식기 전에."

조너선은 놀라울 정도로 고분고분하게, 세 모금 만에 차를 다 마시고는 빈 잔을 돌려주었다. 그는 배를 가만히 바라보며 그녀가 나가기를 얌전히 기다렸다. 그녀는 그에게 방해가 되는 기분이 들었다. 하지만 어쨌든 그는 동생이었고 그녀는 간섭할 권리가 있었다.

"조너선, 너 괜찮은 거야?" 그녀가 물었다.

그는 곰곰이 생각했다. 아니, 그러는 것 같았다.

"그게 무슨 말이야?" 그가 되물었다.

"행복하니? 아니면 행복해질 수 있을 것 같아?"

그는 무릎에 두 손을 올린 채 가만히 앉아, 그녀의 질문이 따분하고 엉뚱하다는 듯 대답할 생각을 않았다.

"조너선, 행복한지 아닌지 누나한테 말해봐." 누가 뭐래도 조너선은 그녀의 동생이었고, 그녀는 그의 행복을 바랐다.

"계속 배를 만들고 싶어. 부탁이야." 그가 말했다.

"알았어." 멜러니는 힘없이 방을 나섰다.

그녀는 긴 갈색 복도를 따라 단단하게 닫힌 비밀의 문들을 지나면서 외로움과 오싹함을 느꼈다. 푸른 수염(여섯 명의 아내를 죽인 동화 속의 살인마—옮긴이)의 성. 문을 지날 때마다, 갑자기 문이 열리면서 작은 바퀴로 굴러가는 태엽장치 괴물이나 간담이 서늘한 장난감, 섬뜩한 물건 같은 것이 그녀의 담력을 시험하듯 툭 튀어나올까봐 무서웠다. 위층에 있는 조너선과 아래층에 있는 빅토리아 모두와 떨어져 오롯이 혼자가 된 그녀는 그들 중 누구와도 이어지지 못한 채 그들 사이의 위험한 길을 걷고 있었다.

'내가 이렇게 어리고 세상 물정 몰라서 남에게 신세를 져야 하는 처지가 아니라면 얼마나 좋을까.'

밤에는 그 문들(어느 문일까?) 뒤에서 외숙모와 외삼촌, 프랜씨, 핀이 잠을 잤다. 하지만 지금 이 시간엔 아니었다. 낮에는 누가 방을 차지하고 있을까? 푸른 수염의 성, 아니면 모든 문틀 위에 '용감해라, 용감해라, 그러나 지나치지는 않게'라고 씌어 있고 옷장과 선반 안에, 이불과 베갯잇 위에 잘게 자른 시체들이 깔끔하게 쌓여 있는 폭스 씨의 저택 같았다.(영국의 전래동화 「폭스 씨」의 내용—옮긴이) 멜러니는 자기의 생각이 터무니없다는 걸, 방들은 비어 있고 침대들은 조용하다는 걸 알았지만, 두려움이 가시지 않아 겁먹은 발걸음으로 크게 메아리를 울리며 후다닥 달렸다. 부엌 층계참에는 개가 생각에 잠긴 듯 떡하니 앉아 등을 보인 채 길을 가로막고 있었다. 개는 모비 딕처럼 괴기스럽게 하였다. 갈색 집에서 하얗게 빛나고 있었다. 멜러니는 깜짝 놀랐다.

그녀는 개 뒤에 섰다. 개는 움직이지 않았다. 멜러니는 갇히고 말았다.

"착하지, 말 잘 듣는 강아지야." 그녀는 시험삼아 말해보았다. "좀 비켜줘. 부탁할게."

개의 꼬리가 약하게 휙휙 하는 소리를 내며 이리저리 움직이기 시작했다.

"부탁이야."

개는 고개를 획 돌려 번뜩이는 빨간 눈으로 멜러니를 쳐다보았다. 그녀는 정신없이 생각했다. '이건 진짜 개일까, 아니면 그림일까?' 결국 그녀는 개를 넘어서 내려갔다. 개가 다리를 덥석 물 것 같아 두려웠다. 그러나 개는 가만히 있었다. 개는 그녀가 뒷방에 도착해서 문을 닫을 때까지 그 핏빛 어린 눈을 깜박이지도 않고 그녀를 지켜보았다.

마거릿 외숙모는 플라스틱 물그릇을 무릎에 올려놓고 감자 껍질을 벗기고 있고, 빅토리아는 작지만 위험해 보이는 칼을 들고 외숙모를 돕고 있었다. 주위는 진흙으로 범벅이 되어 있었다. 마거릿 외숙모는 따뜻하고 부드러운 눈길로 빅토리아의 동그란 정수리를 내려다보면서 새 같은 머리를 한쪽으로 기울였다. 어쨌거나 빅토리아의 몸은 온전했다.

곧 외숙모는 빅토리아를 데리고 점심식사를 준비하러 갔고, 멜러니가 남아 가게를 보았다. 계산대 뒤에 서 있자니 어떤 만족감 같은 것이 느껴졌다. 그녀는 이제껏 늘 손님, 받는 쪽이기만 했었다. 그녀는 잠시 가게 놀이를 했다. 서랍에 든 돈을 계산하고, 청구서 한 뭉치를 살펴보았다. 종이봉투, 갈색 포장지, 끈과 스카치테이프도 어디에 있는지 거듭 확인했다.

그녀는 물건들을 뒤져보았다. 흉악한 가면들이 불쾌하면서도 자꾸 끌려 기어이 한두 개를 써보았는데, 거울이 없어 직접 보지는 못했지만 가면에 따라 고양이나 여우가 된 듯한 이상한 기분이 들었다. 가면에서 야생동물의 냄새가 나는 것 같기도 했다. 그러고는 앵무새의 볏을 쓰다듬고 앵무새가 해바라기 씨를 쪼아먹는 모습을 지켜보았다. 앵무새는 횃대 위에서 옆으로 걷고 어깨를 구부리며, 마음만 먹으면 이야기를 한두 개쯤 해줄 수 있다는 양 교활하게 그녀를 올려다보았다.

물건을 사러 오는 사람은 아무도 없었다. 가게는 너무 어두워서 하루종일 불을 켜놓고 있었다. 언제나 겨울 저녁 다섯시같았고, 유혹하듯 진열된 상자들 때문에 깜짝 선물을 기대하는 크리스마스 전날밤 같은 분위기도 풍겼다. 그녀는 집에 있는 것보다 가게에 있는 것이 더 좋았다. 거리로 난 문 가까이에서 지나가는 사람들을 보며 저들의 삶이 평온히 흘러가고 있다는 걸 알면 행복해졌다.

부모님의 옷장 위에 숨겨진, 크리스마스 포장지에 싸인 선물을 헤집는 아이처럼 멜러니는 상자들을 살그머니 만지작거렸다. 그러고는 핀이 열지 않은 뚜껑들을 열어보았다. 그녀는 놀라움과 기쁨으로 숨을 죽였다. 다시 일곱살 아이가 된 것 같았다.

특별 선반에 따로 진열된 그것은 아기들을 위한 단순한 나무 장난감이었다. 매혹적이었다. 검은색, 흰색, 노란색 꽃으로 알록달록하게 꾸민 빨강, 파랑, 초록의 바퀴 달린 말들. 속이 빈 배에 말린 씨앗들이 들어 있는 돼지와 올빼미 모양의 딸랑이들. 갖가지 색의 새 모양으로 만들어 꼬리로 불게 되어 있는 호루라기들. 새 모양 호루라기에 입술을 가져다대고 불자 강렬하고 가슴에 사무치는 아름다운 소리가 났다. 나무틀 위에서 공중제비를 넘는─이얍!─나무 곡예사들. 두 남자가 모루에 대고 차례로 망치를 두드리는, 처음 나온 장난감처럼 원시적인 디자인의 나무 모형들.

핀 특유의 화가다운 손길이 느껴졌다. 꽃무늬 말, 받침접시처럼 생긴 돼지와 올빼미의 야릇한 얼굴, 얼룩덜룩한 공작처럼 화려한 새들, 직업적이고 긴장된 우거지상을 한 곡예사들의 얼굴, 입을 굳게 다물고 온 힘을 다해 망치질하는 남자들의 얼굴을 보면 알 수 있었다. 그는 망치질하는 남자들에 특히 신경을 썼다. 그들은 연필로 그린 듯 가느다란 로널드 콜먼(미국의 영화배우─옮긴이) 콧수염에서부터 고대 아시리아 풍의 곱슬곱슬한 털까지 온갖 종류의 수염으로 장식되어 있었고, 물감을 칠한 작은 재킷에는 줄무늬, 별무늬, 화살표, 점 들이 닥치는 대로 들어가 있었다. 핀은 아주 어린 아이들을 위한 장난감에 색칠하는 걸 유난히 좋아하는 것 같았다. 큼직한 정사각형 상자 안에는 노아의 방주가 있었다. 걸작이었다.

그녀는 계산대 위에 작품을 하나씩 차례로 꺼내놓았다.

노아는 15쎈티미터 정도 크기로, 흰 턱수염이 무릎까지 내려와 있고 진짜 고무로 만든 방수 장화를 신고 있었다. 노아의 가족들은 기묘한 모습이었다. 노아의 부인은 그것을 만든 사람이 여러 변형을 수없이 시도해보다가 결국 선택한 완벽한 모습인 듯, 전통적인 말뚝 모양을 하고 있었다. 머리는 목덜미에 둥글게 묶었는데, 성냥개비보다 더 가늘게 만든 머리핀들이 꽂혀 있었다. 그녀는 통통하고 붉은 뺨으로 미소짓고 있었다.

그러나 셈과 함은 가는 세로줄무늬 신사복을 입고 검은 곱슬머리에 붉은 입으로 금니를 드러내며 웃고 있어, 마치 도박장이나 스트립 클럽의 번들번들한 동양인 주인 같았다. 하지만 야벳(멜러니는 그 티셔츠에 작은 글씨로 이름이 적혀 있는 걸 보고서야 그가 야벳이라는 걸 알았다)은 사팔눈에 청바지까지 영락없는 핀 자신이었다. 핀은 방주에 자기 자신을 서명으로 남긴 것이었다. 그가 '우린 한 배를 탄 거지'라고 말했던 것이 기억났다. 뭐, 그는 방주를 타고 있으니 어떤 대홍수에도 끄떡없을 것이다.

방주의 선체에는 덩치가 노아만한 수사자와 암사자부터 겨우 멜러니의 새끼손톱만한 흰쥐 한 쌍에 이르기까지 서른 쌍의 동물들이 있었다. 사자들은 자기들이 왕과 여왕이라는 표시로 왕관을 쓰고 있었다. 고양이들은 정말 고양이 같았고, (어미의 주머니에 새끼가 들어 있는) 캥거루들은 그 익살스러운 본성이 너무나 잘 표현되어 있었다. 멜러니는 그렇게 자그맣고 예쁜 것들을 가지고 노는 것이 즐거워 킥킥 웃었다. 그녀는 사자를 선두로 동물들을 길게 한 줄로 세웠다. 나무를 조각해 섬세하게 색칠한 써커스 행렬이었다. 그녀는 저도 모르게 방주의 크기에 맞추어 생각하게 되어, 자신의 손이 난쟁이 나라에 온 걸리버의 손만큼이나 크게 느껴졌다.

바닥이 평평한 방주는 그 옆면에 흘수선까지 바다 풍경이 그려져 있었다. 딸기색 물고기와 물풀과 따개비 붙은 바위들이 가득한 가운데, 선원들이 팔에 문신으로 새겨넣을 만한 풍만한 인어가 여기저기 보이는 끝없는 먼 심해의 광경이었다. 인어는 힘차게 파도를 헤치고 나아가거나 물에 빠진 배의 뒤집힌 용골에 앉아 묘한 노란색의 긴 머리를 빗고 있었다. 방주의 선체는 녹색이었고, 창문에는 밖을 내다보는 동물들의 머리가 그려져 있었다. 돛대에 가격표가 붙어 있었다. 75기니였다.

"세상에!" 그녀가 놀라며 외쳤다.

"그 작품에 걸맞은 가격이지." 필립 외삼촌이 말했다. "공정한 가격을 매겨야지. 그게 경제원리니까. 이제 그걸 좀 치워주시지, 아가씨. 난 사람들이 내 장난감 가지고 노는 걸 좋아하지 않거든."

"안 팔아!" 앵무새가 말했다.

필립 외삼촌의 몸은 문간에 꽉 찼다. 팔꿈치 위에 쇠로 된 팔찌를 껴서 셔츠 소매를 고정시켰고, 예전엔 흰색이었을 거친 앞치마가 넥타이 매듭에서 발목까지를 덮고 있었다. 흐린 눈에 상냥함이라곤 전혀 없었다. 그가 얼굴을 찌푸렸다. 그의 눈썹이 가까이 붙어 마치 철봉처럼 보였다. 멜러니는 달가닥거리는 소리를 요란스레 내며 급히 동물들을 상자에 도로 집어넣었다.

"조심조심 만져! 이젠 그게 네 밥줄이니까."

정말 그랬다.

그들 위로, 저녁식사 시간을 알리는 소리가 무시무시하게 울렸다.

5

"런던에 있기 싫어." 멜러니가 말했다. 부엌에는 그녀와 빅토리아밖에 없었다. "차라리 어디 다른 데가 낫겠어."

"어디?" 빅토리아가 무심하게 물었다. 빅토리아는 다 먹은 라즈베리 잼 병에서 숟가락으로 빵 부스러기를 떼어내고 있었다. 바닥에 앉은 아이의 머리는 잼이 들러붙어 뾰족뾰족하게 세워져 있었다. 입가는 발진이 일어난 것처럼 잼이 덕지덕지 묻어 있고, 원피스는 더럽고 끈적끈적했다. 빅토리아에게는 불만이 없었다. 그 아이는 전보다 훨씬 뚱뚱해져 있었다. 항상 과자를 한 주먹 쥐고 있거나 빵과 연유 같은 간식을 먹거나 마거릿 외숙모가 케이크를 만든 그릇을 긁고 있었다. 마거릿 외숙모는 아이의 응석을 다 받아주었고, 마냥 오냐오냐했다.

"어디?" 잼으로 붉어진 빅토리아가 물었다.

"어디든." 어디든 다 잊고 그저 하루하루 살아갈 뿐인 빅토리아에게 얘기해봐야 아무 소용이 없었다.

대도시에서 살게 될 거라고 들었지만 멜러니는 또다시 시골, 잿빛 시골에 있었다. 플라워 가족은 남부 교외의 언덕 꼭대기에 완벽하게 고립되어 있었다. 멜러니는 장을 볼 일이 있을 때만 프랑스 주부처럼 팔에 바구니를 끼고 살 물건을 적은 메모를 주머니에 넣고 집을 나갔다. 그러나 플라워 집안은 모든 가게와 신용거래를 하고 필립 외삼촌이 일년에 네 번 수표로 계산했기 때문에 멜러니는 돈은 한푼도 받아보지 못했다. 개는 멜러니와 함께 나가기도 하고 집에 있기도 했고 가끔은 바쁠 때도 있었다. 개는 줄이나 사슬 없이 그녀 옆에서 조용히 총총거리며 걸었다. 빅토리아는 그녀와 함께 나가기도 하고 집에 있기도 했지만, 바쁜 법이 없었다. 멜러니가 장을 보기 때문에 마거릿 외숙모는 밖에 나갈 일이 없었다.

시골집에서 살 때 가게에 나가면 사람들이 멜러니의 어머니와 런들 부인의 안부를 물었던 것처럼, 이곳 사람들은 외숙모에게 안부를 전하고 멜러니가 어떻게 지내는지 물었다. 아이들이 왔다는 것과 어쩌다가 아이들이 고아가 되었는지 다들 알고 있었기 때문에(시골 사람들도 그랬을 것이다) 멜러니의 소매에 아직 검은 띠가 꿰매어져 있는 것을 보고 사람들은 걱정스럽게 혀를 끌끌 찼다. 마거릿 외숙모가 메모장에 그들의 사연을 구구절절 썼을 것이 분명했다.

가게 사람들은 그녀에게 친절했다. 오른손 엄지손가락이 잘린 딱딱한 얼굴의 퇴역군인인 식품점 주인(베이컨 써는 기계에 손가락을 잘렸을까? 하지만 멜러니는 그가 자기에게 말하는 것이 싫어 묻지 않았다)은 그녀에게 가끔 미소를 지어주고 빅토리아에게 초콜릿을 주기도 했는데, 그런 날이면 빅토리아는 짙은 갈색 콧수염과 구레나룻을 달고 장난감 가게로 돌아갔다. 빅토리아는 지저분한 아이였다. 맥고모자에 잔인한 핏자국이 묻어 있긴 해도 점잖고 마음씨 좋은 정육점 주인은 개에게 먹일 뼈를 공짜로 바구니에 얹어주고, 서리 낀 고기들이 어둠속에 매달려 있는 신비한 냉동고를 보여주겠다고도 했다. 하지만 멜러니는 고마움만 표하고 거절했다.

채소가게 여자는 잘못 꺾은 제비꽃 한 다발이나 국화 한 송이를 가끔 멜러니의 손에 슬쩍 끼워주었는데, 무엇보다 이것이 가장 기분 좋았다. 접시 같은 모습의 거무스름한 그 여인은 애교가 섞이고 웃음기 있는 목소리로 나지막하게 칭얼거리듯 말했다. 그녀의 손은 감자를 만지다 묻은 흙 때문에 늘 까맸다. 그녀는 빅토리아를 볼 때마다 바나나를 주고, 멜러니에게 바구니에서 견과류를 마음대로 집어먹으라고 했다. 그녀는 안녕이라는 말 대신 '신의 가호가 있기를'이라고 말했고, 멜러니는 채소가게를 나올 때마다 그녀의 호의를 느끼며 아몬드를 깨물어먹었다. "필립 외삼촌이 채소가게를 했으면 좋겠어." 한번은 빅토리아가 이렇게 말했다. "아니면 과자가게나."

런던은, 대도시의 부산함과 익명성은 어디에 있는 걸까? 그녀는 위층 창문으로 도시의 불빛을 보기는 했지만 조금도 가까워지지 못했다.

플라워 가 사람들은 남들과 전혀 어울리지 않았다. 필립 외삼촌에게 나무를 팔거나 프랜씨의 바이올린 연주를 예약하는 등 일 때문에 오는 사람 말고는 아무도 밤에 그들을 찾아오거나 낮에 한담을 나누러 들르지 않았다. 친구도 없고 방문객도 없었다. 일상은 마법에 걸린 듯 고요했다. 텔레비전도, 레코드 플레이어도, 심지어는 라디오도 없었다. 필립 외삼촌은 침묵을 좋아했다. 하지만 프랜씨는 작은 트랜지스터라디오를 집으로 몰래 갖고 들어와 라디오 에어런(아일랜드의 공영방송 — 옮긴이)에서 나오는 음악을 몰래 듣곤 했다.

멜러니는 장을 본 뒤에 외숙모를 도와 가게 일을 돕거나 가격표를 쓰거나 계산대와 서랍의 나무를 끝없이 닦았다. 닦기가 무섭게 어린 손님들이 손가락을 대 더럽히면 기나긴 그 작업을 다시 시작해야 했다. 그녀의 생활은 믿기지 않을 정도로 크게 변했다. 그녀는 가끔 행주를 손에 든 채 멈춰서서, 앵무새의 경계 어린 눈초리를 받으며 말했다. "이게 나일 리가 없어, 절대 내가 아니야!" 하지만 그것이 현실이었다.

저녁에 차 마신 걸 치우고 설거지를 끝낸 뒤 외숙모가 빅토리아를 침대에 눕히고 나면 멜러니는 부엌에 앉아 자기가 가져온 옛날 책들을 읽었다. 그녀의 생각이 옳았다. 필립 외삼촌의 집에는 회계장부 말고는 단 한 권의 책도 없었다. 두 형제의 침실에 몇권 숨겨져 있다면 모를까. 그럴 수도 있지만, 그게 사실이라 해도 그녀는 그들이 뭐라도 읽는 걸 한번도 본 적이 없었다. 프랜씨가 가끔 『아이리시 인디펜던트』를 사기는 했다. 이 집에 온 첫날 그녀가 보았듯이, 그는 화장실에서 그 신문을 읽었다. 그는 항상 신문을 파이프 뒤에 두었고, 필립 외삼촌은 그걸 발견하면 층계참에 던지고 마구 짓밟았다. 발자국 찍힌 그 신문은 이내 다시 파이프 뒤에 나타났다.

무사히 남은 그녀의 책 상자에는 『곰돌이 푸』와 '두리틀 박사' 씨리즈를 비롯한 잡다한 책들이 들어 있었고, 그녀는 옛날을 추억하며 그 책들을 읽고 또 읽었다. 초콜릿이 묻은 페이지, 몇년 전 예쁜 색지와 머리 리본으로 특별히 좋아하는 부분을 표시해둔 페이지에 그녀의 어린시절이 갇혀 있는 듯했다. 그녀는 대부분 교과서인 성인책 몇권에는 손도 대지 않았고, 『로나 둔』은 감춰두었다. 그리고 구명줄이라도 되는 양 나머지 책들에 매달렸다.

외숙모가 남편과 두 형제의 양말을 깁거나 셀 수 없이 많은 셔츠 단추를 꿰매는 동안 그녀는 읽고 또 읽었다. 외숙모는 장난감과 꼭두각시에게 입힐 옷도 바느질했다. 사람의 모습을 닮은 곰과 원숭이에게 입힐 작은 드레스와 재킷, 가게에서 파는 얼마 안되는 꼭두각시에게 입힐 비단과 벨벳 로브와 망또, 극장에서 연기하는 키 큰 꼭두각시에게 입힐 가운과 반바지 등이었다. 뱀 부리는 사람이 뱀을 넣어두는 데 씀직한 큼직한 고리버들 반짇고리에 바느질감이 끝도 없이 쌓였다. 휘황찬란한 빛깔의 천이 바구니에서 끊임없이 밀려나와 그녀를 삼킬 듯했지만, 그녀는 빛처럼 날랜 손가락으로 씩씩하게 싸웠다.

필립 외삼촌이 재봉틀만 사줘도 외숙모가 그렇게 끝없이 손바느질을 하지 않아도 될 텐데.

멜러니와 마거릿 외숙모는 완전한 침묵 속에 앉아 있었고, 뻐꾸기시계가 째깍거리는 육중한 소리와 규칙적으로 두 번 울리는 새 울음소리밖에 들리지 않았다. 멜러니는 아직도 그 소리가 익숙하지 않았다. 소리가 날 때마다 그녀는 움찔했다. 수도꼭지에서 씽크대로 물이 똑똑 떨어졌다. 가끔 개가 들어오려고 문을 긁어댔다. 가끔은 나가려고 긁었다. 개는 전기난로 앞의 넝마 깔개에서 자면서 조용히 코를 골거나 꿈속에서 토끼를 쫓는 양 발을 씰룩거렸다. 마거릿 외숙모는 바느질을 하다 가끔 고개를 들고는 멜러니에게 자신들이 친구임을 보이려는 듯 소심하게 미소지었다. 핀은 어쩌다 저녁 일을 쉴 때면 멜러니를 데리고 '배틀십'처럼 연필과 종이만 있으면 할 수 있는 게임을 같이 했지만, 보통은 필립 외삼촌이 핀을 아래층으로 불러 꼭두각시 작업을 돕게 했다. 필립 외삼촌은 저녁이 되면 장난감은 치워두고 꼭두각시를 작업했다.

멜러니는 식사시간에만 외삼촌을 보았지만, 그의 음침하고 숨막히는 존재감이 집 안을 가득 채우고 있었다. 그녀는 아무 빛깔 없는 그의 눈이 시종일관 자신을 심판하고 평가하는 것 같아 걸어다니기가 조심스러웠다. 그를 보면 자기도 모르게 몸이 떨렸다. 그와 그녀의 어머니는 한 어머니에게서 태어났으면서도 도저히 서로 연결이 되지 않았다. 온화하고 무력한 멜러니의 어머니와 그는 바탕도 결도 서로 달랐다. 그는 천둥에서 쪼개져나온 사람이었다. 그녀는 그를 둘러싼 공기에서 비정상적인 폭력성을 느꼈다. 가끔 핀의 무사태평한 건방짐이 도를 넘으면 그는 핀에게 덤벼들어 식탁 위로 그의 머리를 때렸다. 핀은 작업중인 일의 세세한 부분에서 그와 의견이 맞지 않은 탓에 광대뼈에 멍이 들거나 퉁퉁 부은 눈을 하고 작업실에서 나오는 경우가 많았다. 그러면 마거릿 외숙모는 신음소리를 내며 그가 싫다는데도 억지로 연고를 발라주었고, 살이 찢어졌으면 반창고를 붙여주었다. 하지만 핀은 그 모든 일을 전혀 신경쓰지 않고 무심히 넘기는 듯했다.

프랜씨는 런던의 아일랜드계 클럽이나 댄스파티 같은 모임에 연주하러 나갈 때를 빼고는 핀과 함께 쓰는 방(알고 보니 그녀의 옆방이었다)에 밤낮없이 틀어박혀 바이올린만 연주했다. 멜러니는 위층 화장실에 올라갈 때면 층계참 위로 희미하게 울리는 매끄러운 떨림을 들었다. 끊임없는 바느질의 물결이 잦아드는 밤이 되면 마거릿 외숙모는 프랜씨의 방으로 살금살금 올라가 그와 함께 플루트를 연주했다. 그녀는 멜러니에게 음악을 들으러 오라고 청하지 않았고, 그러면 멜러니는 살아 있는 개와 부엌의 그림 개하고만 남아서 자기가 죽든 살든 세상 누구도 신경쓰지 않을 것 같은 기분을 느꼈다.

조너선은 이제 필립 외삼촌의 눈앞에서 모형배를 만들었고, 나무에 바로 조각하는 법을 배우고 있었다. 먹고 자는 시간 외에는 완전히 그 일에만 매달렸다. 저녁에도 필립 외삼촌과 핀이 꼭두각시를 만드는 동안 그는 배를 만들었다. 그러다가 잘 시간인 여덟시 반이 되면 부엌을 지나며 멍하니 "잘 자" 하고 말했다. 예전에도 말이 별로 없었지만 요즘 그가 멜러니에게 하는 말은 그게 전부였다.

'그이는 조너선을 마음에 들어한단다.' 마거릿 외숙모가 칠판에 썼다.

"잘됐네요." 멜러니가 말했다.

하지만 그녀는 마음속으로는 조너선을 영원히 잃어버렸다고 느꼈다. 언제는 그를 가진 적이 있었나 싶지만.

용돈을 쓰는 사람은 아무도 없었다. 샴푸는 다 같이 썼다. 멜러니는 아주 급해지기 전까지는 새 파자마에 대해 입을 다물기로 했다.

그러는 사이, 광장에 있는 단풍나무의 남은 이파리들이 떨어져 시의회 청소부들의 빳빳한 빗자루에 의해 망각 속으로 쓸려갔다. 밤은 에드거 앨런 포우의 소설 속 인물들처럼 안개라는 불길한 외투를 걸치고 점점 더 빨리 다가왔다. 멜러니는 차가운 창유리에 얼굴을 대고 서서, 다른 집들 뒷면에서 어른거리는 빛과 삭막한 뜰이 아니라 집 울타리에서 빨갛게 익어가는 나무열매와 서리가 끼어 반짝이는 들판을 보았다. 낙엽을 태우는 연기에 목이 막혔다. 그녀는 장갑을 끼고 정원에 서서 빵 부스러기와 베이컨 껍질을 잔디에 던져놓고는 허기진 새들이 내리덮치는 모습을 지켜보았다. 머릿속으로 그림들이 차례로 지나갔다. 골든 시럽이 흐르는 푸딩과 듬뿍 담긴 스튜에서 김이 모락모락 나는 식탁에 둘러앉은 등불에 비친 얼굴들. 멜러니의 코트 깃을 포근하게 여미고 목도리를 둘러주는 어머니. 응접실의 장작불과 『타임즈』지를 바스락거리며 파이프 담배를 피우는 아버지, 소설을 읽는 어머니, 그 사이에서 모피 융단에 앉아 손톱을 다듬는 멜러니. 창문을 때리는 비 때문에 난롯가는 훨씬 더 아늑해 보였다.

풍요롭고 낯설고 막연한, 전혀 없었던 일이거나 다른 사람의 일처럼 느껴지는 광경이었다. 대신 갈색으로 칠한 위협적인 모습에 엔진소리 같은 굉음을 울리며 외풍이 감도는 이 오싹하고 높고 불편한 집, 이것이 현실이었다. 그녀는 혼자 중얼거렸다. 이건 가혹하고 무자비한 진실, 검고 쓰디쓴 생명의 빵이야. 사치스러운 과거의 감미로움은 희미하고 실체가 없었다.

'에덴의 동쪽으로 쫓겨가는 이브의 기분이 꼭 이랬을 거야.' 그녀는 생각했다. '하지만 그건 이브의 잘못이었어.'

런들 부인에게서 답장이 왔다. 오래된 롤스로이스처럼 위엄 있게 종이 위를 가로지르는 런들 부인의 글씨는 검고 둥그스름하며 품위가 있었다. 런들 부인은 그들이 잘 자리잡고 지낸다는 소식에 기뻐했다. 가족이면 함께 있어야지, 암 그래야지. 그녀는 새 직장도 괜찮지만 아이들이 그립다고 했다.

'내가 가족이어서 너희를 도울 수 있다면, 너희를 볼 권리가 있다면 얼마나 좋겠니. 하지만 난 아니야. 내겐 추억만 있을 뿐 가족은 없지. 일요일마다 너희를 위해 기도하는 것 말고는 내가 해줄 수 있는 일이 없구나. 행운을 빈다. 그리고 특히 우리 빅토리아, 우리 아가한테 입맞춤을 보내고, 너희 모두에게

내 모든 사랑을 보낸다.'

그녀의 모든 사랑. 트렁크, 장롱, 그릇, 옷장에 평생 간직해 둔 사랑이 마침내 아낌없이 뿌려졌다. 하지만 멀리서 그들을 사랑하는 것 말고 그녀가 할 수 있는 일은 아무것도 없었다. 크리스마스가 오면 그녀는 입맞춤을 뜻하는 십자표를 그린 카드를 보내겠지만, 빅토리아는 이미 그녀를 잊었고 부인 또한 그들의 정확한 진짜 모습을 잊어가고 있었다. 그녀의 마음속에서 그들의 형상은 서서히 녹아가고 그들의 생김새는 흐릿해져, 그들은 런들 부인의 가상의 남편만큼이나 희미하고 애매해졌다. 부모의 죽음 때문에 낭만적인 우울에 잠긴 그들은 착하고 아름다운 꿈속의 아이들이 되었다. 누가 꾸는 꿈일까? 때로는 보이고, 때로는 보이지 않는 꿈. 멜러니가 등장하는 런들 부인의 꿈일까? 어찌 됐든 멜러니는 편지를 접어, 자신의 과거가 진짜라는 걸 일깨워줄 부적이라도 되는 양 서랍장의 내의와 손수건 사이에 넣어두었다.

수요일은 반나절만 가게를 열었다. 멜러니가 '휴업'이라는 간판을 문에 걸기 직전에 한 여자가 들어와 장난감을 보았다. 온몸을 스웨이드로 감싸고 강의 북쪽에서 차를 타고 온 사치스러운 여자였다. 가게에는 이런 손님이 끊이지 않았지만, 필립 외삼촌은 그런 사람들을 유독 혐오했다.

"일요일 신문 컬러 부록 같은 인간들이지." 언젠가 그는 쌀쌀맞게 화를 내며 이렇게 말했다.

"예전에 컬러 부록을 찍으러 사진기자가 온 적이 있거든."

어느날 아침, 신상품인 춤추는 꼭두각시들(빨간 재킷을 입은 병사들이 꼼꼼하게 색칠한 메달을 뽐내듯 걸고 있는)을 보고 멜러니가 아이들 장난감치고는 지나치게 훌륭하다며 탄성을 지르고 있는데 핀이 말했다.

"사진 기사를 싣고 싶다고 했어. 어른을 위한 장난감이라는 기사라나. 우리, 그러니까 네 외삼촌과 내가 민속예술과 대중 예술을 독특하게 혼합했다는 거야. 그자가 하는 말이, 자기 말 대로만 하면 런던 사람의 반이 우리 가게 물건을 사려고 몰려들 거라는 거야." 핀이 줄을 잡아당기자 꼭두각시가 팔을 마구 휘둘러댔다. "그런데 네 외삼촌이 자기를 찍으려는 카메라를 박살내버렸어. 200파운드짜리 장비가 뒤 계단으로 굴러떨어 졌지. 내가 아일랜드 식으로 온갖 아양을 다 떨어서 겨우 재판을 면했고."

"왜요?"

"필립 플라워는 남이 이래라 저래라 하는 건 못 참거든. 자기가 경멸하는 사람들이 화젯거리로 삼으려고 자기 작품을 사는 게 싫은 거야."

"뭐 작고 재미있는 거 없니?" 그보다 더 연할 수 없을 엷은 오렌지색으로 입술을 칠한 여자가 미소를 띠고 멜러니에게 물었다. "친구들이 보고 '대체 어디서 찾은 거야?'라고 물을 만한 걸로 말야."

그러나 멜러니는 그녀에게 물건을 보여주어야 했다. 멜러니가 계산대에 장난감들을 잔뜩 올려놓자 그녀는 색칠한 나무와 양철 표면을 스웨이드 장갑으로 훑으며 이따금씩 소리를 질렀다. "어머나! 굉장해!" 하지만 결국 그녀는 겨우 마녀 가면 하나만 샀다. '쩨쩨한 여우.' 멜러니는 알게 모르게 장사꾼다워지고 있었다. 종소리를 듣고 식사에 늦을 거라는 걸 알면서도 그녀는 공손하게 가면을 포장했다.

여자는 굽 높은 에나멜가죽 부츠를 신고 가벼운 걸음으로 공중화장실 옆에 주차해둔 소형차로 갔다. 예전에 주말이면 칵테일파티와 만찬에서 입을 작고 검은 드레스를 한 가방씩 들고 찾아오곤 하던 여자들과 같은 부류였다. (플라워 가에서처럼, 점심에 하는 식사는 성격이 왜 그리도 다를까?) 멜러니도 어려움 없이 그런 여자로 자랄 수 있었을 것이다.

역시 식사에 늦은 핀이 작업실에서 나와, 어질러진 물건들을 치우는 멜러니를 도와주었다. 그녀는 그와 함께 있으면 배틀십을 할 때조차 전혀 편하지 않았다. 그의 모호한 시선이 슬금슬금 그녀에게 다가들었고, 그녀의 비밀을 알지만 얘기하진 않겠다는 듯이 씩 웃었다. 그리고 그의 더러운 몸, 엄청나고 터무니없고 강렬한 그 불결함을 그녀는 여전히 견딜 수 없었다. 그는 물감이 딱딱하게 굳은 앞치마는 벗었지만, 머리카락에 파란 물감이 묻어 있고 손도 마치 체를 타고 바다로 나간 점블리 사람들(에드워드 리어의 난센스 시 「점블리 사람들」—옮긴이)처럼 파랬다.

"오늘 오후엔 뭘 할까?" 그는 마치 수요일 오후마다 그녀와 함께 시간을 보낸 것처럼 아무렇지도 않게 물었다.

"글쎄요." 멜러니는 뜸을 들이며 말했다.

"산책 나갈래?"

"거리 너머로는 아직 못 나가봤어요." 그녀는 동경하듯 말했다. 황금 도시, 런던으로 갈 수 있을까?

"그럼 산책이나 가자." 그는 거의 달콤하게 느껴질 정도로 상냥하게 웃었다. 핀과 함께 산책하는 것이 그 집의 규칙에 어긋날지도 몰랐고, 식사에도 늦은 터라 멜러니는 걱정이 되었다. 그러나 식탁에 앉아 빈 두 자리를 보고 인상을 찌푸릴 필립 외삼촌이 없었다. 그의 자리에는 식사도 차려져 있지 않았다. 그는 목재를 구하러 나가고 없었다. 목재가 더 필요했다.

"호랑이가 없는 산에서는……" 핀이 말했다. 휴일 같은 분위기였다. 그들은 모처럼 맛있게 스테이크 푸딩을 먹었다. 식탁을 다 치운 다음 멜러니는 위층으로 달려가 머리를 빗었다. 그녀는 손에 리본을 든 채 잠시 멈추었다가, 더럽고 거친 남자이긴 하지만 핀을 위해 머리를 땋지 않고 등 뒤로 늘어뜨렸다. 옆방에서 프랜씨가 바이올린을 조율하며 시험삼아 내는 소리가 애처롭게 들렸다.

마거릿 외숙모는 빅토리아와 함께 부엌 바닥에 앉아 번들거리는 카드 한 벌로 높은 집을 쌓았다. 그녀는 멜러니를 올려다보고 미소짓고는 그녀의 비옷을 가리키며 무슨 일이냐고 묻는 듯 붉은 눈썹을 치켜세웠다.

"멜러니한테 동네 구경 시켜줄 거야." 그렇게 말하며 핀이 무릎을 꿇고 있는 누나의 어깨를 껴안고 앞뒤로 흔들자, 그녀는 어린 소녀처럼 소리없이 웃었다. 카드로 만든 집의 일층이 무너져내렸고, 빅토리아는 울음을 터뜨렸다.

"가자." 핀이 말했다. 그는 검은색 비닐로 된 비옷을 입고 있어서 움직일 때마다 바스락거리는 소리가 났다. 그도 외출을 위해 긴 머리를 빗고 손가락에 묻은 파란 물감도 씻었다. 이런 그의 준비에 그녀는 마음이 복잡해졌다. 왜 굳이 그녀를 위해 몸치장에 신경을 썼을까?

가게가 모두 문을 닫아 작은 마을에는 일요일 같은 평온함이 감돌았다. 자기 일로 바쁜 흰색 불테리어는 고물상 출입구로 살며시 걸어가 한 다리를 들고 오줌을 쌌다.

"착하기도 하지." 핀이 말했다. 개는 세 다리로 서서 꼬리를 흔들었지만, 그들을 방해하기 싫은지 따라오진 않았다.

담배가게 밖에 풍선껌 기계가 있었다. 핀이 한 통씩 뽑았다.

"몇년 전부터 풍선껌 안 씹었는데." 그녀가 망설이며 말했다.

"난 네 외삼촌을 열받게 하려고 씹지."

그녀는 포장을 벗기고 껌을 입안에 넣었다.

음침한 오후였다. 거리에는 사람들이 몇명 나와 있었는데, 집에 따뜻한 불을 못 때는지 궁하고 얼어붙은 모습이었다. 다른 나무들은 해가 바뀌면서 다들 항복하고 이파리를 내버렸는데 혼자 푸른 잎을 힘겹게 지키고 있는 쥐똥나무 울타리가 축 처져 있었다. 흑인 꼬마들이 놀이도 하지 않고 우울하고 무감각하게 현관 계단에 앉아 열대의 태양이 꺼져버린 큼직한 검은 눈으로 그들을 노려보는 칙칙한 곳들을 걸었다. 페인트가

벗겨진 문 밖에서 아기 하나가 낡은 유모차 안에 누워 울어대는 곳을 지나기도 했다. 공터와 방치된 앞마당에는 쓰레기통들이 흘러넘쳐 썩고 있었다. 우유가 굳어버린 우유병들은 결코 오지 않을 우유 배달부를 기다리고 있었다.

"여기 남부 런던도 좋은 시절이 있었지." 입안 가득 풍선껌을 문 채 핀이 말했다.

"그렇군요." 멜러니는 그렇게 멀리까지 걷는 것이 즐겁지 않았다.

지대가 높고 바람이 센 교외였다. 그 중심인 보잘것없는 광장은 가파른 언덕 꼭대기에 있었고 밑으로 길들이 급경사를 이루고 있었다. 한때는 위풍당당하고 건실했을 거리. 돈과 여유가 넘치던 곳. 안정적인 중산층 가정의 객실에선 손님들이 재촉하면 딸들이 촛대로 장식된 자단 피아노로 공손하게 「여름의 마지막 장미」와 「믿어주오, 이 모든 것이 변할지라도」를 연주하던 곳. 신사들이 식사 후 강한 포트와인을 음미하고, 흑인 하녀들이 소를 굽는 석탄불이 마호가니 목재에 아른거리는 쇠고기구이 빛깔의 식당들. 그러나 지금은 인간이라는 우울한 짐에 짓눌려 썩어 문드러지고 있는 그 집들은 널따란 도살장에 줄지어 선 채 화려했던 과거의 소멸을 받아들이며 자포자기하고 파멸하려는 듯한 모습이었다. 그래도 좋았던 옛시절에 심은 나무들은 여전히 남아 있었고, 드넓은 하늘을 볼 수 있었다. 마치 숲에 있는 것처럼 바람이 잘 통하고 불길한 곳이었다. 다니는 사람이나 차도 거의 없었다.

"아 참, 넌 시골에 살았지."

"첼씨에서 살았던 기억도 나요. 뭐, 조금이지만요."

"아, 여긴 첼씨 같진 않지."

"네." 그녀는 포장길 위에 놓인 통조림 깡통을 찼다. 그 라벨이 맞는다면, 그 깡통에는 파인애플이 들어 있었을 것이다. 깡통이 달그락거리며 거리를 굴러가자 썩어가는 붉은 벽돌 박공지붕에서 바로크 협주곡 같은 메아리가 울려퍼지고, 어디선가 더러운 망사 커튼이 쳐진 앞방에서 아기가 울기 시작했다.

"어디 가는 거예요?" 그녀가 물었다.

"공원에."

"공원에요?"

"1852년 만국박람회가 열린 곳이야. 런던 외곽의 좋은 마을이라고 여기서 열렸고, 하루에 유람열차 백 대는 다녔지. 고딕 양식으로 거대한 성을 지었는데, 스코틀랜드 고지의 요새 같은 거지만 굉장히 크긴 했지. 거기다 자랑할 만한 건 다 채워 넣었어. 온갖 세간붙이들, 예술작품들, 발명품들. 전세계 사람들이 왔지. 빠리 세계박람회처럼. 더 전이긴 했지만. 그리고 덜 시시하고." 그는 생각에 잠긴 듯 풍선껌을 불었다. "비바람에 견딜 수 있게 특수 제작한 혼응지로 만들었어. 정말 기발했다니까, 그 성은."

"그런데 어떻게 됐어요?"

"1914년에 누가 성냥을 떨어뜨렸어. 그걸로 충분했지. 불길이 치솟아오르고, 그 빛이 유럽 전역으로 퍼졌어. 빅토리아 시대를 불사르는 최후의 장작더미였지. 불에 견디는 재질로 만들었어야 한다고 생각할지도 모르지만, 아냐. 나는 그 불을 하나의 우화로 그린 적이 있어. 그 성을 스코틀랜드 식 어깨걸이만 걸친 뚱뚱한 여자로 표현했지." 그는 풍선을 또 불었다. "루벤스 식 우화로 말이지."

멜러니는 교양 없는 알몸의 여인들과 불꽃놀이 상자의 그림처럼 맹렬하게 꼿꼿이 치솟는 불길을 머릿속으로 그려보았다.

"특이한 그림이었겠네요."

"그럼, 그렇고말고."

그는 곁눈으로 그녀를 보았고, 그녀는 그가 웃는 것을 보았다. 그녀는 그의 옆에서 어색하게 걸었다. 얘기할 거리가 없었다. 그들은 아무 말도 하지 않았다. 잠시 후 그들은 만든 지 얼마 되지 않은 튼튼한 나무울타리 담장에 이르렀는데, 그 문에는 험상궂은 톱니 모양의 자물쇠 위에 '사유지'라고 씌어 있었다. 담은 끝이 보이지 않았고, 그 위로 다갈색 우듬지들이 흔들리고 있었다.

"이 안이야, 멜러니."

"하지만……"

"공원을 밀어버리고 노동자 공동주택을 지을 거래. 내가 여기 왔을 때부터 신문에서 계속 그랬어."

그는 주머니에서 열쇠를 꺼내 문을 열었다. 빽빽한 개암나무 숲으로 곧장 걸어들어가자 핀이 뒤에서 문을 닫았다. 비에 젖은 낙엽 때문에 땅이 진창이 되어 밟으면 푹푹 들어갔다. 이

파리 없는 잔가지들이 뼈만 앙상한 손가락 관절처럼 그들의 얼굴을 때렸다. 멜러니는 핀의 비옷에서 나는 불쾌한 비닐 냄새를 맡고 충동적으로 그의 손을 잡았다. 그는 못이 박인 손바닥으로 그녀의 손을 꽉 쥐고 그녀를 앞으로 이끌었다. 침묵이 축축한 솜처럼 그들의 귀를 틀어막았다.

공원은 냄새 고약한 땅에 마치 죽은 듯 눅눅하게 퍼질러진 채 버려져 있었다. 나무들은 큰 가지를 아무렇게나 흐트러뜨리거나 완전히 고꾸라져 뿌리를 허공에 쳐들고 있었다. 관리되지 않은 덤불과 딸기나무는 마치 코르셋을 벗어버린 뚱뚱한 여인네들처럼 자기들을 묶은 끈을 끊어버리고 지금은 대부분 바닥에 쓰러져 가시덤불 덮이 되어버렸다. 질척거리고 차갑고 축축한 북부의 밀림지대였다. 하지만 핀의 걸음걸이는 망설임이 없었다. 그는 이 야단스러운 곳을 속속들이 알고 있는 듯했다. 그들은 숲에서 나와 거친 풀이 흐느적거리며 발목을 때리는 살풍경한 들판으로 들어갔다. 무심코 잡아당겼다간 손을 베일 풀이었다. 잿빛 물결로 굽이치는 풀들은 일찍 내려앉기 시작한 안개 속으로 간데없이 사그라졌다. 아무것도 움직이지 않았다. 다른 사람은 아무도 없었다.

"여긴 공원의 묘지 같은 곳이야. 그래서 이렇게 분위기가 죽어 있지."

한때는 꾸며져 있었을 숲의 경계를 따라 공터를 빙 둘러가자 멜러니는 마음이 놓였다. 풀밭에 있으면 너무 쉽게 눈에 띄어서 누군가의, 짙은 황록색 옷을 입고 이끼 낀 나무줄기 사이를 지나는 어떤 저격병의 손쉬운 표적이 될지도 몰랐다. 하지만 여기는 숨을 곳이 있었다. 핀은 그녀가 누런 버섯이 핀 쓰러진 나무 그루터기를 넘는 것을 도와주었다.

"커피, 생강빵, 기념품을 파는 가게들이 있었겠지. 천막 안에서 연극 공연도 하고. 행상과 가수 같은 것도 있고. 비가 오면 애인이랑 같이 앉을 작은 정자도 있고. 고상한 축제 분위기였겠지. 믿긴 힘들지만."

"이상해요." 그녀는 어느덧 핀만큼이나 나지막한 목소리로 말하고 있었다. 뭔가 깨뜨리고 싶지 않은 것이 있는 것만 같았다.

"저기 봐." 핀이 나뭇가지를 옆으로 치우며 말했다. 석굴 입구에서 돌 암사자가 새끼들을 지키고 있었다. 암사자의 엉덩이는 백년 동안의 비바람에 암청색으로 얼룩졌고, 둥근 머리에는 몇세대에 걸쳐 새들이 허옇게 똥을 싸놓았다. 암사자의 조각된 눈알은 마치 모든 것이 조각상인 또다른 차원을 늘 감지하고 있는 듯, 기괴한 먼눈으로 그들을 노려보고 있었다. 새끼들은 어미에게 돌처럼 단단하게 매달려 있었다.

"왕관을 써야 할 텐데." 멜러니는 노아의 방주에 있던 암사자를 떠올리며 말했다.

"조금 있다 여왕을 보여줄게. 황무지의 여왕."

그는 별로 웃지 않았다. 그는 이상하게도 애수에 젖어 그곳의 비애를 존중하며 부드러운 발로 살며시 움직이고, 자기가 이곳에 있음을 사과하는 것처럼 나무나 아직 무사한 돌조각을 어루만지며 달래듯 인사했다. 멜러니는 이 폐허가 그에게 매우 큰 의미가 있는 것 같아 그게 무엇일지 궁금했다. 그의 마음속에 이런 풍경이 담겨 있으리라고는 생각지도 못했다. 이곳을 그녀에게 보여주는 것으로, 그리고 그녀에게 그 안을 걷게 하는 것으로 그는 깊은 우정의 몸짓을 보여주고 있었다. 그녀는 이곳을 더 좋아할 수 없는 것이 미안했다.

"썩은 인간 냄새가 나." 핀이 보이지 않는 먼 곳을 바라보며 말했다.

"그게 어떤 냄샌데요?"

"진흙."

얇은 신발로 습기가 스며들듯이 차가운 괴로움이 뼛속까지 스며들어 그녀는 기분이 좋지 않았다. 그러나 길을 잃지 않기 위해 그를 따라갔다.

"이 정원들은 조각상들로 가득 차 있었어." 그가 말했다. "드리아스(그리스 신화에 나오는 나무의 님프—옮긴이), 여종, 위인들의 흉상, 말을 타거나 서 있는 위인들. 브라스밴드의 음악에 맞춰 행진할 수 있는 매력적이면서도 목가적인 경치. 누가 그걸 사려고 했는지는 모르겠지만 조각상 몇개는 팔렸지. 나머지 조각상들은 멀리 가는 게 못 견디게 싫어서 남았고."

"말을 참 재미있게 하네요." 그녀는 발이 축축해져 투덜거렸다. 그는 검게 번득이는 어깨 너머로 그녀를 힐끔 뒤돌아보았다.

"네 말은, 내가 가난한 아일랜드 애치고는 재미있게 말한다는 건가?"

그녀는 얼굴을 붉혔다.

"가끔 도서관 책을 읽어. 그리고 네 외삼촌과 사는 것 자체가 정신 수양이거든."

그들 앞에서 느닷없이 땅이 끝나고, 검은색과 흰색의 바둑판무늬 대리석 바닥이 넓게 펼쳐지고 난간 달린 널찍한 돌계단이 인공호수의 마른 바닥까지 이어져 있었다. 호수는 안개가 내려앉아 우유 그릇처럼 보였다. 계단에는 옷자락을 고상하게 늘어뜨린 고전적인 인물상들이 띄엄띄엄 서 있었는데, 어떤 것은 손이나 팔이 없고 어떤 것은 코가 썩어 문드러지거나 폭풍우에 목이 날아가버리는 등 하나같이 다들 풍파에 시달리고 그을음투성이였지만, 우아한 교양이 밴 그들의 몸가짐에는 고운 모습이 아직 남아 있었다. 부서진 벽돌과 잡석이 계단에 흩어져 있었다. 그들은 대리석 바닥으로, 무대 위로 걸어갔다. 현악 합주단이 고풍스러운 왈츠를 연주하기라도 해야 할 것 같았다.

멜러니는 핀의 몇걸음 뒤에서 조심스럽게 흰 칸만 밟았다. 검은 칸을 밟지 않고 대리석 바닥의 끝까지 가면 오랫동안 쓰지 못한 그녀의 침대 줄무늬 이불 속에서 몸을 떨며 깨어나 사과나무에게 아침인사를 하고 깨뜨리지 않은 거울로 그녀의 얼굴을 볼 수 있으리라. 그녀는 아주 오랫동안 자기 얼굴을 보지 않았다는 사실을 떠올리고는 공포에 사로잡혔다.

'내 모습은 아직 똑같을까? 세상에, 지금도 내가 날 알아볼

수 있을까?'

이런 미신적인 두려움이 창피하고 수치스러워 그녀는 장갑을 끼지 않은 뻣뻣한 손가락으로 차가운 뺨과 코를 만져보았다. 하지만 그렇게 만져보아도 알 수 있는 것은 아무것도 없었다.

조심조심 걸어라, 흰 칸만 밟으면서. 이게 현실일 리 없었다. 이런 일이 그녀에게 일어날 리 없었다. 발이 땅에 닿지 않는 듯이 저토록 우아하게, 저토록 기괴하게 움직이는 핀 뒤에서 흰 칸만 밟고 있는 그녀에게. 하지만 검은 칸을 밟으면 어떻게 될까. 이 황량한 악몽이 그녀의 남은 일생 동안, 육십년이나 칠십년 동안 계속될까? 풀이 삐죽삐죽 자란 갈라진 금을 밟으면, 틈이 열리면서 그녀를 삼켜버려 모든 게 끝나고 말까? 이 모든 게 다?

마침내 그녀는 풀밭으로 나왔다. 그녀는 마치 신앙처럼 흰 칸에 충실했다. 핀의 반짝이는 등판이 여전히 그녀 앞에 든든히 서 있었다. 그녀는 그를 믿어야 할지 말아야 할지 갈피를 잡을 수 없었다.

"여기 있다." 그가 부드럽게 말했다.

"아, 여왕……"

무대 앞의 나지막한 기둥 난간 끝에 웨딩 케이크처럼 층층이 장식된 로꼬꼬 양식의 석조 대좌가 있었다. 사탕처럼 매끄러운 표면 위에 누군가 립스틱으로 쓴 글귀가 있었다. '고든 콕스(Cox; 남자의 음경을 뜻하는 속어 'cocks'와 발음이 같다 ─ 옮긴이) 거

시기는 엄청나게 크다.'

"한심하군. 예술을 모르는 무식한 놈들이 한 짓이겠지." 핀이 말했다.

오래전에 이 대좌에서 옆으로 무너진 키 큰 인물상 하나가 웅덩이에 얼굴을 박고 엎어진 채 나르시스처럼 스스로를 바라보고 있었다. 그 인물상은 허리 부분에서 동강나 직각으로 몸을 숙이고 있었다. 점액과 곰팡이로 줄이 가 있었지만 중년 초반의 빅토리아 여왕임을 분명히 알아볼 수 있었다.

"여왕과 짝을 맞춰서 앨버트 공이 저쪽 끝에 서 있었어." 핀이 말했다. "그런데 누가 그를 데려가버렸지. 그가 어디로 갔을지 가끔 궁금하기도 해. 여왕의 잔소리에서 벗어나서 기쁘겠지."

그는 손수건을 꺼내 무릎을 꿇고 그 창백한 대리석 얼굴에 묻은 진흙을 조금 닦아냈다. 멜러니는 떨어져나간 몸통을 발로 슬쩍 찔러보았지만 너무 무거워서 꿈쩍도 하지 않았다.

"마음에 안 들어요." 그녀는 자기도 모르게 말했다. "불쌍하게 코를 진흙에 처박고 있다니."

"다 그런 거지 뭐." 핀이 달관한 듯 말했다. 회녹색 바다 같은 그의 눈이 그녀를 적셨다.

몇주 전 써머타임이 해제되어 시간이 다시 늦춰졌기 때문에 벌써 밤이 다가와 점점 어두워지고 있었다. 멀리 안개 사이로 뿌연 도시가 검은 엄지손가락 지문처럼 짙어지면서 불빛이 조금 보였다. 나무와 덤불은 이파리가 없는 뚜렷한 윤곽을 잃어갔다. 포장길 위의 흰색 대리석 칸이 유령 체스판처럼 반짝였다. 멜러니는 수증기 한두 방울이 얼굴에 닿는 것을 느꼈다. 빗방울인지, 아니면 축축한 밤공기가 응고된 습기인지, 아니면 핀의 시선에서 뿌려진 물보라인지. 그는 단물이 다 빠진 풍선껌을 입에서 꺼내 빅토리아 여왕의 불룩한 돌 엉덩이에 살짝 붙였다. 이런 그를 보고 멜러니는 그가 그녀에게 키스를 하리라는 걸, 또는 키스하려 들리라는 걸 알았다.

그녀는 움직일 수도 말을 할 수도 없었다. 그녀는 미칠 듯한 불안함 속에서 기다렸다. 어차피 일어날 일이라면 일어나야 하고, 그러면 그녀는 키스를 당하는 것이 어떤 것인지, 지금은 모르지만, 알게 될 터였다. 그녀에게 키스하는 사람이 고작 핀일지라도, 그만큼 더 경험을 쌓게 되는 것이었다. 그녀는 그의 누런 이를 보고 몸서리를 쳤다.

그들은 쓰러진 여왕을 사이에 두고 마주보고 있었다. 그는 돌 엉덩이에 발을 가볍게 올리고 휙 뛰어넘다가, 허공에서 갑자기 무슨 엉뚱한 생각이 들었는지 검은색 비닐 팔을 들어올려 퍼덕거리며 까마귀처럼 깍깍 하고 울었다. 소름 끼치는 그의 포옹에 감싸이자 모든 것이 검게 변했다. 그녀는 깜짝 놀라 거의 울 뻔했다.

"깍, 깍" 하는 소리가 비옷 안에서 메아리쳤다.

"겁먹지 마. 이 보잘것없는 핀은 너한테 나쁜 짓 안하니까."

그녀는 정신을 조금 차렸지만, 여전히 와들와들 떨고 있었다. 물에 잠긴 듯한 그의 검은 눈동자에 그녀의 얼굴이 작게 비쳤다. 그녀는 여전히 똑같아 보였다. 그녀는 자신에게 인사했다. 그는 그녀보다 약간 컸고 그들의 눈은 거의 같은 높이에 있었다. 막연히 그녀는 그가 8센티미터 정도만 더 컸으면 싶었다. 아니면 10센티미터나. 야수 같은 그의 입에서 나온 따뜻한 숨결이 그녀의 뺨에 살며시 닿는 것이 느껴졌다. 그녀는 움직이지 않았다. 무뚝뚝하고 빳빳하게 그의 품에 안긴 채 서서 그의 눈에 비친 자신을 보고 있었다. 자신의 모습이 생각대로인 것을 보니 마음이 놓였다.

"자, 끝내요, 빨리 끝내버려요." 그녀는 작은 목소리로 재촉했다.

그는 숲의 신 판처럼 씩 웃고 있었다. 그가 그녀에게 입을 맞추었고, 그가 눈을 감는 바람에 그녀는 자기 얼굴을 볼 수 없었다. 그의 입술은 축축하고 거칠고 갈라져 있었다. 그저 누군가가 그녀에게 입을 맞추고 있고, 그녀는 그를 잘 알지 못했다. 그녀는 그가 왜 이런 짓을 하는지, 왜 별 매력도 없는 그녀의 입에 자기 입을 대고, 왜 그녀의 몸에 자기 몸을 부드럽게 부딪는지 알 수 없었다. 무슨 필요가 있을까? 그녀는 그에게서 멀리 떨어져 있는 느낌이었다. 그리고 그보다 더 우월한 느낌도 들었다.

그녀는 막연하게 그들의 모습이 영국 뉴웨이브 영화의 한 장면처럼 아주 인상적일 거라고 생각했다. 이 지독하게 재미있는 궁의 부서진 조각상 옆에서 포옹으로 뒤엉킨 채, 11월의 황혼이 그들 주위를 소용돌이치고, 미풍의 부드러운 손길이 핀의 적갈색 머리칼과 그녀의 검은 머리칼을 함께 꼬아 노랗고 검은 머리칼로 뒤엉킨 모습. 그녀는 누가 그들을 보았으면, 아니면 그녀 자신이 100야드 떨어진 수풀에서 이 검은 머리의 어린 소녀에게 입을 맞추는 핀을 보았으면 하고 바랐다. 그러면 낭만적으로 보일 거야.

핀은 그녀의 입술 사이로 혀를 밀어넣고 입안에서 그녀의 혀를 주저하며 탐색했다. 순간 그녀는 힘이 빠져버렸다. 이 관능적이고 친밀한 연결에, 그녀의 육체에 대한 이 무례한 침입에, 이 수치에 숨이 막히고 공포로 부들부들 떨면서 주먹으로 그를 때리고 몸부림쳤다. 그녀의 몸이 이리저리 흔들리며 진흙 속의 죽은 여왕 곁으로 쓰러질 뻔했지만, 아무리 세게 때려도 핀은 놓아주지 않고 그녀가 넘어지지 않게 어깨를 가볍게 껴안았다. 그녀가 점차 얌전해지자 그는 천천히 그녀를 풀어주었고, 그녀는 비틀비틀 몇걸음 걸어가 주머니에 손을 찔러넣고 그에게서 등을 돌렸다. 그가 손등으로 입을 닦았다.

"내 위업을 보라, 너희 힘센 자들이여, 그리고 조심하라."(부서진 람세스 거상을 주제로 한 P. B. 셸리의 시 「오지만디아스」의 한 구절을 잘못 인용한 것─옮긴이) 그는 조각상에게 이렇게 말하고는 풍선껌을 떼어내 불순물이 묻었는지 확인한 다음 다시 입안에 넣었다.

차와 함께 감자 스콘이 나오겠지. 가운데를 가르면 황금색 속에 버터가 녹아 흐르는. 아마 잼 타르트도 나올 거야. 마거릿 외숙모가 반죽을 만들고 있으니까. 부엌은 요리하는 냄새로 향기로웠다. 멜러니는 빛 때문에 눈이 아리고 뜨거운 열기에 코와 발가락이 따끔거렸다. 바닥에 앉은 빅토리아는 남은 반죽을 점토 삼아 장난을 치고 있었다.

"새야." 빅토리아가 회색 덩어리를 들어올리며 멜러니에게 말했다.

"그런 것 같네." 멜러니는 여동생 옆에 쭈그리고 앉아 작고 통통하고 행복에 가득 찬 그녀를 꼭 껴안았다. 빅토리아는 몸을 비틀었다.

"하지 마. 바쁘단 말이야. 놀고 있잖아."

"예쁜 새구나. 한눈에 새인 줄 알았어." 멜러니는 달래듯 말했다.

"언니 때문에 찌그러졌잖아." 빅토리아는 투덜대고는 토라져서 반죽을 방 저쪽으로 던져버렸고, 새는 자고 있는 개의 옆구리에 찰싹 들러붙었다. 개는 깨어나 킁킁거리며 냄새를 맡고는 그걸 먹고 트림을 했다. 멜러니는 개가 트림하는 걸 처음 보았다. 처음인 것이 많은 날이었다. 그녀는 맥이 빠져 바닥에 계속 앉아 있었다. 마거릿 외숙모가 가루투성이 손을 가루투성이 앞치마에 닦고는 칠판에 썼다.

'산책은 좋았니?' 숙모의 얼굴은 밝고 선명하고 호기심으로 가득했다. 핀이 키스했을 거라고 짐작한 걸까? 아니면 그들이 장난으로 미리 다 계획한 걸까? 바보 같은 생각이었다.

그녀는 핀이 작업실로 내려갔을 거라고 생각했다. 그는 그녀와 함께 가게로 들어왔지만 부엌으로 따라오지는 않았다.

그녀는 그를 보고 싶지도, 그와 말을 섞고 싶지도 않았다. 아무 빛도 없는 곳에 혼자 있고 싶었다. 그녀는 자기 방으로 달아나 침대에 앉아서 축축한 비옷 차림으로 몸을 움츠리고는 팔에 꿰맨 검은 띠의 바늘땀을 잡아뜯었다.

"그렇게 공허한 느낌이 들다니, 내가 잘못된 걸까? 나중에는 너무 끔찍했어. 그렇게 끔찍한 생각이 드는 게 더 잘못된 걸까?"

아니면, 예전에 이런 일을 상상했을 때 상상 속에서 그녀를 안아주던 남자들이 아니라 핀이 그녀에게 입을 맞춰 그런 걸까? 이젠 핀의 축축한 키스가 생각나서 다시는 그들을 상상할 수 없겠지. 정신을 차리고 보니 소매에서 검은 띠가 거의 떨어져 있었다. 이젠 완전히 떼어내는 수밖에 없었다.

창의 커튼이 움직였다. 거기에 제라늄이 환상적인 그림자를 던져 이파리는 우산, 꽃대 끝에 뭉친 꽃송이는 양배추 같아 보였다. 빅토리아의 침대 창살은 검고 위협적이었고, 층계참에서 문 아래로 흘러들어오는 빛줄기는 언제 벌떡 일어서서 벽에다 '그녀는 정상이 아니야!'라고 휘갈겨쓸지도 모를 빛나는 연필이었다. 그녀는 마음을 가라앉히기 위해 벽지의 장미를 세어보았다. 그 짙고 검은 얼굴들만 분간이 갔다. 한 송이, 두 송이, 세 송이…… 세번째 장미 한가운데에 미광이 어렸다. 둥글고 어렴풋한 빛. 그녀는 처음엔 별 생각 없이 보다가 점점 호기심이 일었다. 벽에 구멍이 뚫려 있고, 거기로 옆방 불빛이 새어들어왔다. 깔끔하고 동그란 구멍.

결국 그녀는 일어나서 동전만한 크기의 구멍 옆에 무릎을 꿇고 앉았다. 부엌 열쇠구멍으로 자울 가 사람들을 훔쳐본 첫 날밤을 떠올리며 그녀는 자신이 항상 그들을 몰래 엿보는 것 같은 기분이 들었다. 지금은 갓 없는 등불이 한가운데 켜진, 형제의 침실이라는 미지의 세계를 보고 있었다.

두 개의 작은 흰색 침대, 누비 공단 깃털이불 위에 개켜놓은 씨트. 바닥에 깐 검은색과 갈색의 싸구려 깔개. 성과 장미가 그려진 유람선 같은 나무의자. 아마 핀의 의자겠지. 엷은 분홍 빛 벽에 기대어 있는 사각 거울. 거울 옆에 그림 하나가 걸려 있었다. 그녀는 그림을 자세히 보려고 몸을 움죽거렸다. 기묘한 그림이었다. 믿기지 않았다.

앵초가 수북한 비탈에 마거릿 외숙모가 앉아 있었는데, 알 몸 위로 선명한 녹색 망또를 어깨에 느슨하게 걸치고 있었다. 굶주린 듯한 파리함은 그녀를 감싼 진홍색 머리칼 덕분에 누그러져 보였다. 그녀의 거웃은 불무덤이었다. 그녀의 젖가슴은 막 장미로 피어나려 하고 있었다. 그녀의 살결은 눈부시게 하얬다. 핀은 다른 색깔은 전혀 섞지 않고 튜브에서 짜낸 흰 물감을 그대로 쓴 것이 틀림없었다. 그녀의 흰 뺨 위로 굵은 눈물 두 방울이 흘러내렸는데, 둥근 수정구슬을 화폭에 붙여 반짝반짝 빛이 났다. 머리에는 튤립, 앵초, 수선화와 진기한 꽃들을 엮어 양 끝을 녹색 나비매듭으로 묶은 화려한 화관을 쓰고 있었다. 두 명의 큐피드가 통통한 발뒤꿈치를 들어올린 자세로 활시위를 당기고 있었다. 그들은 분홍색 점토로 낮게 부조되어 있었다. 손을 가리고 속삭이는 듯한 비밀스러움과 은밀함이 그림 전체에 감돌았다. 루벤스 식은 아니지만, 이 그림 또한 분명 우화였다.

난쟁이 관처럼 생긴 바이올린 케이스 옆의 바닥에 핀의 비옷이 놓여 있었다. 그때 핀이 그녀의 시야를 지나갔다. 그의 머리가 거칠거칠한 마룻바닥을 쓸었다. 그는 물구나무서서 걷고 있었다. 그녀는 소스라치게 놀랐다. 그는 두 손으로 걸으면서 손바닥이 바닥에 닿는 소리 외에는 아무 소리도 내지 않았다. 그녀는 뒤로 물러앉아 그 엿보기 구멍에 대해 생각했다.

구멍은 깔끔하고 둥글게, 완전히 계획적으로 뚫려 있었다. 누군가가 구멍을 만든 것이다. 왜? 아마도 그녀를 지켜보기 위해서이리라. 그녀만이 그들을 관찰하고 있었던 것이 아니라, 그녀 역시 혼자 있다고 생각할 때나 옷을 벗을 때나 입을 때나 관찰당하고 있었던 것이다. 줄곧 누군가가 그녀를 지켜보고 있었던 것이다. 그녀는 줄곧 집 안에 있었다. 그들은 그녀가 혼자 외로이 있는 것조차 가만두지 않았다.

형제들이 번갈아가며 본 게 아니라면 그녀를 훔쳐본 것은 대개 핀일 거라고 그녀는 짐작했다. 프랜씨가 한번이라도 속옷을 벗은 그녀를 보기 위해 구멍에 눈을 댔으리라고는 상상할 수 없었다. 그의 등은 너무 꼿꼿하고, 그의 목은 너무 빳빳했다. 엿보기 좋아하고 그녀의 입에 혀를 집어넣은 사람은 핀이었다. 그녀의 얼굴이 분노로 붉어졌다.

"더러운 짐승." 그녀는 혼자 중얼거렸다. "이런 짐승 같은 놈!"

지금 이 순간 바로 옆방에서 그가 물구나무를 서서 걷고 있었다. 화가 치민 그녀는 그의 방에 가서 나무라고 싶었다. 하지만 마음을 고쳐먹었다. 그는 잔머리가 잘 돌아가는 약은 사람이었고, 그를 보는 것도 싫었다.

잠깐 생각한 끝에 그녀는 구멍 앞에 의자를 끌어다놓고 의자 등에 코트를 걸어 구멍을 막아버렸다. 이 정도면 충분했다. 그리고 다시는 그와 함께 나가지 않고, 피할 수만 있다면 그와 단둘이 있지 않고, 그가 말을 걸려고 하면 쌀쌀맞은 눈으로 그를 얼려버리리라. 그는 그녀의 친구가 아니었다. 옆방에서 쿵쿵거리는 소리가 계속 들리는 걸로 보아 핀이 옆으로 재주넘기를 하거나 공중제비를 돌고 있는 모양이었다.

6

마거릿 외숙모는 금으로 된 굵은 결혼반지 말고는 보석 장신구가 딱 하나 있었다. 일요일 오후마다 점심식사 후에 칙칙한 검은색 평상복을 가장 좋은 옷으로 갈아입을 때 거는 기묘한 목걸이였다. 한 주의 일이 끝나면 그녀는 이 추레한 휴일 옷을 입고 다시 시작될 힘든 한 주를 기다렸다. 뻣뻣한 싸구려 모직으로 된 유행 지난 그 옷은 죽음처럼 밋밋한 잿빛, 빛깔의 거부이자 아름다움의 말살이자 더할 나위 없이 맥없고 초라한 잿빛이었다. 목깃은 높고, 좁은 소매는 너무 짧아서 뒤얽힌 힘줄과 핏줄이 다 보이는 손과 살갗이 트고 야윈 손목이 마치 팔의 일부가 아니라 소맷부리에 따로 꿰매어진 것처럼 맥없이 불쑥 나와 있었다. 그것은 그녀의 유일한 드레스이기에 곧 최고의 드레스였다. 그것 말고 그녀의 옷장에는 꾀죄죄한 검정

치마 서너 장과 터진 바늘땀이 풀리고 팔꿈치가 얇고 희미하게 해진 볼품없는 검정 스웨터 네다섯 장이 전부였다.

드레스는 그녀의 어깨부터 정강이 중간쯤의 옷단까지 기다란 일직선으로 곧게 떨어졌고, 몸에 잘 맞지 않아 그녀의 몸을 가까스로 스치듯 지나가다 빼빼 마른 엉덩이에 꽉 끼었다. 그녀가 그 드레스를 일부러 샀다고는 상상할 수 없었다. 오래전 어느 특별한 날 가게에 들어가서 드레스 여러 벌을 입어보고, 다양한 색상의 옷들이 걸린 옷걸이에서 몸에 꼭 끼는 이 꼴사나운 회색 천 쪼가리를 골라 머리 위로 뒤집어써서 입고, 탈의실 거울로 앞뒤를 점검한 뒤 만족스럽게 미소짓고, 마음에 든다고 손뼉을 치면서 혼자 중얼거린다. "멋져, 딱 내가 원하는 옷이야." 그러면 곱슬머리에 향수를 뿌린 여점원이 옆에 붙어서 말한다. "완벽하게 어울리세요, 부인." 그러나 결코 이랬을 리가 없다. 그 옷은 물려받았거나, 온통 검은색인 옷에 질려 떨이로 샀거나, 아니면 (이것이 제일 그럴듯한데) 필립 외삼촌이 자기 아내가 일요일마다 입을 적당한 옷으로 선택해서 신혼 침실 장롱 안에 넣어두었겠지.

아주 촌스럽고 낡고 방충제 냄새가 나고 오랫동안 천에 스민 땀내가 살짝 났지만, 정성스레 잘 간수된 드레스였다. 또 어쨌든 그녀의 가장 좋은 옷인지라 아무리 형편없다 해도 품위 같은 것이 배어 있었다. 더욱이 그녀의 몸에 잘 맞지 않고 평행선으로 어색하게 늘어진데다 자주 때와 얼룩을 닦고 솔질과 다림질을 하며 조심스럽게 관리한 드레스였기 때문에, 그녀는 애처로울 정도로 훨씬 젊어 보였다.

　일요학교의 모범적인 소녀가 입을 법한 드레스였다. 그 드레스를 입은 그녀는 천진하고 젊어 보였다. 그 옷을 입을 때는 구멍이 나거나 올이 풀린 곳을 깔끔하게 기운 일요일 전용 스타킹을 신고, 앞부리가 둥글고 굽이 낮고 가죽 끈이 달린, 아주 오래되었지만 윤이 나게 잘 닦은 일요일 전용 구두를 신었다. 그리고 옷을 다 차려입고 준비가 되면 마무리로 상자나 벽장에서 목걸이를 꺼내 목에 채웠다.

　그 광택 없는 은목걸이는 맞물린 은 두 조각에 월장석들이 달린 것으로, 그녀의 가느다란 목에 꽉 감기면 거의 턱까지 올라가 머리도 제대로 가누지 못할 정도였다. 목걸이는 무겁고 불편하지만 귀중한 것이었고, 마치 기원전이나 노아의 홍수 이전의 것인 양 아주 오래되어 보였다. 그 앙상한 회색 드레스를 마무리하는 목걸이는 불길하리만치 이국적이고 기괴했다. 그 목걸이를 차면 마거릿 외숙모는 아시리아 여왕처럼 고개를 높이 오만하게 쳐들어야 했지만, 그 위의 눈은 불안하고 애처롭고 조금도 도도하지 않았다.

　그녀는 일요일엔 평소보다 훨씬 더 머리에 신경을 써서 매끄러운 붉은 머리를 똘똘 말았고, 이례적인 말쑥함과 호화로운 목걸이와 젊은 모습 덕분에 그녀는 산토끼처럼 놀라운, 덧없는 아름다움을 얻었다. 잠들기 전에 목걸이를 벗어서 치우면 사라져버리는 기묘한 아름다움이었다. 매주 아주 짧은 시간 동안만 지니는 섬뜩한 아름다움이기에, 가히 충격적일 정도였다. 빅토리아를 무릎에 앉히고 목걸이의 무게 때문에 여왕처럼 고개를 꼿꼿이 세운 그녀는 비쩍 마른 어린 소녀를 그린 '배고픔의 성모 마리아' 초상처럼 보였다.

그녀는 목걸이를 차면 아주 힘들게 식사를 했다. 일요일의 다과는 늘 똑같았다. 언제나 새우, 버터 바른 빵, 갓과 물냉이 샐러드 한 접시, 그리고 그날 아침 오븐에 썬데이 로스트(영국에서 일요일에 고기에 감자와 야채 등을 곁들여 먹는 전통적인 식사 — 옮긴이)와 함께 구워 고기기름 탄내가 살짝 밴 감칠맛나고 말랑말랑한 황금색 스펀지케이크였다. 식탁에는 새우 수염이 어질러지고 스펀지케이크는 마지막 부스러기까지 완전히 싹쓸이됐지만, 정작 그 엄청난 식사를 준비한 그녀는 작은 찻잔을 힘겹게 홀짝이고 샐러드 잎 몇개를 깨작이는 것밖에 할 수 없었다. 필립 외삼촌은 분홍색 새우 군단의 갑옷을 벗겨내면서 거침없이 먹고, 버터 반 파운드를 바른 빵을 씹고, 케이크를 제일 크게 떼어내어 마음껏 먹으면서 무표정하지만 흡족한 얼굴로 그녀를 지그시 바라보았다. 그녀가 불편해하는 모습이 즐거운 듯이, 아니면 그런 모습을 보는 것만으로도 식욕이 돋는 듯이.

'인정이라곤 눈곱만큼도 없는 사람이야.' 멜러니는 생각했다. 하지만 장엄하고 불편한 그 목걸이 덕분에 마거릿 외숙모는 아름다워 보였다. 아름다워지기 위해서는 고통을 참아야 한다. 월장석이 가득 달린 그 목걸이는 원시적이고 미개했다. 세밀화 속 중세 페르시아 왕자의 사냥개가 매사냥을 나갈 때 찰 법한 목걸이였다. 마거릿 외숙모가 그 목걸이를 스스로 골랐을 것 같지는 않았다. 짐작건대 그녀는 멜러니의 견진성사 선물 같은 양식진주, 모조 다이아몬드, 반짝이는 섬세한 보석들이 박힌 꽃 브로치, 채색한 아기들 사진과 처음 난 부드러운 곱슬머리를 넣은 작은 황금색 목걸이 같은 것들을 좋아할 것이었다. 하지만 그녀는 그 목걸이를 자랑스러워했다. 진짜 은이었다.

'그이가 결혼 선물로 준 거란다.' 그녀가 분필로 썼다. '그이가 직접 만들었지. 디자인도 직접 하고.'

"어머, 솜씨가 좋으세요." 멜러니가 말했다.

'나무든 금속이든 뭐든 다 만든단다. 언젠간 너한테도 장신구를 만들어줄 거야.'

"멋지겠네요." 멜러니는 예의바르게 말했지만 속으로 생각했다. '제발 그런 일이 없기를.'

그 목걸이에 대해 이야기하면서 핀이 말했다. "두 사람은 일요일 밤마다 잠자리를 같이하거든. 형부와 누나 말야." 그의 눈은 차가운 물이었다. 그가 침을 뱉었고, 멜러니는 그것 때문에 기분이 나빠 그의 말을 제대로 이해하지 못했다. 침방울은 마치 목걸이에서 떨어진 월장석처럼 바닥에 떨어져 있었다.

"필립 외삼촌을 별로 안 좋아하죠?" 그녀가 물었다.

"좋아해야 하나?" 그는 오른쪽 눈 밑의 큼지막한 자줏빛 멍을 가리켰다. 그날은 일진이 사나운 날이었다. 핀은 조각칼이 미끄러져 뼈가 보일 만큼 살을 베였고, 그 때문에 일을 못했다. 필립 외삼촌이 호통치는 소리가 가게에 있는 멜러니에게까지

들렸다.

"일부러 그랬지, 이 아일랜드 새끼!"

그러고는 핀이 맞는 소리가 둔탁하게 들렸다. 잠시 후 핀이 피를 흘리며 험상궂은 얼굴로 조용히 나와서 아무 말 없이 그녀에게 무시무시하게 베인 상처를 보여주고는 붕대를 감기 위해 위층에 있는 누나에게 갔다.

그는 지금 가게 계산대에 앉아 성한 왼손으로, 바이올린과 플루트를 연주하는 원숭이를 가지고 놀고 있었다. 그가 느닷없이 내뱉었다. "썩을 인간!" 그러고는 장난감을 힘껏 구석으로 집어던졌다. 벽에 부딪쳐 산산조각난 장난감은 들쑥날쑥한 양철 파편들이 되어 바닥에 흩어졌다. 오르골 장치는 팅 하는 소리와 함께 죽어버렸다.

"핀!"

"다 박살내버리고 싶어." 두들겨맞은 핀이 말했다. 그는 꼭 어린애처럼 말했다. 놀이터에서 골목대장에게 얻어맞고는 복수는 못하고 그들을 미워하기만 하는 꼬마 같았다.

"이 집을 날려버리고 누나를 그 인간한테서 떼어낼 거야. 그러고는 누나와 나와 형이 같이 아일랜드로 돌아가서 조용히 살면서 연주도 하고 가끔 스텝댄스도 추는 거야."

"그럼 나랑 내 동생들은 어떡해요?"

"아, 깜박했군. 사람은 자기 걱정밖에 못하지." 그는 다친 손을 감싸쥐었다. 사팔눈 아래 검은 줄을 그은 것처럼 멍이 들어 있었다. "왜 하필 오른손을 다쳤을까? 그림 그리는 손을?"

멜러니는 부서진 장난감을 치우러 갔다.

그녀는 핀과 얘기하기 싫었지만, 그가 와서 계산대 위에 앉으면 별 도리가 없었다. 게다가 그와 말하지 않으면 마거릿 외숙모와 서로 의사소통하는 것 말고는 얘기할 사람이 아무도 없었고, 외로움을 견딜 수 없었다. 결국 그녀는 핀을 완전히 떼어낼 만큼 용감하지 못했다. 그는 뜨겁고 축축한 입으로 그녀를 건드린 적이 없는 척 시치미를 떼는 것 같았다. 시간이 지나 그가 아주 차분하고 다정하게 굴자 그녀는 자신이 실제 일어난 일보다 과장해서 상상했거나 아예 그런 일이 없었던 건 아닐까 하는 생각이 들기 시작했다. 그러나 의자를 옮기면 여전히 구멍이 보였다. 그래서 그녀는 의자를 움직이지 않았다.

"조너선 말이에요." 그녀가 말했다. "필립 외삼촌이 당신을 때릴 때 조너선은 뭘 했나요?" 작업실 안의 냉혹한 폭력 장면을 조너선이 가만히 보고 있다고 생각하니 걱정스러웠다.

"보질 않아. 배 조립만 하지."

"동생이 충격을 받지 않았으면 좋겠어요."

"그앤 거의 딴생각을 하고 있어. 네 외삼촌은 그애를 아주 마음에 들어하지. 나를 도제로 썼던 것처럼 그애도 도제로 쓸 거야. 네 외삼촌이 배를 보고 관심이 많아졌거든. 조너선은 배만 만들 거니까, 병 속에 넣은 배로 사업을 확장한다나. 어쨌든 그앤 배 만드는 솜씨가 좋아."

"거기에 미친 것 같아요."

"집착 같던데."

"잘 모르겠어요."

"하지만 겨우 열두살이니까, 집착하거나 미치기엔 너무 어리지."

"조너선이 여기 있는 게 맞나 싶을 때가 많아요." 그녀는 느릿느릿 말했다. "아무도 모르게 자기를 복사해놓고 진짜 조너선은 어디 딴 데 가 있는 것처럼요. 걘 아주 어렸을 때부터 그랬어요."

"그앤 안경을 벗으면 바깥 공기에 놀라서 눈을 움찔하지."

"걔 성적표에는 항상 '조너선은 노력하면 더 잘할 수 있을 겁니다'라고 적혀 있었죠."

"학교 선생들이 다 그렇지 않나? 조너선은 걱정 마, 멜러니. 그앤 만족하고 있으니까. 네 외삼촌과 한핏줄이잖아. 플라워 가."

"플라워." 그녀는 전에는 인식하지 못했던 그 이름의 기묘함을 음미하며 소리내어 말해보았다.

"처음엔 어머니가 어떤 사람이었기에 너희들이 그렇게 플라워 가 사람다운 데가 없나 생각했지. 아주 착하고 깨끗하고, 항상 소매가 아니라 손수건으로 코를 닦고. 그런 겉모습은 벌써 지워지고 있지만."

"우리 어머니는 모자를 쓰고 장갑을 끼고 가끔 위원회 같은 데 참석하셨어요." 멜러니는 어렵사리 옛날을 떠올리며 말했다.

하지만 핀은 이제 그녀의 말을 듣지 않고 흐릿하고 흉악한 눈으로 다친 손을 내려다보고만 있었다.

그날 저녁, 외숙모가 빅토리아를 씻기는 동안 멜러니는 혼자 설거지를 했다. 일주일에 한번 마거릿 외숙모는 오로지 빅토리아를 위해, 쿵쿵 탕탕 소리를 내며 활활 타오르는 썩은 괴물 같은 가스 온수기와 맞서 싸워가며, 십분은 있어야 그 야만적인 주둥이에서 욕조 속으로 코딱지만큼 똑똑 떨어지는 초록빛의 짭짜름하고 미지근한 물로 그녀를 씻겼다. 멜러니는 그 정신나간 녹슨 온수기에 덤벼들어 뜨겁거나 아주 뜨거운 물을 토해내게 만드는 마거릿 외숙모가 아주 용감하게 느껴졌다. 멜러니는 딱 한번 그걸로 욕조를 채우려고 한 적이 있는데, 온수기가 사납게 터지는 바람에 선반에 있던 칫솔들이 튀어오르며 흔들리고 필립 외삼촌의 틀니를 넣는 유리컵이 선반에서 자살하듯 뛰어내려 바닥에 튀었지만 다행히 깨지진 않았다.

그후로 그녀는 찬물로만 씻다가 외숙모에게서 김이 푹푹 나는 주전자를 빌려 부엌이나 욕실의 비좁은 세면기에서 조금씩 씻기도 했다. 축축한 플란넬 수건 밑으로 살굿빛 홍조를 띤 깨끗한 살이 드러났다. 처음엔 한쪽 다리, 다음엔 다른쪽 다리. 그녀는 매일 한 번씩, 끈적끈적한 여름엔 두 번씩 향기로운 물에 몸을 푹 담갔던 기억을 떠올렸다. 어른이 되어 그녀만의 욕실을 가지기 전까지는 다시는 못할 일이었다. 머리도 제대로 감기 힘들었다.

핀과 프랜씨는 온수기를 켜려는 시도조차 하지 않았다. 멜러니는 핀이 만약 몸을 씻는다면 어떻게 씻을지 알 수 없었다.

프랜씨는 가스레인지로 주전자와 쏘스 냄비에 물을 끓여 양철 목욕통을 채우고는 부엌문을 잠가놓은 채 욕조 안에 태연히 앉아 있곤 했다. 마거릿 외숙모는 멜러니를 일찍 잠자리에 보내고 같은 방법으로 자주 목욕을 했다. 필립 외삼촌은 일주일에 한두 번은 욕조에 몸을 담갔다. 그가 켤 때는 온수기가 절대 터지지 않는 걸 보면, 그가 온수기에게 어떤 불가사의한 권능을 부리는 것 같았다. 그는 바닥에 온통 물을 엎지르고 수건을 흠뻑 적셔놓고 욕실을 심하게 어질러놓았다. 멜러니는 첫날 아침 욕실에서 보았던 플라스틱 장난감이 누구 것인지 알아내지 못했다. 정황상 필립 외삼촌 것이었지만, 그럴 것 같진 않았다.

빅토리아의 매주 목욕은 마거릿 외숙모가 온갖 정성을 기울이고 엄청난 시간을 들이는 의식이자 행사였기 때문에, 멜러니는 그날 일을 마친 다음 느긋하고 새치름하며 따뜻한 부엌에 혼자 남아 있었다. 찬장의 얼룩과 등이 꼿꼿하고 딱딱한 의자들과 넝마 깔개가 세상없이 태평스러워 보였다. 부엌에 있는 것이 기분 좋아 멜러니는 컵걸이에 컵을 걸고 접시들을 세우면서 콧노래를 흥얼거렸다. 그러고는 나이프와 숟가락을 치우기 위해 찬장 서랍을 열었다. 찬장 서랍에는 방금 잘려 피투성이인 손 하나가 있었다.

보들보들해 보이고 통통한 작은 손이었다. 끝이 가늘고 예쁜 손가락에, 손톱에는 엷은 진줏빛 매니큐어가 칠해져 있었다. 넷째 손가락에는 어린 소녀들이 끼는 가느다란 은반지가 있었다. 무용학원에 다니고 주름장식이 달린 페티코트에 내의를 맞춰입는 아이의 손이었다. 손목의 살이 너덜너덜한 것으로 보아 아주 무딘 칼이나 도끼로 자른 것 같았다. 멜러니는 찬장 안에서 피가 뚝뚝 떨어지는 소리를 들었다.

"미친 것 같아. 푸른 수염이 여기 있어." 그녀가 소리내어 말했다.

그녀는 서랍을 닫고 찬장에 몸을 기댔다. 땀에 흠뻑 젖고 입이 말랐다. 잠시 후 그녀는 무릎이 꺾이면서 바닥으로 주르르 미끄러졌고, 날붙이들이 철커덩거리며 우르르 쏟아졌다. 부엌 안의 모든 가구가 오르락내리락하며 춤을 췄다. 의자들은 다리를 한쪽씩 들어올리며 지그춤을 추고 식탁은 꼴사납게 왈츠를 췄다. 뻐꾸기시계는 뱅뱅 돌고 또 돌았다. 그녀는 움직이는 것이 두려워 얼어붙은 채 넘실거리는 땅에 누워 있었다.

정신을 차려보니 그녀의 입에 컵이 대어져 있었다. 컵에는 위스키를 조금 섞어 옅은 갈색을 띤 물이 담겨 있었다. 프랜씨가 그녀를 똑바로 세워 품에 안고 있었다. 한 손에는 컵을 들고 다른 손에는 작은 '티처스 하일랜드 크림' 위스키 병을 들고 있었다. 그의 양손 모두 여유가 없었지만 그녀는 무척 안전하게 느껴졌다. 그의 콧구멍 속으로 모래 빛깔의 털이 조금 보였다. 그녀의 이가 컵에 부딪혀 달각거렸다.

"다 마셔, 착하지." 프랜씨가 말했다.

오늘 그는 심하게 빛바랜 회색 금속으로 만들어진 성 브리짓 십자가 모양의 넥타이핀을 하고 있었다. 넥타이는 어두운 파란색과 빨간색의 빗금무늬였다. 짧은 수염이 송송 난 그의 뺨은 사포 같았다. 그는 전형적인 아일랜드 사람처럼 보였다. 그녀는 그가 짙은 남색 양복 차림에 넥타이핀까지 한 모습으로 그녀를 발견해준 것이 기뻤다.

"당신은 정상이군요." 그녀가 그를 축복하듯 말했다. 그는 또 그 빛바랜 미소를 짓고는 말했다.

"그렇지, 그냥 정상적인 놈."

그녀는 그의 어깨에 힘없이 머리를 기댔다.

"쓰러졌어요."

"기절했을 거야. 송진을 가지러 왔더니 네가 바닥에 누워 있잖아. 개가 킁킁거리고 있고." 마치 그는 언어로 사고하지 않는 사람이어서 머릿속에 있는 무형의 개념 덩어리들을 설명하기 위해 단어를 새로 만들어내야 하는 것처럼 말했다.

개는 눈에 근심을 가득 담고 코로 그녀의 손바닥을 누르며 달래듯 킁킁거리는 소리를 냈다. 그녀는 힘겹게 개의 머리를 토닥거렸다. 갑자기 그녀와 개는 친구가 되었다. 달콤하고 묽은 물 탄 위스키를 홀짝이자 기분이 좀 나아지기 시작했다.

"당신은 아일랜드 위스키를 마실 줄 알았어요."

"어차피 다 같은 위스키야. 그래도 이왕이면 좋은 술이 좋지."

프랜씨는 노련한 늙은 말이 거친 길에서 수레를 끌듯 느릿느릿 삐걱거리며 말했다. 그녀는 컵 가장자리 너머로 그를 보고 미소지으며 컵을 비웠다. 그는 그녀 너머로 몸을 구부리며 술을 병째 마신 다음 물었다. "무슨 일이 있었던 거야, 귀염둥이 아가씨?"

그녀는 몸서리를 쳤고 악몽이 되살아났다.

"나이프 넣는 서랍에 뭐가 있어요. 내가 봤어요. 피를 흘리고 있었어요."

"나이프 서랍? 거기엔 나이프만 있는데. 누나는 거기에 나이프만 넣어. 나이프 서랍이니까."

"가서 한번 봐줘요. 가서 봐요. 아직 있는지 보세요."

"우선 의자에 편안히 앉아야지, 귀염둥이 아가씨." 멜러니는 그가 자기를 귀염둥이 아가씨라고 불러주는 것이 기분 좋았다. 그는 그녀를 필립 외삼촌의 팔걸이의자에 앉히고 전기난로에 전선을 꽂아 그녀 가까이 끌어놓았다. 그런 다음 서랍을 열었다. 그녀는 공포에 사로잡혀 주먹을 깨물었다.

"아무것도 없어. 나이프랑 포크밖에 없는데. 숟가락도 있고. 숟가락. 네가 헛것을 봤나보다."

"틀림없어요? 확실해요?"

그는 고개를 저으며 결백을 증명해 보이기라도 하듯 서랍을 여러 번 여닫았다.

"뭐가 들어 있는 줄 알았어, 아가씨?"

"손이요, 잘린 손."

그는 깜짝 놀라며 그녀를 돌아보았다. 그의 눈은 핀처럼 회녹색이었지만 따뜻한 갈색 반점이 있었고, 마치 일직선으로만 보고 옆으로는 보지 못하는 것처럼 거침없이 똑바로 앞을 보고 있었다.

"끔찍하구나!" 그는 잠시 생각에 잠겼다. "핀의 손을 생각하고 있다가 손을 봤다고 착각한 거 아니야?"

"모르겠어요. 모르겠어요."

"맛있는 차 한잔 타줄게. 그걸 마시면 진정될 거야." 그는 주전자를 조심스럽게 채워 가스레인지 위에 올렸지만, 조심했는데도 물을 엎지르고 말았다. 걱정의 무게에 짓눌려 그의 서투른 몸이 딱딱하게 움직였다.

'정말 좋은 사람이잖아.' 멜러니는 깜짝 놀라며 생각했다. '지금까지 내가 이 사람을 전혀 몰랐던 거야.'

그녀는 분명 서랍에서 손을 보았다. 작은 분홍색 손톱과 은반지가 끼워진 손가락. 정맥이 바로 심장으로 연결되는 넷째 손가락. 하지만 프랜씨는 손을 보지 못했고 그녀는 그를 믿었다. 그가 끓여준 뜨겁고 달콤한 차를 마시는 동안 그는 계속 서랍 안을 보면서 안에 든 것들을 자세히 살피고는 혀를 찼다.

"손으로 착각할 만한 건 아무것도 없어. 네가 힘들어서 그런 거야. 부모님을 잃은 괴로움 때문에 허깨비를 보는 거지. 자연스런 일이야."

냄비와 프라이팬, 셰퍼드 석고 모형, 빵 그릇 따위에 둘러싸인 그는 어색해 보였다. 그는 이스터 섬의 몰골스러운 고대 인물상, 그것도 그중 가장 오래된 모습을 하고 있어서 그를 보면 따뜻한 마음을 지닌 사람이라고는 생각하기 어려웠다. 그의 부드러움은 바위만 무성하고 풀이 별로 자라지 않는 자기 고국의 부드러운 봄만큼이나 뜻밖이면서도 압도적이었다. 그녀가 차를 다 마시자 그가 차 찌꺼기를 개수대에 비웠다.

"이거 봐." 그는 바닥에 녹은 설탕 사이의 찻잎 무늬를 보여주며 말했다. "배야. 이건 여행을 뜻하지."

"저한테요?" 그녀의 목소리에는 어쩔 수 없는 갈망이 어려 있었다.

"누구든. 아, 넌 몸이 안 좋으니까 자러 가야지."

"음, 그래요. 위층에 데려다주세요. 다리가 아직 이상하거든요."

파란 불이 켜진 멜러니의 방에서는 마거릿 외숙모가 축축한 탤컴파우더의 향기로운 안개 속에서 귀엽고 깨끗한 빅토리아에게 잠옷을 입히고 있었다. 두 사람은 멜러니의 침대에서 뒹굴며 재미있는 놀이를 하는 중이었다. 마거릿 외숙모는 환한 얼굴로 통통한 빅토리아의 갈비뼈와 보드라운 발바닥을 간질이고 빅토리아를 들어올렸다 내렸다 했다. 그녀는 소리없이 웃으며 몸을 떨었고 빅토리아는 좋아서 까르륵거렸다. 마거릿 외숙모의 행복한 모습을 보는 것은 놀라운 일이었다. 그녀의 머리칼은 흘러내려 있고 주위에는 온통 머리핀들이 흩어져 있었다.

"멜러니가 기절했었어." 프랜씨가 말했다.

놀이는 갑자기 끝나버렸다. 근심이 마거릿 외숙모의 얼굴을 뒤덮으며 즐거움을 씻어내렸다. 그녀는 달려드는 빅토리아를 안아올려 살짝 입을 맞추고 아기침대에 내려놓은 다음 멜러니에게 누우라고 손짓했다. 외숙모는 비를 머금은 바람처럼 시원하고 상쾌한 손길로 멜러니의 이마를 쓰다듬었다. 그녀는 소리내지 못하는 말을 담으려고 애쓰며 파르르 떨었다.

마거릿 외숙모와 프랜씨는 멜러니가 이해하지 못하는 깊고 개인적인 얘기를 말없이 서로 주고받았다. 그녀가 다시 미소를 지으며 멜러니의 얼굴을 어루만졌다. 무척이나 다정한 그 손길에 멜러니는 눈을 감고 어머니가 자기를 달래고 있다고, 아니면 어떤 어머니가 어떤 아이를 달래고 있다고 상상했다. 하지만 그녀가 눈을 감는 순간, 그 잘린 손이 해머 영화(50~60년대 영국의 해머 영화사에서 만든 고딕 호러 영화—옮긴이)의 한 장면처럼 그녀의 눈꺼풀에 번뜩여서 그녀는 신음하며 몸을 뒤틀었다.

"착하지, 착하지." 프랜씨가 말했다. 그와 그의 누나는 침대 양쪽에 서서 자신들의 살과 뼈로 멜러니를 밤의 위험으로부터 지켜주려는 듯이 그녀 위로 몸을 굽혔다. 멜러니의 부신 눈에 그들이 한데 뒤섞인 채 떠올라 살아 있는 둥근 지붕을 만들자, 그녀는 그 아래에서 안전하게 잘 수 있을 것 같았다.

마태, 마가, 누가, 요한이여,
내가 누운 침대에 복을 내리소서,
내 머리를 둘러싼 네 명의 천사들……

네 천사가 아니라 세 천사였다. 핀이 침대 발치에 와 있었다. 그들은 그녀가 사는 이 무서운 숲에서 늑대와 호랑이를 쫓아내기 위해 횃불을 밝히고 있는 붉은 사람들이었다.

"잠들 때까지 내가 있을게." 핀이 말했다. 그는 프랜씨의 동생이고 벙어리 여인은 그의 누나였다. 그에게 악의가 있을 리 없었다. '이 보잘것없는 핀은 너한테 나쁜 짓 안하니까.' 그가 전에 그렇게 말했지만 멜러니는 그를 믿지 못했다. 그러나 지금은 그렇지 않았다.

프랜씨와 마거릿 외숙모가 그녀의 양 볼에 다정하게 살짝 입을 맞추었다. 그러고 나서 그들은 사라졌다. 방의 불이 꺼지고 취침등이 켜졌다. 그녀는 취침등 불빛이 어디서 나오는지 본 적이 없었다. 성냥이 가득 담긴 파랗고 하얀 받침접시 안에서 순결하고 아늑한 불꽃이 타올랐다. 핀이 그녀의 침대 옆 의자에 앉았다. 어스레함 속에서 그의 헝클어진 머리가 환한 빛을 내뿜는 듯 보였다. 그림자들이 그의 얼굴에서 살을 깎아내어 그 두개골의 섬세한 선과 신비스러움을 드러냈다. 그의 손은 무릎에 편안하게 포개져 있었다. 붕대는 이제 더러워져 있었다.

"베인 데 아파요, 핀?" 멜러니가 졸린 목소리로 물었다.

"치명상은 아니야. 안 죽어." 옆방에서는 프랜씨가 바이올린을 조율하고 마거릿 외숙모가 플루트를 불어보고 있었다.

"저 두 사람 다른 데로 가라고 할까? 잘 수 있겠어?"

"연주를 듣고 싶어요."

상대해주는 사람이 없자 빅토리아는 벌써 잠이 들어 벌통 속 같은 소리를 내며 웅얼거렸다. 핀이 담배에 불을 붙이자 연기가 그를 감싸며 맴돌았다. 그들은 오붓하고 친밀했다.

"핀," 슬슬 잠이 오면서 억눌렸던 것들이 풀리자 그녀가 물었다. "왜 벽에 구멍을 뚫어서 나를 봤죠?"

"넌 정말 아름다우니까."

그가 포도주보다 더 붉은 입으로 아주 부드럽게 말했다. 그가 그녀의 잠든 상상 속 신랑이었을까. 감격에 겨운 그녀는 침몰하듯 잠들었다.

그 일이 있은 후로 멜러니는 모든 의혹을 버리고 그들을 사랑했다. 그녀는 그들이 자기들만의 세계에서 남에게 손을 내밀 수도 있으리라고 생각하지 못했었다. 이제 그녀는 그 세계의 일부가 된 것 같았다. 그녀는 특히 프랜씨를 좋아해서 외숙모가 그의 옷을 수선할 때면 즐거이 도왔다. 그리고 기회가 있을 때마다 그의 구두를 닦았다. 그녀는 자울 가 사람들과 운명을 같이하게 되었다. 그들이 그녀를 받아들였다. 그녀가 방 안으로 들어서면 그들은 미소를 지었다. 마거릿 외숙모와 집안일을 하는 것마저 만족스러웠다. 그녀는 집안 관리에 한몫을 하고 마거릿 외숙모에게 힘이 되어주었다. 식사를 준비하던 어느날 마거릿 외숙모가 분필로 썼다.

'네가 오기 전에 나 혼자 어떻게 일했는지 모르겠어. 집에 여자가 또 있으니 좋구나.'

멜러니는 쑥스러운 기쁨을 감추기 위해 씽크대 수도꼭지를 만지작거렸다. 그녀는 남동생들이 없으면 침묵에 잠겨 있는 외숙모가 가여워 마음이 아팠다.

'숙모는 동생들을 위해 사는 거야. 어린 동생들이 살 집을 구하려고 필립 외삼촌과 결혼한 게 틀림없어. 어떻게 외삼촌이 남자로 느껴졌겠어?'

필립 외삼촌은 무뚝뚝하게 고함치며 명령할 때가 아니면 자기 아내에게 말을 걸지 않았다. 그는 그녀에게 숨막히는 목걸이를 주었고 그녀의 동생을 때렸다. 그가 움직이면 그 주위의 공기도 으스스해졌다. 식탁 머리에 표정 없는 눈으로 앉은 그의 우뚝한 존재감은 그녀가 요리한 맛있는 음식을 앞에 두고도 입맛이 떨어지게 했다. 웃고 싶은 마음도 들지 않았다. 손을 보았다고 생각한 그날 밤 멜러니는 어느 편에 설지 결정했다. 그녀는 필립 외삼촌을 증오하기 시작했다.

그는 절대 멜러니의 이름을 직접 부르지 않았고, 빅토리아의 존재는 아예 무시했다. 그는 아침 식탁에서 그들을 노려보며 부엌의 유쾌한 아침 분위기를 가라앉혔고, 차 마시는 시간에는 그들이 하루를 어떻게 보냈는지 알아내려는 듯 그들을 사납게 살폈다. 그는 그곳에 앉아 있는 것만으로도 식당을 떠돌이 상인들의 여관만큼이나 차갑고 음산하게 만들었다. 그는 자기 조카딸들이 집에 산다는 걸 알았고 그들을 보았지만, 절대 말을 걸지 않았고 늘 다른 할 일이 있었다.

멜러니는 그 다른 일이 무엇인지 곧 알게 되었다.

어느날 그녀는 외숙모가 가르쳐준 대로 저녁에 먹을 방울양배추 밑동에 십자로 칼집을 넣어 다듬고 있었다. 그날 마거릿 외숙모는 안절부절못했다. 뜨개질을 하면서 코를 계속 빠뜨리

고(빅토리아에게 입힐 노란 앙고라 스웨터를 짜는 중이었다),
가게 종이 울리거나 앵무새가 혼자 중얼거릴 때마다 깜짝깜짝
놀랐다. 지방을 싫어하는 필립 외삼촌을 위해 양고기의 딱딱
하고 흰 비계를 허둥지둥 손질하던 외숙모는 이따금 멜러니를
흘깃거리고 애처롭게 주저주저하며 입을 열었다 닫았다 했다.
결국 더는 안되겠다 싶었는지, 그녀는 칼을 내려놓고 분필을
잡았다.

'내일 공연이 있단다.' 숙모의 스타킹은 양쪽 모두 올이 풀
려 있고, 쪽진 머리에서 여기저기 머리칼이 삐져나와 있었다.

"공연이라뇨?"

'꼭두각시. 꼭두각시 연극. 다 같이 가서 꼭두각시들을 칭
찬해야 돼. 너희들은 처음 보는 거니까 특별하지.'

"재미있겠네요." 그녀는 또 십자로 칼집을 내며, 여기에 종
교적인 의미가 있을까 생각했다. 그들은 아일랜드인이었다.
가톨릭교도들인가? 하지만 그녀가 아는 한 그들은 교회에 나
가지 않았다. 필립 외삼촌이 만드는 것이기에 멜러니는 꼭두각
시에 관심이 없었다. 마거릿 외숙모는 칠판을 지우고 더 썼다.

'넌 몰라. 그이한테는 엄청 중요한 일이야!'

"알았어요." 멜러니는 어리둥절해져서 말했다. 그깟 꼭두각
시 연극이 뭐 그리 대수라고!

내일은 일요일, 저녁으로 로스트 요리를 먹고 가게는 열지
않는 날이었다. 마거릿 외숙모가 가장 좋은 옷을 입으라고 해
서 멜러니는 목에 레이스가 달린 암녹색 코듀로이 드레스를

입었다. 그녀가 가진 가장 좋은 드레스였는데 외삼촌 집에서는 한번도 입은 적이 없었다. 그 옷은 거의 석 달 동안 벽장에 힘없이 걸려 있었다. 멜러니는 이제 그 옷에서 추억을 떨쳐낼 만큼 강해진 기분이 들었다. 그녀는 치마 주름을 폈고, 분홍빛과 흰빛으로 물든 어느 소란스러운 부활절 휴일날 이 옷을 마지막으로 입은 후로 얼마나 더 컸는지 볼 수 있게 거울이 있었으면 좋겠다는 생각을 또 했다. 나이가 더 들어 보일까, 조금이라도 변했을까. 그녀는 핀의 마음에 들도록 머리를 빗어내렸다. 머리칼은 1센티미터 정도 더 자라 있었다. 제대로 감지 않고 부엌 싱크대에서 뜨거운 주전자 물로 대충 씻다보니 머리를 만지면 거칠고 불쾌했다. 특히 너무 길어서 성가셨다. 머리를 많이 자르는 게 나을 테지만, 부모님이 살아 계실 때 자란 머리이니 그걸 다 잘라버리는 건 부모님에게 예의가 아닌 것 같았다. 머리카락은 그리 깨끗하지 못했지만, 그녀는 깨끗하지 않은 것에 익숙해지고 있었다.

저녁식사가 끝나고 나서 외삼촌과 핀은 또 작업실로 갔고 외숙모는 회색 드레스에 은목걸이를 하고 머리를 손질했다. 그리고 빅토리아의 꽃무늬 비엘라 드레스에서 더러운 턱받이를 빼고 그녀의 얼굴에 묻은 초콜릿 푸딩을 닦았다. 또 조너선의 목과 귀를 검사한 다음 축축한 행주로 다시 한번 닦고 셔츠를 갈아입게 했다. 프랜씨는 하프 모양의 넥타이핀을 하고 바이올린 케이스를 들고 나타났다.

"하프가 예뻐요." 멜러니가 그를 좋아하는 마음에서 말했다.

"성 패트릭의 밤에 받았지. 대그넘에 있는 아이리시 클럽에서."

모두들 교회에 가는 것처럼 말쑥하고 깨끗하게 치장했다. 그들은 줄지어 아래층으로 내려갔고, 그 뒤를 개가 임무를 수행하듯 따랐다. 작업실은 지나치게 깔끔했고 꼭두각시 극장 앞에 의자 네 개가 한 줄로 놓여 있었다. 가게 뒷방에서 가져온 등이 곧은 의자들이었다. 멜러니는 첫날 아침 이후로는 작업실에 내려간 적이 없었다. 그녀는 팔다리가 잘린 채 벽에 걸려 있는 만들다 만 꼭두각시들을 애써 외면했다. 빨간 비단 천막은 불룩 튀어나와 있고, 그 뒤에서 쿵쾅거리는 소리가 들렸다. 그들은 옷매무새를 가다듬고 격식을 차려 자리에 앉았다. 천막에는 빨간 물감으로 '금연'이라고 쓴 경고문이 핀으로 꽂혀 있었다. 벽에 붙은 조잡한 색깔의 포스터엔 '대공연－플라워의 꼭두각시 소우주'라는 문구와 함께, 콧수염과 빳빳하게 세운 칼라로 보아 필립 외삼촌이 분명한 거대한 인물이 손에 지구를 든 모습이 그려져 있었다. 핀이 그린 것이 틀림없었다.

핀이 긴장되고 정신없는 모습으로 막 뒤에서 나왔다. 그는 불을 끄고 허둥지둥 극장으로 돌아갔다. 그들은 기대감 가득한 어둠속에 앉아 있었다. 막 위에서 목소리를 낮춘 노성이 흘러나왔다.

"빌어먹을 바이올린이나 연주해, 프랜씨 자울! 네가 할 일이 또 뭐겠어?"

프랜씨는 조율을 하고 나서 뜻밖에도 찻집에서나 흐를 법한 음악을 연주하기 시작했다. 멜러니가 놀라서 그를 흘긋 보았지만 그의 얼굴은 살아 있는 돌처럼 무표정했다. 막이 열리자 그녀가 전에 보았던 공작색 동굴이 나타났다. 동굴에는 녹색 조명이 으스스하게 켜져 있고, 흰 발레 의상을 입은 꼭두각시가 그들을 바라보며 똑바로 서 있었다. 머리는 발레리나처럼 뒤로 틀어올리고 나무입술은 지나치게 상냥한 미소를 띠고 있었다. 철망이 그녀를 받치고 있었다. 갑자기 그녀가 움찔하더니 발끝을 세우고 한쪽 나무다리로 서서 빙글 돌았다.

프랜씨의 연주를 배경으로 필립 외삼촌이 읊조렸다. "모르뜨 뒨 씰프, 숲의 요정의 죽음." 그리고 혼잣말로 덧붙였다. "딱한 것." 이렇게 그는 감상적인 남자였다. 가끔은.

꼭두각시가 두 팔을 벌리고 발을 뒤로 찼다. 마거릿 외숙모는 열렬히 박수를 치면서 멜러니의 옆구리를 쿡 찔렀다. 그들은 일제히 박수를 쳤다. 그들의 손은 깊은 바다의 어둠속에서 흔들리는 해초 같았다. 외숙모가 박수를 멈추자 멜러니도 멈췄다.

이제 꼭두각시가 두 손을 머리 위로 올리고 좌우로 흔들었다. 분홍색 공단 실내화를 신은 나무발이 무대 위에서 똑딱거렸다. 조명이 점점 더 짙어져 그녀는 마치 녹색 유리병 속의 발레리나처럼 보였다. 그녀가 가슴 앞에 두 손을 모아쥐고 고개를 앞뒤로 움직였다. 각양각색의 종이 나뭇잎들이 팔랑팔랑 떨어져내렸다.

"저 여자 웃겨." 빅토리아가 모두에게 들리게 말했다. 마거릿 외숙모는 허겁지겁 사탕 하나를 꺼내 빅토리아의 입을 막았다.

"가을이 다가오고, 숲의 요정은 최후가 가까워지고 있음을 느낀다." 필립 외삼촌이 읊조렸다.

마거릿 외숙모가 박수를 쳤다. 멜러니가 박수를 쳤다. 그러고는 멈추었다. 바이올린이 흐느끼며 구슬피 울었다. 요정은 마지막 아라베스크를 시도했지만 심장이 약한 그녀에게는 무리였다. 나뭇잎들이 금세 수북이 동굴을 채우는 가운데, 그녀는 흰 면사포의 폭포수처럼 우아하게 무너져내렸다. 조명이 꺼지고 막이 닫혔다. 프랜씨는 마지막으로 애절한 선율을 연주하고 턱 밑에서 바이올린을 빼냈다.

멜러니와 마거릿 외숙모는 손이 아프도록 박수를 쳤다. 막이 열리고, 다시 살아난 요정이 미소지으며 빳빳하게 인사를 했다. 막이 닫힌 후에도 멜러니와 마거릿 외숙모는 계속 박수를 쳤다. 다시 막이 열리자 필립 외삼촌이 자기 인형 옆에서 득의양양하게 웃으며 서 있었다. 상어처럼 이를 드러내고 환하게. 멜러니는 곡예사 인형들의 얼굴에서 본, 흥행을 의식한 메마르고 직업적인 미소를 떠올렸다. 그는 허리를 굽혀 인사했다. 그는 줄무늬 바지에 턱시도를 입고 단춧구멍에 흰 카네이션을 꽂고 핀으로 나비넥타이를 고정한 촌스러운 차림새였다. 카네이션은 가짜였다. 옷들은 하나같이 몇년 동안 입지 않고 포름알데히드 병에 넣어둔 것처럼 낡아 보였다. 그 옷이 꼭 두각시의 주인 의상이었다.

핀이 위에서 조종하고 있던 요정이 아슬아슬하게 흔들렸다. 이리저리 흔들리던 그녀가 필립 외삼촌과 부딪치자, 그는 유쾌함을 벽돌처럼 내던져버리고는 머리 위로 핀을 향해 악의에 찬 주먹을 휘둘렀다. 핀은 꼭두각시를 부리는 솜씨가 미숙하고 어설펐다.

"조심해, 이 자식아!"

마거릿 외숙모는 들고 있던 가방에서 종이장미 한 다발을 급히 꺼내 무대로 던졌다. 꽃들은 꼭두각시의 머리를 스치고 지나가 바닥에 떨어졌다. 필립 외삼촌은 꽃을 주워 꼭두각시의 나무가슴과 흰 드레스 사이에 기분 좋게 꽂아넣었다. 커튼콜을 두 번 더 하고 나서 그가 소리질렀다. "객석 조명!" 프랜씨가 불을 켰다. 전체 공연은 7분 정도 걸린 것 같았다.

"끝난 거예요?" 멜러니가 속삭였다.

숙모는 단호하게 고개를 젓고 그녀의 손에 사탕을 살짝 밀어넣었다. 사탕 포장지 안에 휘갈겨쓴 글이 있었다. '즐거운 척해주렴. 나와 핀을 위해서.' 멜러니는 그녀를 위해 거짓 미소를 밝게 지었다.

프랜씨가 사탕을 받았다.

"바이올린을 정말 잘 켜네요." 멜러니가 말했다. 그는 생각에 잠긴 듯 손가락을 코 옆에 대고 사탕을 깨물었다.

"이런 시시한 건 잘 못해." 그가 말했다. "그래도 최선은 다하지. 지그와 릴은 잘해."

핀은 작업실 밖으로 달려나갔다가 마분지에 금박을 입힌 정교한 왕좌를 가지고 돌아왔다. 그의 얼굴은 땀과 먼지로 얼룩져 있었다. 막은 들어올려져 물결치고 있었다.

"돛 같아." 조녀선이 말했다. 마거릿 외숙모가 그에게 사탕을 주었다. 조녀선은 사탕을 먹지 않고 주머니에 넣었는데, 몇 달을 그 안에서 묵을 터였다.

"이제 가도 돼요?" 그가 물었다. 멜러니는 외숙모의 얼굴에 어리는 공포를 보고 깜짝 놀랐다.

"아직 안돼, 조녀선."

"불 꺼, 프랜씨 자울, 바이올린 연주해!"

프랜씨가 「푸른 옷소매」를 연주하자 막이 다시 열렸다. 유니콘들이 서로 뿔을 받고 있는 무늬의 장식띠가 벽 아래쪽에 둘러진 방을 황금색 인공 햇빛이 가득 채웠다. 무대 중앙에 놓인 세 칸짜리 계단 꼭대기에 마분지로 만든 왕좌가 있었다.

"홀리루드 궁전." 필립 외삼촌이 말했다. 아내와 조카딸은 의무감으로 열심히 박수를 쳤다.

"역사적 장면, 스코틀랜드 여왕 메어리와 보스웰이 밀회를 즐긴다."

프랜씨는 「로미오와 줄리엣 환상 서곡」에 나오는 사랑의 테마를 연주하며 마치 조롱하듯 과도한 트레몰로를 섞었다. 곱고 둥근 이마를 가진 여자 꼭두각시가 검은 벨벳을 휘날리며 들어왔다. 그들은 박수를 쳤다. 인형은 무릎을 굽혀 인사했다. 그녀는 계단을 하나, 둘, 셋 올랐다. 셋에 나무발이 내려오다가 계단 위에서 한참을 맴돌아 긴장된 순간이 흘렀다. 여왕은 천천히 몸을 돌려 앉았다. 마거릿 외숙모의 것과 비슷한 목걸이를 하고 있었지만, 그녀는 나무로 만들어졌기 때문에 목걸이에 목이 쓸려 아플 리는 없을 것이었다. 마거릿 외숙모는 여왕의 목걸이를 보고 자기 것이 얼마나 아픈지 떠오른 듯, 목에 꽉 끼는 은목걸이를 손가락으로 몰래 훑었다. 정교하게 만들어진 여왕의 손가락들이 향료알을 만지작거리는 동안 극이 한참 중단되었다.

그때 보스웰이 들어왔다. 빨간 망또에 깃털 달린 모자를 쓴 당당한 풍채의 꼭두각시였다. 그는 날개 모양의 콧수염과 염소 턱수염을 하고 있었지만 주저주저하며 자신없이 움직였고, 멜러니는 그를 부리는 사람이 핀일 거라고 짐작했다. 보스웰은 프랜씨처럼 앞으로 쓰러질 듯 비틀비틀 걸었고, 한참이 지나서야 겨우 무대 중앙에 도착했다. 무대 천장에서 투덜대는 소리가 시끄럽게 울리고 뒤이어 작게 낑낑대는 소리가 들리는 걸 보니 필립 외삼촌이 핀을 불만스러워하는 모양이었다. 옆에서 마거릿 외숙모가 움찔하는 것이 느껴졌다. 스코틀랜드 여왕 메어리가 연단에서 내려오며 그를 맞아 손을 뻗었다. 보스웰은 두 팔을 올렸다.

"연인들의 만남." 필립 외삼촌이 해설을 했다.

꼭두각시들은 열정에 휩싸여 서로 얼굴을 맞부딪으며 딸깍거렸고, 검은색과 빨간색 벨벳에 휘감겨 서로를 꼭 껴안았다. 마거릿 외숙모와 멜러니는 박수를 치고, 치고, 또 쳤다. 포옹은 한참이나 계속되었다. 프랜씨는 「로미오와 줄리엣 환상 서곡」

의 사랑의 테마를 마치고 「트리스탄과 이졸데」의 「리베스토트」를 느리게 연주하기 시작했다. 멜러니는 손이 얼얼했지만 계속 박수를 쳤다.

꼭두각시들은 절대 떨어지지 않을 것처럼 서로 꼭 붙어 있었다. 긴장감이 고조되기 시작했다. 그들은 마치 축음기 음반에 붙은 바늘처럼 고집스럽게 안고 또 안았다. 필립 외삼촌이 다시 구시렁대기 시작했다. 꼭두각시들은 여전히 뒤얽힌 채 육욕에 사로잡힌 듯 서로에게 격렬하게 도리깨질을 쳐댔다. 멜러니는 이것이 대본대로가 아니라는 걸 알고 심장이 덜컹 내려앉았다. 박수 소리가 점차 가늘어졌다. 보스웰의 줄이 그의 왕족 애인의 줄과 구제불능으로 뒤엉켰다. 꼭두각시들은 진정한 연인의 매듭에 묶인 채 몸싸움을 하고 있었다. 「리베스토트」는 계속되었다.

마거릿 외숙모는 눈을 가리고 몸을 움츠리며 이 장면이 끝나기를 기다렸다. 조너선은 높은 돛대와 빨간 플러시 천 돛을 보는 듯이 멍하니 앞을 응시하고 있었다. 갈매기들이 그의 머리 위를 끼룩거리며 맴돌았다. 지루해진 빅토리아는 겉옷을 끌어올리고 흰 속옷을 내려 배꼽이 제자리에 있는지 확인했다. 배꼽은 그대로 있었다.

"사탕 더 먹으면 안돼요?" 빅토리아가 물었지만 무시당했다.

철사가 뜯어지는 무시무시한 소리가 났다. 마침내 핀이 보스웰을 비틀어 떨어뜨렸지만 조종 끈이 끊어져버린 것이다.

보스웰은 뜯어진 철사를 뾰족한 후광처럼 두른 채 바닥으로 무너져내렸다. 그의 머리가 마치 들어가게 해달라고 청하는 것처럼 연단을 두드렸다. 메어리는 뒤로 비틀거렸다. 프랜씨가 연주를 멈췄다. 죽음과도 같은 침묵이 흘렀다.

핀이 맑고 날카로운 웃음을 터뜨리는 바람에 침묵이 깨졌다.

그 웃음은 새된 비명으로 변했다. 그러고는 아까 나뭇잎들이 떨어졌던 것처럼 핀이 무대 천장에서 떨어져내렸다. 다만 나뭇잎처럼 부드럽게 떨어지지 않았다는 점만 달랐다. 그의 머리칼은 혜성의 꼬리처럼 자유롭게 날렸고, 버려진 팔다리는 제멋대로 벌어져 아무렇게나 버둥거렸다. 그는 한없이 느껴지는 시간을 추락하다가 드러누운 자세로 무대 위로 쿵 하고 부딪치며 핏빛 망또를 입은 보스웰 위로 쓰러졌다.

스코틀랜드 여왕 메어리는 도도한 발을 휙 돌려 고개를 높이 쳐들고 으스대며 무대를 나갔다. 그녀의 팔다리가 서로 부딪치는 희미한 소리와 발소리가 시한폭탄이 째깍거리는 소리처럼 들렸다. 빅토리아가 울기 시작했다. 조너선이 의자를 뒤로 밀치고 일어났다.

"다 끝난 것 같으니까 갈게요." 그가 나갔다.

눈물이 마거릿 외숙모의 얼굴 위를 천천히 흘러내려 빅토리아의 뺨으로 튀었고, 그녀는 혐오스러운 목걸이 때문에 부자연스러운 동작으로 빅토리아를 달랬다. 프랜씨가 그들 옆에 무릎을 꿇고 앉아 돌담 같은 몸으로 그들을 감싸안았다.

'외숙모는 어떻게 아무 소리도 안 내고 울까?' 멜러니는 생각했다.

핀은 움직이지 않았다.

'핀이 죽었나? 외숙모가 이렇게 많이 울잖아? 죽으면 어떡하지? 오, 하느님, 핀이 죽지 않게 해주세요!'

그는 여전히 움직이지 않았다. 그의 눈은 휘둥그레 뜨인 채 앞을 보고 있었다. 마치 그가 벽에 던져 부숴버린 장난감 같았다. 그의 사랑스러운 움직임은 모두 산산이 부서져버렸다. 멜러니는 핀이 죽으면 얼마나 끔찍할까 생각해보려 했지만, 마거릿 외숙모의 침묵이 내는 무서운 소리 때문에 제대로 생각을 할 수가 없었다. 거대하고 음산한 필립 외삼촌이 비뚤어진 나비넥타이를 똑바로 하며 무대 위로 나왔다. 그가 퉁명스레 핀의 배를 걷어찼지만 핀은 움직이지 않았다.

"네놈한테 다시는 내 귀여운 꼭두각시들을 맡기지 않을 거다."

그의 목소리는 농부들이 먹는 쌀라미 쏘시지처럼 투박하고 거칠었다.

"다시는 꼭두각시 줄에 손 못 댈 줄 알아."

그는 강제수용소 영화에서 시체를 옮기는 나찌 병사들처럼 아무렇지도 않게 무자비하게 핀의 몸을 보스웰에게서 밀쳐냈다. 그러고는 꼭두각시를 품 안으로 그러모았다. 드디어, 천천히, 핀이 몸을 움직여 힘들게 옆으로 돌아눕더니 팔다리를 땅에 짚고 엎드렸다. 그는 개처럼 몸을 웅크리고 헐떡거렸다. 그의 얼굴은 그가 그린 자기 누나의 얼굴보다 더 하얬다.

"내가 죽었으면 좋았을 텐데." 그가 필립 외삼촌에게 쉰 목소리로 말했다. "날 죽이면 당신은 벼락을 맞을 테니까."

필립 외삼촌에게는 핀은 안중에도 없었다. 그는 보스웰의 외투를 다정하게 쓰다듬으며 툴툴거렸다.

"다시는 핀을 내 꼭두각시들에 못 쓰겠어. 아무짝에도 쓸모없는 자식. 쓸 데가 없어."

핀은 일어나 앉으려 했지만 신음하며 맥없이 쓰러지고 말았다.

"내 꼭두각시들이랑 사람이 같이 연기를 하면 되겠군." 필립 외삼촌이 말했다. "바로 그거야. 그럼 색다르겠어. 꼭두각시와 사람이라. 계집아이를 써야겠군."

그가 휙 돌아서서 집게손가락으로 멜러니를 쿡 찔렀다.

"널 써야겠다, 아가씨!"

"아, 안돼요!" 프랜씨가 소리쳤다.

'안돼요!' 마거릿 고모도 입을 벌렸다.

"지옥에서 썩을 인간." 핀은 이렇게 말하고 토했다. 토한 것에 피가 섞여 있었다. 그는 겁에 질려 놀란 눈으로 그것을 내려다보았다.

"저 계집도 밥값을 해야지? 그렇게 먹여주는데 말이야. 내 무대에서 내 꼭두각시들과 연기하면 되겠어. 덩치도 별로 안 크니 꼭두각시들이랑 잘 맞을 거야." 그는 만족해하며 두 손을 비볐다. "이름이 뭐지, 아가씨? 큰 소리로 말해봐."

"멜러니요." 치과에서 주사를 맞은 것처럼 입이 굳어 있었지만 그녀는 억지로 말했다. 그가 그녀의 이름을 알고 있지 않았나?

"시시한 이름이군. 별 수 없지. 이제 해산하도록, 전부 다."

"하지만 핀은……" 프랜씨가 말했다.

"놈을 데려가서 속 시원히 치워버려. 나의 보스웰을 엿먹이다니. 녀석이 어질러놓은 거나 닦아, 매기. 네 동생이잖아."

필립 외삼촌은 보스웰을 들고 무대에서 내려와 작업대로 걸어갔다. 그는 시체를 누이듯이 작업대에 꼭두각시를 누이고는 통곡을 했다.

"불쌍한 보스웰! 끈도 다 잃어버리고!"

프랜씨가 핀을 일으켜세웠다. 여태 빅토리아를 꼭 붙들고 있던 마거릿 외숙모도 핀의 다른 쪽 곁으로 달려갔다. 그녀의 얼굴은 피에타의 성모 마리아 같았다. 멜러니도, 의자 밑에 앉아 이 모든 일을 지켜보던 개도 그들에게 갔다. 멜러니는 핀이 살아서 걸을 수 있는 것이 기뻐 비틀거렸다.

"안 아파." 그가 말했다. "그래, 그런 것 같아. 그런데 현기증이 나. 현기증이. 그리고 피 맛이 나. 왜 피 맛이 나는 거지, 누나?" 그는 당황스러운 듯 순진하게 다시 물었다. "왜?" 그의 눈은 초점을 맞추지 못하는 듯했다.

마거릿 외숙모는 신음하며 그의 온 얼굴에 입을 맞추었다.

"꺼져, 거기 너희들 다!" 필립 외삼촌이 갑자기 불같이 화를 내며 호통쳤다. "꺼져버려!"

7

그 일이 있은 뒤로 핀은 웃지 않았다.

추락한 뒤로 그는 변했다. 그의 입은 귀퉁이가 실쭉하게 처져 멜러니가 골동품 가게에서 본 적이 있는 우스운 머그잔 같았다. 머그잔에는 얼굴 하나가 그려져 있었는데, 똑바로 보면 '가득 참'이라는 글자가 씌어 있고 맥주에 거나하게 취한 듯 유쾌한 얼굴이지만 잔을 거꾸로 들면 '텅 빔'이라는 글자가 보이고 뾰족한 눈썹은 기운없이 축 처진 입으로 변했다. 핀은 항상 '텅 빔' 상태였다. 그는 좀처럼 말을 하지 않았다. 말의 강은 그 수원지부터 말라버렸다. 고개는 푹 숙여졌다. 그는 그어느 때보다 지저분했고, 사나흘씩 면도를 하지 않아 턱에 누런 곰팡이가 끼었거나 자동차처럼 번들거리는 귤색 광택을 낸 것 같았다.

가장 나쁜 건 그의 기품이 사라진 것이었다. 그는 떨어지고도 기적적으로 아무런 내상이나 외상도 없이 무사했지만, 움직임에서 아름다움이 사라지고 말았다. 그는 노인처럼 터벅터벅 걸었다. 그를 보면 멜러니는 마음이 아팠다. 그는 쉰내 나는 밀가루 반죽처럼 변해버렸다. 부드러운 목소리로 능글맞게 말하던 예전의 핀이 그녀를 당황하게 했다면, 새로운 핀은 가슴을 찢어놓았다. 그는 멜러니를 무시했다. 고의로 그러는 것은 아닌 것 같았다. 이제 그에게는 오로지 필립 외삼촌만이 실체였다. 식사시간은 지독했다. 그는 제대로 먹지도 않고 사납게 찡그린 눈으로 시종일관 필립 외삼촌만 바라보았다.

유리상자에 틀어박힌 핀은 아무리 멜러니나 프랜씨나 마거릿 외숙모가 유리를 닦어대며 관심을 끌어보려 해도 의식하지 못했다. 마거릿 외숙모는 점점 더 말라 유령처럼 변했다. 머리핀에서 벗어나려 버둥대는 붉은 뱀 같은 그녀의 머리칼만이 생기를 띠었다. 붉은 눈썹 밑의 눈은 남몰래 흘리는 눈물로 자주 벌게졌다. 핀은 얼이 빠져 있긴 해도 여전히 그녀에게 상냥했고, 밤인사로 입을 맞추었다. 하지만 이미 다른 어딘가에서 그녀에게 작별인사를 한 것만 같았다. 그녀의 얼굴은 마치 아들을 모두 전쟁터에 보내고 매시간 사망 전보를 기다리는 여자처럼 비극적인 분위기를 풍겼다.

붉은 사람들의 세계는 깨어져버렸다. 멜러니는 한결같은 프랜씨에게 유난히 매달렸다. 그가 바이올린을 연습하는 저녁이면 그녀는 가끔 그의 방에 찾아가 두 좁은 침대 중 하나에 웅크리고 바느질을 했다. 외숙모의 끝날 줄 모르는 바느질을 돕기 시작했다. 멜러니는 이제 굳이 초대를 받지 않아도 그의 춤곡 연주를 들을 수 있다는 걸 알았다. 그저 문을 열고 들어가면 되었다. 핀의 추락 사건 이후 마거릿 외숙모는 부엌에서 나와 프랜씨와 플루트를 연주하지 않았다.

'그이가 뭘 찾으러 올라올지도 몰라.' 그녀는 그렇게 썼다.

하지만 그건 거짓말이었다. 외숙모는 부엌에 홀로 앉아, 남편이 핀을 죽일 때를 기다리고 있었다. 그녀가 얘기해주지 않아도 멜러니는 그녀가 무얼 기다리는지 알았다. 멜러니 자신도 그랬다. 외삼촌은 미친 듯이 화를 내며 칼이나 뾰족한 나무막대기로 핀을 푹 찌를 것이다. 음침하게 앙심을 품은 핀은 죽음의 일격을 스스로 재촉하고 있었다.

집 안을 감도는 폭력적인 기운은 손에 잡힐 듯 뚜렷했다. 폭력은 차가운 계단 위에서 파르르 떨고 있었고, 해지고 올이 드러난 카펫에서 눈에 보이지 않는 구름으로 피어올랐다. 푸른 등불이 꺼지고 빅토리아의 아기침대가 쥐덫처럼 어슴푸레하게 보이는 밤이면 멜러니는 무서웠다. 그녀는 라벤더 향 이불 속에서 와들와들 떨면서 빨리 잠들기를 빌며, 핀이 말한 무서운 일을 생각하지 않으려고 애썼다. 외삼촌이 자기를 죽여서 벼락을 맞았으면 좋겠다는 그 말. 어느날 밤, 그녀는 일어나서 불을 켜고 벽난로 선반 위에 있는 그림에서 세계의 빛, 예수의 다정하고 온화한 얼굴을 보았다. 그는 가시면류관을 쓰고 미소짓고 있었다.

"사랑하는 예수님, 저를 도와주세요. 우리 모두를 도와주세요." 그녀는 기도했다.

하지만 어떤 도움도 없었다. 그녀의 젊음은 그녀의 목에 걸린 바윗덩어리이고 장애물이었다. 너무 어리고 너무 순하고 풋내기인 그녀는 자신의 짧고 곧고 매끄러운 경험에서 비정상적으로 벗어나 있는 이 거친 사람들에게 익숙해지지 않았다. 그들의 광기 어린 집착에 그녀는 방해가 될 뿐이었다. 그리고 핀은 그녀를 잊었다. 그에게 멜러니는 그저 아이에 불과했다. 그녀의 머리를 풀어헤치고 치근대고 입을 맞추고(정말 그랬었나?) 함께 배틀십 게임을 했으면서도, 그는 쉽게도 그녀를 잊었다. 그런 일은 이제 없다.

하루 일을 마치고 프랜씨가 잠들고 나면 핀은 밤늦게 또다른 그림을 그렸다. 그는 여전히 위험하고 거북한 침묵에 잠긴 채 아래층에서 낮에는 장난감을, 저녁에는 꼭두각시를 만들었다. 그 일이 끝나면 그림을 그렸다. 멜러니는 그를 지켜보고 있었기 때문에 알았다. 벽에 뚫린 구멍을 받아들이기로 한 그녀는 도무지 잠이 오지 않을 때면 가끔 구멍을 들여다보았다. 의자 위에 큼직한 검은 사마귀처럼 웅크리고 있는 탁상 스탠드 조명 아래 핀은 프랜씨를 깨우지 않으려고 조용히 작업했다. 프랜씨, 마거릿 외숙모, 그리고 핀 자신을 각각의 화판에 담은 세 폭짜리 그림이었는데, 셋 모두 피에 물든 허리옷을 두르고 온몸에 화살이 박힌 채로 말뚝에 묶인 성 쎄바스띠아누스의 형상을 하고 있었다.

그러는 사이 크리스마스가 다가왔고 가게는 분주해졌다. 조너선의 첫 나무배들이 하나에 10기니 가격으로 가게에 나왔다. 조너선은 밥값을 하고 있었고, 멜러니도 하루종일 가게에 서서 밥값을 했다. 다리가 아프기 시작하자 그녀는 정맥류가 생기는 건 아닌가 하고 가끔 생각했다. 런들 부인이 예전에 정맥류에 걸려서 그걸 잘라낸 적이 있었다.

크리스마스 특별 상품들이 전시되었다. 우산과 같은 원리로 펼치면 녹색으로 칠한 가지들이 벌어지는 목제 크리스마스트리. 날고기처럼 붉고 하얀 싼타클로스 가면. 크리스마스 케이크에 얹을 꼬마 도깨비와 요정 모양의 작은 양철 촛대. 가게 이름인 '플라워'에 걸맞게 분홍색과 파란색의 예쁜 데이지 꽃무늬가 뒤덮인 특별한 크리스마스 포장지. 핀이 전원적인 감성을 지녔을 때 디자인한 것이었다. 멜러니와 마거릿 외숙모는 매일같이 수도 없는 장난감들을 분홍색과 파란색의 데이지 종이로 포장했고, 파운드 지폐로 꽉 차 돈 서랍이 닫히지 않는 날도 있었다.

'그래, 난 이제 장사하는 사람이야.' 노아의 방주를 판 날 멜러니는 생각했다. 흰색 모직 정장 차림에 썬글라스를 쓴 통통한 여자가 노아의 방주를 사고 수표로 계산하려 했다. 멜러니는 수표를 외숙모에게 가져가 어떻게 처리할지 물었다. 외숙모의 손이 안절부절못하고 허둥거렸다. '그이는 수표는 안 받아. 비인간적이라고.'

멜러니는 그 여자에게 말했다. "죄송하지만 우린 수표는 안 받아요. 죄송합니다."

"저런." 그 여자는 미국인이거나 최소한 억양이 미국적인 사람이었다. "죄송할 게 뭐 있니. 아주 멋져. 이런 고풍스런 가게에는 그게 어울리지. 디킨즈적이야."

그러고선 그녀는 이내 고무줄로 묶은 두툼한 지폐 뭉치를 가지고 돌아왔다. 멜러니가 78파운드와 10씰링을 세어 지폐를 빼자 여자는 악어가죽 지갑에서 5씰링을 꺼내어 그녀에게 주었다. 그때 멜러니는 가게가 고풍스러운 매력을 얼마나 유리하게 이용하는지 깨달았고, 필립 외삼촌의 장사 수완이 대단해 보이기 시작했다. 외삼촌은 돼지였지만 똑똑한 돼지였다. 그녀는 노아의 방주를 팔아서 기뻤지만, 청바지와 티셔츠를 입은 작은 핀이 타고 있는 그것이 나가는 것을 보니 섭섭했다.

그녀는 체면치레라도 하려고 진열창에 플라스틱 호랑가시나무를 장식했다. 마을의 모든 가게들이, 고물가게조차도 푸른 잎과 종이로 만든 사슬로 장식되어 있었다. 야채가게는 전나무 가지로 뒤덮여 있었다. 멜러니와 빅토리아는 감자와 사과를 사러 갔다가 마침 주인이 박엽지로 메워진 향기로운 판지 상자를 풀고 있어서 거기에 든 포일에 싼 통통한 귤을 하나씩 얻었다. 야채가게 아주머니는 금귀고리를 흔들면서, 빅토리아가 착하게 말을 잘 듣고 건포도가 팔리지 않으면 삼각형 포장에 건포도를 가득 채워서 주겠다고 약속했다. 정육점에는 연한 자줏빛의 칠면조 고기가 거꾸로 매달려 있고, 영계들이 반듯이 누워 다리를 허공에 치켜들고 있었다.

'우린 크리스마스를 챙기지 않아.' 마거릿 외숙모가 썼다. '그이는 그게 돈 낭비고 지나치게 상업화됐다고 생각하거든.'

'어련하시겠어.' 멜러니는 씁쓸하게 생각했다.

'그래도 박싱 데이(12월 26일. 우편집배인, 하인 등에게 선물을 주는 풍습이 있다—옮긴이)에는 아래층에서 특별한 공연이 열린단다. 그이가 여는 큰 공연이지.'

그리고 외숙모는 주저앉아 꽃무늬 포장지에 대고 울음을 터뜨렸다. 멜러니는 그 가엾고 여윈 몸을 두 팔로 껴안았다. 마거릿 외숙모는 무엇으로 만들어졌을까? 새의 뼈와 박엽지, 실유리와 밀짚. 멜러니는 그 초췌하고 애처로운 여인을 안고 달래는 자신이 아주 강하고 젊고 힘차고 튼튼하게 느껴졌다. 그녀는 평생 잘 먹고 정성스레 씻고 보살핀 만큼 자신의 몸이 탄탄하고 날래고 탄력있다는 걸 알았고 또 그렇게 믿었다. 마거릿 외숙모는 캄캄한 세탁물 건조장 안의 화분에 심은 알뿌리에서 파르르 돋아난 흰 새싹만큼이나 가냘팠다. 그리고 멜러니는 자신 역시 좁은 세탁물 건조장, 이 높다란 잿빛 집 안에 갇혀 있다는 걸 알았다. 그녀의 강인함도 시들어버릴까?

"울지 마세요." 아주 강인해서 시들어버릴 리 없는 멜러니가 말했다. 그녀는 자신을 믿었다.

'그이가 다음 공연에 너를 내보낼 거야.'

"아, 이런, 세상에."

'너한테는 해코지하지 않을 거야. 자기 누나의 아이니까.'

그럼 외숙모는 왜 울고 있을까? 지난번 꼭두각시 공연을 생각하고 있는 걸까? 멜러니는 외숙모를 더 꼭 껴안았다. 크리스마스가 다가오고 있었다. 아이를 좋아하지만 아이가 없고, 남의 귀한 자식들을 위해 매일 하루종일 장난감을 파는 외숙모에게 크리스마스는 특히나 힘들 게 분명했다.

필립 플라워의 집에 즐거운 크리스마스는 없을 터였다. 멜러니는 열다섯 번의 즐거운 크리스마스를 보내긴 했다. 호랑가시나무 화환을 문손잡이에 매달고 집을 찾아오는 소년 성가대원들에게 고기파이를 주었다. 즐거운 크리스마스는 그 정도면 충분했다. 게다가 그녀는 싼타클로스를 기다릴 만큼 어리지도 않았다. 그래도 그녀는 진열창에 플라스틱 호랑가시나무를 조금 더 장식했다. 필립 외삼촌이 눈치채지 못하기를 빌었다.

런들 부인이 카드를 보내왔다. 구유 속의 예수와 수소, 당나귀, 무릎 꿇은 양치기들이 그려진 크고 경건한 카드였다. 그녀의 사랑이 거창한 글씨로 씌어 있었다. 멜러니는 벽난로 선반 위에 있는 「세계의 빛」 아래에 카드를 두었다. 카드 뒷면에 1 씰링 3펜스라는 가격이 연필로 엷게 적혀 있는 것이 정상적이고 포근해 보여 마음이 든든했다. 평범한 사람들에게 초콜릿과 담배를 팔고 여러 가지 사건과 탄생, 죽음, 결혼 등의 인간사로 가득한 신문을 파는 밝고 환한 가게에서 진짜 돈을 주고 산 카드였다. 런들 부인은 세 아이 모두에게 쭈글쭈글한 소포도 하나 보냈다. '12월 25일 전까지는 열어보지 말 것'이라는 딱지로 도배되어 있었다. 멜러니는 소포를 서랍에 넣어두었다. 그것이 그들이 받을 유일한 선물이었고, 그녀는 깊이 감동

했다. 그들 셋 모두를 기억해주는 사람이 있었다.

그러나 난처하기도 했다. 런들 부인에게도 카드와 선물을 보내야 하는데 돈이 없었다. 필립 외삼촌은 매일 밤 모든 수입을 꼭꼭 숨겨두었다. 마거릿 외숙모의 말에 따르면 침실 금고에 돈을 넣어두었다가 주말에 아주 큰 자물쇠가 달린 육중하고 번쩍이며 비싸 보이는 송아지가죽 서류가방에 담아 은행에 가져간다고 했다. 멜러니는 그 새까만 금속 금고가 필립 외삼촌과 외숙모가 함께 자는 이상한 침실에, 외삼촌은 너무 무겁고 외숙모는 전혀 무게가 나가지 않아 한쪽이 심하게 꺼졌을 침대 끝에 외삼촌이 언제든 볼 수 있도록 떡하니 놓여 있는 모습을 상상해보았다. 멜러니는 가게 일을 보면서 6펜스짜리 동전 하나 받은 적이 없었다. 그녀는 발을 이리저리 질질 끌고 눈을 수줍게 내리깔면서 처음으로 외숙모에게 돈을 조금 달라고 했다.

"5씰링만 주세요. 어…… 향기 나는 비누를 좀 사려고요. 향비누가 좋겠어요. 아시겠지만 런들 부인은 저희한테 참 잘해주셨고 아직도 저희를 좋아하고 생각해주시거든요."

새 집에서 크리스마스 푸딩을 젓거나 고기요리에 넣을 과일을 썰면서 그녀와 조녀선과 빅토리아를 생각할 런들 부인을 떠올리자 이상하게 목이 메었다. 부인은 이 고아들이 가족의 품 안에서 크리스마스를 보내는 걸 기뻐하겠지. 크리스마스는 가족을 위한 시간이니까. 그걸로 안도하고는 진실이 그렇지 않다는 건 절대 모르겠지.

숙모는 말솜씨 좋은 두 손을 비비 꼬았다.

'그이는 나한테 돈을 안 줘. 내가 가진 게 있으면 너한테 다 줄 텐데.'

"아."

'미안하구나!'

마지막 말끝이 외숙모의 슬픔으로 축 처졌다.

'이게 그이의 방침이야. 돈에 관해서는 날 믿지 않아.'

외숙모가 도망이라도 갈까봐?

"그럼 됐어요." 멜러니는 말했다.

'가게들하고는 신용거래를 해. 그러다보니 현금이 필요없잖니. 이게 그이의 방침이야.'

숙모는 자신의 수치심을 그럴싸하게 덮으려 애썼다.

"알아요." 그들 사이에 오랜 옛날부터 내려온 여성의 눈길이 오갔다. 그들은 불쌍한 여성 고용인, 남성이라는 태양 주위를 맴도는 행성이었다. 결국 프랜씨가 바이올린 연주로 번 돈에서 1파운드 지폐를 주었다. 그가 그녀의 치마 주머니에 돈을 슬쩍 넣자 그녀는 무어라 감사 인사를 해야 할지 몰랐다.

그녀는 장미향 비누 한 상자를 사서 런들 부인에게 보냈다. 그리고 어린 동생들에게 크리스마스가 가혹해서는 안된다는 생각에 빅토리아에게 줄 눈깔사탕 한 통(토끼들이 중산모를 쓰고 있는 즐거운 광경이 그려져 있었다)과 손수건을 잘 잃어버리는 조녀선에게 줄 'J'라고 찍힌 손수건 세 장도 샀다. 조금 남은 돈으로는 마거릿 외숙모에게 선물할 작은 향수병을 샀다. 크게 좋은 향수는 아니지만 쓸 만은 했다. 그녀가 크리스마스 준비를 하고 있다는 걸 필립 외삼촌이 알 리가 없었지만, 턱밑에서 외삼촌을 거역하고 선물을 사면서 멜러니는 반항심을 느꼈다.

'선물로 일년 동안 매일 프랜씨의 구두를 닦아줘야지.' 그녀는 생각했다. 하지만 핀에게는 선물할 생각이 없었다. 그는 이제 선물이니 애정이니 사랑이니 베풂이니 하는 것들이 아무런 의미도 없는 세계에 살고 있었다. 핀을 생각하면 힘이 빠지고 절망감이 느껴져 그녀는 애써 그를 외면했다. 춤추는 그의 모습이 여전히 마음속에 남아 있었지만 그는 다시는 춤을 추지 않았다.

어느날 밤, 외숙모가 종이가방에서 흰 시폰을 꺼냈다. 그 빛을 반사한 그림 속 개의 눈이 희게 빛났다. 외숙모는 멜러니를 손짓으로 불러 그녀의 어깨에 천을 걸쳤다. 갑자기 멜러니는 옛집으로 돌아가 거울 앞에서 속이 비치는 베일을 몸에 감싸고 있었다. 하지만 뻐꾸기시계가 머리를 쑥 내밀어 아홉시를 알리자 그녀는 다시 필립 외삼촌의 집에 있었다.

'네 의상이란다.' 마거릿 외숙모는 앉은 채로 메모장에 썼다. '공연에서 입을.'

"무슨 역인데요?"

'레다. 그이는 백조를 만들고 있어. 그것 때문에 고생하고 있단다. 그이 말이, 핀이 그걸 망치려고 작정하고 있다는 거야.'

멜러니는 그럴 만도 하다고 생각했다.

"백조가 얼마나 큰데요?"

외숙모는 허공에 대고 애매한 모양을 그렸다.

"레다 역 하기 싫어요."

'그이가 널 그렇게 생각하는걸. 흰 시폰을 입고 머리에 꽃을 꽂은 아주 어린 소녀로.'

"무슨 꽃을요?"

마거릿 외숙모는 달걀 프라이처럼 생긴 노랗고 하얀 가짜 데이지를 한 움큼 꺼냈다. 또다시 멜러니는 데이지를 머리에 쓴 요정이 될 참이었다. 예전에 그녀가 생각했던 자신의 모습을 외삼촌도 본 것이었다. 사정이야 어떻든 그녀는 우쭐해졌다.

"필요하다면 어쩔 수 없죠, 뭐." 그녀가 말했다. 외숙모가 얇은 천을 자르자 가위가 탄성을 내지르는 듯이 번뜩였다.

드레스가 대강 시침질되자 멜러니는 그걸 입고 내려가 필립 외삼촌에게 보여주어야 했다. 그녀는 옷을 전부 벗고, 가슴 사이에 십자 모양의 흰색 공단 리본이 달린 시폰 튜닉만 입었다 (유심히 살펴보니 젖가슴이 더 커지고 젖꼭지는 더 짙어진 것 같았다). 마거릿 외숙모는 곰돌이 푸와 함께 재앙에서 살아남은 은빗으로 멜러니의 머리를 빗겨주었다. 그녀는 멜러니의 검은 머리가 홍수 진 템즈 강처럼 소용돌이치도록 빗고 또 빗은 다음, 그 위에 데이지를 얹었다. 그러고는 벽장에서 담배상자를 꺼내 유성 화장품을 몇가지 늘어놓았다. 멜러니의 눈꺼풀은 파란색으로, 입술은 산호색으로 칠해졌다. 멜러니는 돼지기름을 바른 듯 기름에 전 기분이었다.

'괜찮은 장신구 있니?'

"견진성사 때 받은 진주목걸이밖에 없어요."

목걸이 역시 살아남았다. 마거릿 외숙모는 목걸이를 소중히 쓰다듬고는 멜러니의 목에 채웠다. 시폰 튜닉에 남아 있는 핀 몇개가 살을 할퀴는 바람에 멜러니는 움찔했다.

'진주목걸이로 마무리하는 거야. 정말 예쁘구나!'

"음, 제 모습을 한번 봤으면 좋겠어요. 이렇게 치장한 거 정말 오랜만이거든요."

옛날이 떠올라 그녀는 입술을 깨물었다.

'지금 내려가보렴.'

"저 혼자요?"

숙모가 고개를 끄덕였다. 얇고 매끄러운 천으로 바람이 새어들어와 멜러니는 어깨에 코트를 걸쳤다. 집이 쌀쌀하게 얼어붙어 있었다. 아래층은 한참 전에 차를 다 마시고 저녁 작업이 한창이었다. 막이 열려 있고, 핀은 뚜껑 열린 페인트 통에 둘러싸인 채 부엌에 있는 개 그림의 배경처럼 붉은 오렌지색 일몰의 바다를 검은 천에 그리고 있었다. 기다랗고 칙칙한 형광등 아래 필립 외삼촌이 씨트에 깃털을 한 무더기 올려놓고 쪼그려앉아 있었다. 그는 깃털을 골라 작은 더미로 나누고 있었다. 콧수염에 솜털이 조금 묻어 있었다.

"저 왔어요." 멜러니가 말했다.

그는 쪼그려앉은 채 더러운 흰색 작업바지 무릎 위에 큼직한 두 손을 올려놓았다. 오늘밤 그의 눈은 오래된 신문처럼 무채색이었다.

'어머, 머리가 완전히 사각형이잖아!' 멜러니는 생각했다. 전에는 미처 몰랐었다. 오늘밤에는 엷은 색의 머리칼이 조금 헝클어져 있어 각진 곳이 두드러졌다. 머리 뚜껑을 열면 인형이 튀어나올 것만 같았다. 핀 하나가 그녀의 겨드랑이를 아프게 찔렀다.

"외투 벗어." 그가 말했다.

지하에는 커나마나한 작은 석유난로 하나밖에 없어서 그녀는 벌벌 떨며 그의 명령에 따랐다. 핀은 페인트칠을 계속했다. 그의 붓이 쓱싹거리는 소리를 내며 드넓은 하늘을 채우고 있었다.

"열다섯치고는 몸이 좋군."

그의 목소리는 무미건조하고 침침했다.

"곧 열여섯이에요."

"그게 다 공짜로 얻어먹는 우유와 오렌지 주스 덕분이지. 월경은 하나?"

"네." 멜러니는 당황한 나머지 목소리가 기어들어갔다.

그는 기분이 상한 듯 투덜거렸다.

"나의 레다는 어린 소녀여야 하는데. 네 젖통은 너무 커."

핀이 붓을 내동댕이쳤다.

"쟤한테 그런 식으로 말하지 마요!"

"입 닥치고 네 일이나 해, 핀 자울. 난 쟤한테 마음대로 얘기할 거니까. 쟬 먹여살리는 게 누구더라?"

"당신처럼 나도 내 마음대로 말할 수 있어!"

필립 외삼촌은 핀은 보지도 않고 가만히 콧수염을 쓰다듬으며 차분하게 말했다.

"오, 아니지, 아니야, 넌 안돼. 페인트칠이나 계속해. 그거 하다가 날 새겠군."

그들 사이에 긴장감이 팽팽하게 감돌았다. 멜러니는 머리가 아팠다.

"핀, 가만있어요. 난 괜찮아요." 그녀가 말했다.

"봤지?" 필립 외삼촌이 승리감에 젖은 괴상한 억양으로 말했다. 핀은 어깨를 으쓱하고 붓을 집어들었다.

"네가 방금 만든 페인트 자국이나 지워!"

핀은 오만상을 하고는 페인트가 빳빳하게 굳은 작업복 팔꿈치로 바닥의 붓 자국을 문질렀다.

"그만하면 됐어." 필립 외삼촌이 멜러니에게 말했다. "네가 해야 돼. 머리카락은 참 괜찮군. 다리도 예쁘고." 하지만 그는 그녀가 꼭두각시가 아니라서 골을 내고 있었다.

"한번 돌아봐."

멜러니는 한 바퀴 돌았다.

"웃어."

그녀는 미소를 지었다.

"그게 아니야, 멍청하긴. 이를 보여야지."

그녀는 이를 보이며 웃었다.

"네 엄마를 조금 닮았군. 많이는 아니고 조금. 네 애비는 전혀 안 닮았어. 천만다행이야. 네 애비는 상종 못할 인간이었지. 자기가 플라워 가보다 훨씬 더 잘난 줄 알고. 자기가 작가라나 뭐라나. 약해빠진 놈, 자기 손에는 흙 하나 안 묻혔어."

"그래도 아버진 엄청 똑똑하셨어요!" 멜러니는 울컥 반항심이 일어 항의했다.

"그렇게 똑똑한 사람이 자기가 죽을 때를 대비해서 너희들을 위해 조금이라도 돈을 모아둘 생각은 왜 못했을까." 필립 외삼촌의 지적은 타당했다. "그래서 내가 그 인간이 애지중지하는 자식들을 다 떠맡았지, 안 그래? 플라워 가 애들로 만들어보려고."

그는 다시 깃털을 나누기 시작했다. 예수는 내게 햇빛 되라 하시고, 필립 외삼촌은 내게 작은 꽃이 되라 하네. 문 아래틈으로 불어오는 미풍에 깃털들이 이리저리 살랑거렸다. 필립 외삼촌은 아주 작은 자비에 고마워하는 사람처럼 한숨을 푹 내쉬고는 말했다.

"그만하면 됐어. 이제 꺼져."

핀은 성난 얼굴로 고개를 들었고, 멜러니는 험한 말들과 구타가 시작되기 전에 위층으로 뛰어올라갔다. 왜 핀은 그녀 편을 들면서 쓸데없이 기사 노릇을 하는 걸까? 쉽게 외삼촌의 화를 돋울 수 있어서? 그렇지만 그들이 서로 으르렁거리는 걸 보고 그녀가 얼마나 난처했는지 핀은 알기나 할까? 눈치도 못 챘겠지. 멜러니는 머리에서 꽃을 떼어내고 조심스럽게 튜닉을 벗었다. 만약 자기 모습을 본다면 이 옷을 입은 자신이 마음에 들 것 같지 않았고, 화장용 기름을 떡칠해 번쩍이는 얼굴을 보고 싶지도 않았다.

"공연이 이미 다 끝난 거면 좋겠어요." 그녀가 말했다.

외숙모는 고개를 끄덕였고 이상하게도 그녀의 눈에 금세 눈물이 차올랐다. 그녀는 주먹으로 눈을 누르고 어깨를 들썩였다. 그녀는 요즘 자주 울었다. 오븐 접시에 담긴 물을 핥던 불테리어가 곧장 가서 그녀의 무릎에 머리를 기댔다. 멜러니는 그 개의 눈치 빠르고 날쌘 동정에 또 한번 놀랐다. 집도 지키면서 사람도 위로해주다니. 그녀는 자신도 그렇게 조용하고 단순하게 행동할 수 있었으면 하고 바랐다. 그녀는 자기보다 나이 많은 여인의 어깨에 손을 올렸고, 마거릿 외숙모는 새의 발처럼 깡마른 손으로 그 손을 얼른 움켜쥐었다. 그들은 한참을 그렇게 함께 있었다. 마거릿 외숙모가 울 때마다 그녀와 그녀의 조카딸은 더 가까워졌다.

핀이 말했다. "나랑 같이 연습해야 돼." 그는 멜러니와 눈을 마주치지 않고 자기 손등만 응시했다. 조각칼에 베인 상처가 넓은 초승달 모양의 자줏빛 흉터로 남아 있었다.

"무대에서요?"

"그 인간이 사랑스러운 자기 무대에 우리를 세워줄 것 같아? 절대 아니지. 내 방에서 할 거야."

"당신이랑요? 백조가 아니라?"

"무대에서 자연스러운 반응이 나오게 공연 전까지는 백조를 안 보여줄 거야. 그래도 동작을 제대로 하려면 연습을 해야 하니까 내가 백조 역을 맡는 거지."

기러기의 목소리보다 더 보드라운 그의 목소리는 들릴락 말락 했고 시선은 계속 다른 곳을 향해 있었다.

"의상을 입고 연습하나요?" 그녀는 흰 시폰을 입으면 흰 유리컵에 든 우유처럼 자신의 흰 살이 내비칠 것을 생각하며 조금 걱정스럽게 물었다.

"설마. 그럼 나도 깃털을 달아야 하게?"

그는 오염된 강에서 휘발유에 흠뻑 젖는 변을 당한 가련한 백조 같아 보였다. 그의 바지와 셔츠(달려 있어야 할 칼라가 없는, 줄무늬 플란넬 천으로 된 촌스러운 셔츠)는 먼지와 땀으로 뒤범벅되고 온갖 페인트가 묻어 얼룩덜룩했다. 맨발에는 때가 끼어 사마귀가 난 것처럼 보였다. 목에는 진한 갈색의 띠가 생겼고, 귀 밑에는 쌓인 먼지에 지문이 짙게 찍혀 있었다. 그리고 턱엔 또 곰팡이가 끼어 있었다. 마치 몸이 썩어가는 듯 시큼달큼한 악취와 퀴퀴하고 역겨운 냄새가 났다.

"몸에 신경 좀 써요." 그녀가 말했다. "핀, 좀 씻어요. 괜찮으면 머리도 자르고요." 빗지 않아 덩굴손처럼 엉켜버린 오렌지색 머리칼이 그의 더러운 셔츠 어깨 주위에서 물결치고 있었다.

"왜 그래야 되지?"

멜러니는 대답하지 못했다.

잠잠한 일요일 오후였다. 부엌에서는 마거릿 외숙모가 회색 드레스에 그 고약한 목걸이를 하고 앉아 그리스풍 튜닉을 촘촘하게 바느질하고 있었다. 이미 다과가 준비된 식당에는 차분한 흰색 식탁보에 일요일용 녹색 줄무늬 사기그릇들이 놓여 있고, 주전자에 담긴 우유와 그릇에 담긴 설탕이 조용히 대기하고 있었다. 빅토리아는 꽃이 활짝 핀 제라늄 옆의 작은 침대 안에서 낮잠을 잤다. 아래층에선 조너선이 배를 만들고, 필립 외삼촌은 백조를 조립하면서 조종 끈을 어떻게 달지 궁리하고 있었다. 프랜씨는 부활절 봉기(1916년 4월 아일랜드 독립을 목표로 일어난 봉기―옮긴이) 시절의 중절모와 레인코트 차림으로 바이올린을 들고 일을 하러 나갔다. 집은 평온했다.

"그럼 가자." 핀이 말했다.

그들은 푸른 수염의 성의 닫힌 문들을 지나 계단을 올라갔다. 코를 고는 듯 귀에 거슬리는 핀의 숨소리가 시끄러웠다. 그들은 그의 방으로 들어갔고, 그가 뒤로 문을 차서 닫았다. 그의 얼굴에는 언짢은 권태로움이 그대로 드러나 있었다.

"이 한심한 장난이나 빨리 해치워버리자."

멜러니는 당혹스러워하며 주위를 둘러보았다. 방은 마치 떠날 준비라도 한 것처럼 트렁크와 상자에 형제의 짐을 다 싸서 치워놓아 휑뎅그렁했다. 엿보는 구멍이 뚫린 쪽이어서 그녀가 보지 못한 벽에는 그 방에서 유일하게 작고 개인적인 물건이 선반에 놓여 있었다. 잘 맞지 않는 검은 액자에 끼워진 빛바랜 사진이었다. 미소 없이 카메라를 정면으로 쳐다보는 넓은 얼굴의 여자 사진이었다. 그녀는 골웨이 숄을 걸치고 숄로 아기를 감싸안고 있었다.

"우리 어머니야. 안고 있는 건 누나고."

그녀의 머리 뒤로 바위들이 황량하게 솟아 있었다.

"고향에서." 핀은 이렇게 말하고는 입을 닫았다.

사진 옆에는 탁상 스탠드가 금방이라도 뛰어오를 듯이 사리를 틀고 있었다. 긴 거울과 외숙모의 초상화를 빼면 벽에는 아무것도 없었다. 세 폭짜리 성 쎄바스띠아누스 그림은 흔적도 없었다. 핀이 숨겨놓은 것이 분명했다. 선반 옆에 붙박이장이 있었고, 나머지는 모두 그녀에게 친숙했다. 그녀는 마치 양장 차림에 베일 달린 작은 모자를 쓰고 공손히 누군가를 방문하는 것처럼 장난스럽게 격식을 차리면서 장미와 성이 그려진 의자에 앉았다.

"이런 식으로 진행돼." 핀이 말했다. 한마디 한마디 억지로 내뱉는 것처럼 보였다. "레다가 해변을 걸으며 조개껍질을 줍는다."

그는 주머니에서 나선 모양의 젖빛 자개를 꺼내 깔개 위에 내려놓았다.

"밤이 다가오고 있다. 레다는 날개가 퍼덕이는 소리를 듣고 백조가 다가오는 걸 본다. 그녀는 달아나지만 백조가 그녀를 잡아서 땅으로 넘어뜨린다. 막이 내린다."

"그게 다예요?"

"그 잘난 백조를 위한 각본일 뿐이야."

그녀는 일어나서 조개를 주우려고 몸을 구부렸다. 그가 지켜보고 있어서 움직임이 어색했다.

"더 부드럽게 움직여. 엉덩이를 써서 움직여봐." 그가 지친 목소리로 말했다.

멜러니는 다시 몸을 굽히며 엉덩이를 흔들었다. 엉덩이를 써서 움직이는 다른 동작을 그녀는 생각할 수 없었다.

"맙소사, 멜러니. 학교에서 하키라도 배웠어?"

"뭐, 네. 배웠어요."

핀이 코웃음을 쳤다.

"봐, 이런 식으로 움직이란 말이야."

그는 조개껍질을 주워올렸다. 하지만 그는 이제 바다 물결처럼 움직이지 않았다. 그는 정말이지 꼭두각시처럼 삐걱거렸다. 자신의 우아함이 다 사라져버린 걸 잊어버린 것이다. 그는 동작을 멈추고 조개껍질을 만지작거리며 말했다.

"아무튼, 다시 해봐."

그녀는 다시 해보았다.

"아까보단 낫군. 그럼, 또 해봐. 내가 백조야."

그녀는 조개껍질을 주우며 해변을 걸었다. 핀은 긴장한 채서 있었다. 그의 머리카락이 얼굴을 온통 뒤덮어 멜러니는 그를 제대로 볼 수 없었다. 그는 퍼덕이는 날개를 나타내듯 휙휙 소리를 냈다.

"이 소리를 들으면, 넌 불안해하는 거야. 몇걸음 도망가."

그녀는 몇걸음 뛰었다.

"잘했어."

그가 그녀를 쫓았다. 동작 맞히기 게임 같았다. 그녀는 킥킥 웃었다.

"안돼, 바보같이! 겁먹은 불쌍한 소녀가 돼야지."

"진지하게 못하겠어요."

"멜러니, 네가 말을 안 들으면 그 인간이 널 내쫓을걸. 그럼 어떡할 건데?"

"외삼촌은 안 그럴 거예요. 그럴 리가 없어요."

"아니, 그 인간은 그럴 수 있고 또 그럴 거야." 그는 논리적이고 진지했다. "우리가 해줄 수 있는 건 아무것도 없어. 넌 굶어죽을 거야."

"외삼촌이 싫어요." 그녀도 모르게 튀어나온 말이었다. 두 사람의 눈길이 마주쳤다가 다시 떨어졌다.

"처음부터 시작하자. 그런 척하는 거야. 연기를 해." 이번에는 더 나아졌다. 멜러니는 눈을 가늘게 올려뜨고 저녁이 오는 것을 보는 척했다. 갈매기 울음소리와 발밑에서 모래가 밟히는 소리와 날개가 퍼덕이는 소리가 들리는 척도 했다. 그렇게 하니 겁먹은 모습으로 뛰어가기가 쉬워졌다.

"네가 뛰다가 발부리가 걸려서 비틀거리면 내가 널 바닥으로 쓰러뜨리는 거야." 그는 하품을 참았다. "조개껍질 내려놔. 처음부터 끝까지 쭉 해보자."

그녀는 그의 말에 따랐다. 갈매기들이 울고 모래가 푹푹 들어가고 백조가 맹렬히 돌진했다. 어렵지 않았다. 그녀는 핀에게서 달아났다. 그건 연기가 아니었다. 그녀는 깔개의 매듭진 가장자리 장식에 걸려 비틀거렸다. 균형을 잃은 그녀는 넘어지지 않으려고 핀을 붙잡았지만 그도 함께 기울어졌다. 서로에게 매달린 채 멜러니는 웃었고, 그들은 슬로우모션으로 바닥에 쓰러졌다.

그러나 핀은 웃지 않았다. 머리카락에 반쯤 가려진 그의 파리하고 여윈 얼굴에 그녀를 안심시키고 아무 일 없을 거라고 말해줄 미소나 상냥함의 기미가 전혀 없자 멜러니의 웃음도 점점 잦아들었다. 그들은 요와 담요 사이만큼이나 가까이 누워 있었다. 그에게서 썩은 냄새가 났지만, 그건 이제 중요하지 않았다. 멜러니는 몸을 떨며, 그게 더이상 중요하지 않다는 걸 깨달았다. 그녀는 긴장한 채 그 일이 일어나길 기다렸다.

그녀의 온몸에 초조한 흥분이 퍼졌다. 그들은 갈라진 맨바닥에 함께 누워 있었다. 시간 같은 건 이제 없었다. 멜러니도 없었다. 그녀는 완전히 가라앉았다. 그녀는 변하고 있었고, 어른이 되어가고 있었다. 그녀에게 실재하는 것은 만지지는 않지만 온몸이 닿아 있는 그 사내뿐이었다. 그 순간은 장미에 맺힌 이슬방울처럼 금방이라도 떨어질 듯 파르르 떨고 있는 영원이었다. 못마땅한 듯, 느릿느릿, 주저하며 그는 멜러니의 오른쪽 젖가슴에 손을 올렸다. 그들의 시간이 덜커덩하고 움직이기 시작했다. 그녀는 식식거리며 급하게 숨을 내뱉었다. 핀이 대서양 같은 눈을 감았다. 그는 자신의 데스마스크 같은 얼굴을 하고 있었다. 혼자만의 세상에서 빠져나오는 것은 그에게 큰 고통이지만, 그래야만 했다.

'이게 시작이야.' 멜러니는 속으로 분명히 말했다. 그녀는 머릿속에서 확실하고 뚜렷한 자신의 목소리를 들었다. 공원에서의 그런 잘못된 출발이 아니라, 그들 사이의 은밀한 비밀이 진짜 시작되는 것이었다. 그가 그녀에게 무엇을 할까? 다정하게 해줄까? 그녀는 두려움과 쾌감을 동시에 느끼며 더럽고 상처난 그의 손을 내려다보았다. 강하고 노련한 직공의 손. 마치 주위의 불이 꺼지고 오로지 감각으로만 느끼는 것 같았다.

"안돼." 핀이 말했다. "안돼!"

그는 벌떡 일어나더니 벽장 속으로 뛰어들어가 문을 닫았다. 벽장에서 숨죽인 외침이 새어나왔다. "안돼!"

그들 사이의 긴장감은 그렇듯 무자비하고 잔인하게 깨져버렸고, 멜러니는 축 늘어진 채 눈물을 참으려 애썼다. 아직도 그의 다섯 손가락 끝이 젖가슴 위에서 붉은 재로 타고 있는 느낌이었다. 하지만 그는 가버렸다. 그녀는 춥고 아팠다.

"안돼!" 더 희미한 목소리였다.

"내가 뭘 잘못했어요?" 그녀는 벽장문에 대고 물었다. 대답이 없었다. "핀?"

여전히 대답이 없었다. 치마가 구겨져 무릎 위로 걷어올려진 채 마룻바닥에 누워 있는 자신이 바보같이 느껴졌다. 티끌 하나 없는 두 침대 밑에 구두가 한 벌씩 가만히 놓여 있는 것이 보였다. 핀은 그렇지 않은데 방은 무척 깨끗했다. 프랜씨의 신발은 반짝반짝 윤이 났지만 핀의 신발에는 진흙이 굳어 있었다. 어딜 갔다 온 걸까? 혼자 공원에 들어가서 부서진 여왕에게 말을 걸고 돌사자의 머리를 쓰다듬었을까? 그의 신발은 걸음걸이 때문에 한쪽으로 기울어져 있었다.

그녀는 생각했다. '내가 자기 구두를 한번도 안 닦아줬기 때문에 그냥 가버린 건지도 몰라.' 그녀를 피해 벽장 속으로 도망친 데는 무슨 이유든 가능할 것이었다.

벽장 열쇠구멍에서 푸른 연기가 길게 흘러나왔다. 멜러니는 겁에 질렸지만, 그가 담배에 불을 붙였을 거라는 생각이 들었다. 저 비좁은 곳에 있다간 자기가 뿜은 연기에 질식할지도 몰라. 아니면 승려처럼 스스로를 불태우든가. 다만 사고로.

'어쩜 저리도 어리석을까.'

그녀는 자기가 성숙한 정도가 아니라 너무 늙어버린 것 같았다.

"벽장 안에서 담배 피우지 마요." 그녀가 말했다.

갓 뿜은 연기가 대답처럼 새어나왔다. 그녀는 작게 투덜거리며 힘겹게 일어나 벽장문을 열었다. 벽장은 그가 책상다리를 하고 앉아 있을 만큼 깊었고, 프랜씨의 두번째로 좋은 정장이 옷걸이에 걸려 있었는데 그 세로줄무늬 천에 핀의 머리가 가려져 있었다. 옷걸이에는 유령 같은 흰 셔츠들도 걸려 있었다. 벽장 맨 위 선반에는 온갖 모양과 크기의 그림들이 쌓여 있었다. 담배를 쥔 핀의 손이 옷들 사이에서 쑥 나와 바닥에 재를 톡톡 떨었다. 그는 아무 말도 하지 않았다. 그녀는 엇갈려 있는 그의 두 발바닥을 살피다가 말했다.

"핀, 왼쪽 발에 가시가 박혔어요."

"나가."

"가시를 안 빼면 곪을 거예요. 나중엔 다리를 잘라야 될걸요."

"좀. 가라니까."

이해할 수 없는 짓을 하는 아이에게 힘든 하루 끝에 어머니가 묻는 것처럼 그녀가 물었다.

"핀, 왜 벽장에 숨어 있어요?"

"내 자리가 있으니까."

이런 루이스 캐럴 식 논리는 그녀가 감당할 수 없었다. 그녀는 패배를 인정하고 백기를 들었다.

"핀, 왜 나한테서 달아났죠?" 그 말에는 울음이 섞여 있었다.

"그런 얘길 하기엔 넌 너무 어려. 보나마나 여성잡지에서 읽었겠지."

북극에라도 가려고 모자와 목도리를 두른 듯, 그의 목소리는 천에 감싸여 있었다.

그녀가 옷을 옆으로 치우자 그가 나타났다. 그는 태아처럼 무릎을 턱 아래로 끌어당긴 채 너무나 작고 우울하고 움츠러든 모습을 하고 있었다. 그는 방해받은 샴 고양이처럼 눈을 가늘게 뜨고 사납게 얼굴을 찌푸리며 말했다.

"그 인간이 나더러 널 따먹으라고 했어."

그녀는 그 말을 인쇄된 글자로 본 적은 있어도 직접 들어본 적은 없었다. 그녀가 지나가는 줄 모르고 거친 농장 일꾼들이 흥분해서 하는 얘기를 들은 게 다였다. 어지러웠다. 그 단어를 자신과 연결시켜 생각해본 적은 단 한번도 없었다. 그녀의 상상 속의 남편은 절대 그녀를 따먹지 않았을 것이다. 사랑을 나눴을 것이다. 하지만 핀은 그랬을 거라고, 그녀는 얼이 빠진 채 인정했다. 그가 바닥에 담배를 비벼끄는 모습을 보면 알 수 있었다.

"그 인간이 꾸민 짓이야. 우리가 누워 있었을 때, 갑자기 다 알아버렸지. 그 인간이 우리를 자기 꼭두각시처럼 부린 거고, 난 그 인간이 원한 대로 널 건드릴 뻔한 거야. 그가 나더러 너랑 레다와 백조를 연습하라고 하더군. 은밀한 곳에서, 내 방 같은 데서. 내 침실로 올라가서 너랑 강간 장면을 연습하라고 했어. 맙소사. 그 인간은 내가 널 건드리도록 무대를 꾸민 거야. 아, 악마 같은 놈!"

멜러니는 구두코로 마룻바닥에 난 옹이를 걷어찼다. 그녀는 구두코가 닳았다는 걸 깨달았다. 구두를 수선해야겠구나. 구둣가게하고도 신용거래를 할까? 그녀는 핀이 하는 말을 생각하지 않으려고 애써 구두 문제에 집중했다.

핀이 새 담배에 불을 붙이려고 옷들을 가르며 말했다. "뭐, 난 아무 짓도 안할 거야. 알아? 내가 널 좋아하긴 하지만, 그 인간이 원하는 대로는 안할 거라고. 그러니까 그만해."

멜러니는 구두 수선에 대한 생각을 포기해버렸다.

"하지만 핀, 왜 외삼촌이 당신더러 나를……"

"널 망가뜨리려는 거야, 멜러니. 그 인간은 네 아빠를 질색했고 그래서 그 아빠의 자식들인 너와 동생들도 참을 수 없는 거야. 너희들 어머니 자식인 건 괜찮지만. 너희는 그 인간이 싫어하는 전형적인 사람들이지. 휴지와 생선 나이프를 쓰니까."

"우린 생선 나이프는 없었어요."

그는 멜러니의 말을 듣지 않았다. 그는 정신이 나간 듯 횡설수설하고 있었다.

"그리고 너희는 경험도 없고 순진해, 너희들 다. 그러니까 변하고 망가질 일만 남은 거지. 뭐, 빅토리아는 이제 누나의 아기나 마찬가지고 조녀선은 밤이나 낮이나 자기 감시 아래 일을 시키고 있는데, 너만 제대로 자리를 못 잡았지. 그 인간은 나도 싫어하니까 내가 널 건드리게 하려고 한 거야. 날 인간쓰레기로 생각하지. 정말이야. 더러운 비트족이라고. 누나만 아니면, 그림만 아니면 그 인간은 날 내쫓을걸. 어차피 나도 누나만 아니면 나가버리겠지. 그리고 넌 겨드랑이 털을 깎는 애니까, 그리고 아기를 가지면 네 아버지가 괴로워할 테니까, 그래서 내가 너한테 그 짓을 해야 하는 거야."

"우리 아버지는 돌아가셨어요."

"그 인간도 알아. 그래도 그 인간한텐 마찬가지야."

"난 겨드랑이 털 안 깎아요."

"말이 그렇다는 거지."

그는 괴로움 때문인지 순전한 혐오감 때문인지 얼굴을 찌푸리며 담배를 던져버리고는 두 팔에 머리를 묻었다. 멜러니는 당황하고 어찌할 바를 몰라 시계추처럼 몸을 기우뚱기우뚱했다. 그녀는 핀의 말을 거의 이해하지 못했다. 자기가 무슨 말을 하는지도 모르고 그녀가 말했다. "그럼, 날 원하지 않아요?"

"그게 문제가 아니라니까." 말이 끝나기 무섭게 그가 대꾸했다. "또 넌 너무 어려. 공원에서 그걸 알았지. 나중엔 어떨지 몰라도, 지금은 너무 어려."

"나도 알아요. 저주받은 거예요."

"끔찍하지 않아? 여긴 미친 곳이야. 그 인간이 날 미치게 만들고 있다고."

그는 옷걸이에 걸린 옷들을 홱 잡아당겨 또 숨었다. 선반이 흔들리며 그림들이 바닥으로 주르르 떨어졌다. 멜러니는 지친 몸으로 그림들을 집어들었다. 이젠 놀랄 힘도 없었다. 처음 그림은 마지막 화살촉과 피 한 방울까지 완성된 성 쎄바스띠아누스 세폭화였다. 그녀는 얼굴을 찌푸리며 그 그림을 밀어냈다. 그러고는 그녀 자신이 그려진 그림을 보았고, 가슴이 뭉클해졌다.

그녀는 몸을 비틀어 초콜릿색 스웨터를 벗는 중이었는데, 약간 말랐지만 괜찮은 몸매에 곱고 수줍은 얼굴을 한 어린 소녀였다. 배경은 검붉은 장미, 그녀의 벽지였다. 그녀는 막 씻은 듯 깨끗해 보였다. 식사 때마다 이를 닦고 장밋빛 사과를 크게 깨물어먹는 걸 즐기는 처녀 같았다. 검은 머리카락은 아르누보 그림처럼 잔물결을 일으키며 찰랑거렸다. 마치 핀이 곡선 그리기를 연습해본 것 같았다. 그 그림은 그의 다른 그림들이 그렇듯 단조롭고 의도를 알 수 없었고, 전혀 선정적이지 않은 핀업 사진 같아 보였다. 오른쪽 팔죽지 맨살에는 검은 띠가 둘러져 있었다. 그녀 자신만큼 그녀를 정확하게 본 건 아니었지만 그럭저럭 괜찮았다.

'검은 띠는 왜 그렸을까?' 그녀는 생각했다. 그래도 기뻤다.

"내가 옷 벗을 때 구멍으로 보고 스케치했어요?"

"내 그림 보지 마."

"그냥 치우는 거예요."

그때 그녀는 그 끔찍한 그림을 보았다. 길길이 날뛰는 지옥불 사이로 검은 형체들이 날아다녔다. 필립 외삼촌이 통째로 구운 돼지고기처럼 숯불 석쇠 위에 눕혀져 있었다. 알몸이고, 뚱뚱하고 혐오스러웠다. 살 속의 비계가 부글부글 끓으면서 살가죽이 갈라지고 부풀어오르고 있었다. 작은 불꽃처럼 백발이 자라 있었다. 그의 옆에는 뿔과 갈라진 꼬리가 달리고 빨간 타이츠를 신은 악마가 서 있었다. 그는 시뻘겋게 달군 부젓가락으로 필립 외삼촌의 고환을 비틀고 있었다. 필립 외삼촌의 얼굴에는 타는 듯한 발굽 자국이 찍혀 있었다. 그의 입은 비명을 지르는 검은 구멍이었다. 그 구멍에서 '용서해줘!'라고 적힌 말풍선이 나와 있었다. 악마는 예전의 핀처럼 씩 웃고 있었다.

'핀의 웃음이 여기 와 있었구나.' 멜러니는 생각했다. '자기 얼굴에서 닦아내서 판지에 발라놓은 거야.' 핀은 다시는 웃지 않을 것이다.

불로 만들어진 핀의 입에서 한 단어가 나왔다. '어림없어!'

그림 맨 위에는 흰 방패에 고딕체로 제목이 씌어 있었다. '지옥에서 모든 부정이 바로잡히다.' 전체적으로 히에로니무스 보슈에게서 영감을 받은 그림이었다. 멜러니는 흐느끼며 그림을 떨어뜨렸다.

"보지 말라고 했잖아."

"당신 말이 맞아요. 여긴 미친 집이에요." 그녀는 울기 시작했다. 핀은 네 발로 벽장에서 기어나와 그녀의 무릎을 꼭 껴안고 그녀의 허벅지 사이에 머리를 묻었다. 그녀는 충동적으로 그의 머리칼 속에 손가락을 묻고 가장 먼저 떠오르는 말을 아무 생각 없이 내뱉었다. 생각을 했다면 그 말을 하지 않았을 것이다.

"당신과 사랑하고 싶은데 어떻게 해야 할지 모르겠어요."

"또 시작이군, 여성잡지처럼 얘기하는 거. 네가 그런 감정을 느끼는 건 가까이 있으니까 그런 거야. 내가 여기 있으니까. 어쨌든, 그러기엔 넌 너무 어려. 그리고 시간 낭비야. 난 그 인간이 날 죽이게 만들 테니까, 안 그래?"

그때 차 마시는 시간을 알리는 벨이 울렸다. 어떻게든 견뎌내야 할 시간이었다. 새우는 껍질을 벗기고, 빵에는 버터를 바르고, 우유와 차는 잔에 따르고, 빅토리아의 케이크는 한입에 먹을 수 있게 손가락 길이로 잘려 있었다. 마녀를 쫓는 유리구슬 속에서 그들은 끝없이 휘어진 흰 식탁에 괴물처럼 부풀어오른 모습으로 앉아 먹고 있었다. 멜러니는 필립 외삼촌을 보지 않으려고 구슬만 보고 있었다.

다음날은 크리스마스 이브였지만 가게가 아주아주 바쁘다는 것만 빼면 여느 날과 다를 바가 없었다. 가게는 하루종일 붐볐고 멜러니와 마거릿 외숙모는 발바닥에 불이 날 정도로 뛰어다닌 끝에야 문에 걸린 팻말을 '휴업'으로 돌렸다. 물건이 거의 동나서 선반들은 거의 비어 있었다. 흔들목마와 꼭두각시들마저 진열창에서 사라져 그 뒤의 플라스틱 호랑가시나무만 남았다. 돈 서랍에는 지폐가 넘쳐흘렀다. 꽃무늬 포장지는 마지막 통까지 다 썼다. 그다음 날 아침, 가게는 전쟁터 같은 모습이었다. 앵무새는 자기도 뼈 빠지게 일한 양 횃대에 축 늘어져 있었다.

'그래도 내일은 하루종일 쉴 거야.' 마거릿 외숙모가 썼다.

그렇다고 별 볼일은 없겠지만. 외숙모가 그리스풍 튜닉의 마지막 솔기를 꿰매는 동안 멜러니는 책을 들고 부엌에 앉아 자기연민과 추억과 싸우고 있었다. 부엌에는 호랑가시나무도 없고 전등갓 위의 겨우살이 장식도 없었다. 색색의 꼬마전구가 달린 크리스마스트리도 없었다. 필립 외삼촌은 거래하는 상인들과 도매업자들에게 크리스마스카드와 달력을 받았지만, 받자마자 다 없애버려 벽난로 선반에는 카드 한 장도 아무것도 없었다. 집 안은 유독 냉랭했다. 심술이 나서 스스로 얼어붙고 있는지도 몰랐다.

멜러니는 그들이 심야 미사를 보러 교회에 갈지 궁금했다. 지옥을 그토록 철석같이 믿는 사람들이라면 신앙심이 있을 거라는 생각이 막연히 들었기 때문이었다. 하지만 잠자리에 드는 시간은 평소와 같았고, 프랜씨가 늦게 돌아왔지만 술에 약간 취한 걸 보니 교회에 다녀왔을 리는 없었다. 계단을 밟는 그의 어정쩡한 발소리가 들렸고, 그는 작은 소리로 선원들의 춤곡을 흥얼거리고 있었다.

핀은 어둠속에 뜬눈으로 누워 있는 것이 틀림없었다. 트리스탄의 검처럼 그들을 갈라놓은 벽 너머의 그녀가 그렇듯이. 그와 프랜씨가 잠깐 이야기를 나누며 소곤대는 소리가 들렸지만 그녀는 한마디도 알아듣지 못했다. 그때 가려지지 않은 구멍으로 빛이 새어들어왔다. 깜박거리는 은밀한 빛이었다. 그리고 나무가 시꺼멓게 타는 냄새가 났다. 그들이 뭔가를 태우고 있었다. 죄책감을 느끼면서도 그녀는 그들을 훔쳐보러 침대를 빠져나왔다. 러시아의 가장 추운 밤처럼 침대 밖은 생각지도 못하게 추웠다. 마룻바닥이 무방비의 발바닥을 얼음처럼 쿡쿡 찔렀다. 온몸에 소름이 돋았다.

형제의 방은 어두침침하고 그늘져 있었다. 그녀는 어렵사리 두 사람의 형체를 찾아냈다. 그들은 방 한가운데에 함께 웅크리고 있었다. 성냥을 그은 빛이 갑자기 거울에 번쩍하고 비쳤다. 프랜씨의 비옷이 희미하게 가물거렸다. 그는 여전히 비옷에 모자를 쓰고 있었다. 그는 무릎을 꿇고 앉아 한 손으로 바닥을 짚고, 다른 손으로는 노르스름하고 하얀 끈들로 만들어진 머리가 헝클어진 작은 목각인형을 치켜들고 있었다. 인형은 작고 멋스러운 흰 셔츠에 끈 넥타이를 매고 있었다. 너무도 작고 정교한 걸 보니 마거릿 외숙모가 만든 셔츠가 분명했다.

그렇게 작게 만드느라 무척 고생했을 것 같았다.

핀은 인형 여기저기에 조심스레 불을 붙이고 있었다. 옷이 연기를 피우며 타올라 옷 아래 나무에 불이 붙자마자, 그는 새까맣게 탄 부분을 뜯어내고 다른 곳에 다시 불을 붙였다. 두 사람 모두 아주 조용하고 분주하게 그 일에 몰두해 있었다. 개역시 그곳에 앉아서 눈 하나 깜짝하지 않고 그들을 지켜보고 있었다. 성냥이 빛나면 그 눈은 휘황찬란한 나무딸기가 되었다. 흰 털은 변장을 위해 일부러 표백한 듯 부자연스러워 보였다. 핀이 바지를 입은 인형의 사타구니에 성냥을 댔고, 그와 프랜씨는 아주 조용히 웃었다. 자울 형제는 그들 나름의 방법으로 크리스마스를 보내고 있었다.

멜러니는 침대로 돌아가 이불을 머리 위로 덮었다. 하지만 담요 속에는 온기가 없고 돌 탕파는 그녀가 나간 사이 식어 있었다. 너무 추워서 콧물이 얼어붙고 뇌는 이랑진 얼음덩이로 굳어버릴 것만 같았다. 그녀는 그 마법의 불을 보지 않으려고 얼굴을 계속 담요 속에 묻고 있었다.

8

크리스마스 아침 부엌에서 멜러니가 쑥스러워하며 외숙모에게 향수를 건네자 외숙모는 그녀를 꼭 껴안고 입을 맞추며 너무나 좋아했다. 멜러니는 보잘것없는 선물이라 부끄러웠다.

'왜 생각을 못했을까? 내 견진성사 진주목걸이를 드릴걸. 나한텐 필요도 없고, 내일만 지나면 다시는 걸고 싶지도 않은데. 아, 외숙모가 참 좋아하실 텐데!'

그녀는 외숙모가 믿기지 않을 만큼 아름다워진 손가락으로 진주를 어루만지며 달 같은 작은 알들이 달린 목걸이를 목에 거는 모습을 머릿속으로 그려보았다. 고통만 주는 그 은붙이보다는 예쁜 진주목걸이가 외숙모의 여린 살에 훨씬 더 어울렸다. 그리고 외숙모에 대한 자신의 마음을 표현할 수 있는 선물은 귀중한 진주목걸이밖에 없었다. 멜러니는 다음해 크리스마스나, 언제인지 알면 외숙모의 생일에 목걸이를 주기로 마음먹었다.

'너희들 모두에게 선물을 사주고 싶었는데.' 마거릿 외숙모가 분필로 썼다. '난 돈이 없구나. 또 그이가……' 분필이 그녀의 손가락에서 축 처졌다.

"괜찮아요, 신경쓰지 마세요." 멜러니는 북받치는 사랑을 담아 말했다.

방으로 돌아간 멜러니는 자기가 받은 유일한 선물 꾸러미를 풀었다. 런들 부인이 스웨터를 한 벌씩 짜서 예쁜 종이로 포장해 보냈다. 조녀선의 것은 실용적인 회색, 빅토리아의 것은 과일처럼 먹을 수도 있을 것 같은 분홍색, 멜러니의 것은 무난한 하늘색이었다. 멜러니는 새 스웨터를 빅토리아의 머리 위로 뒤집어씌워 입혔다. 그녀에게 옷을 입히는 건 마치 말 안 듣는 베개에 베갯잇을 씌우는 것과 같았다. 빅토리아에게는 스웨터와 사탕과자 말고는 아무것도 없었다. 불룩한 양말(발가락에는 오렌지, 뒤꿈치에는 호두가 들어 있고 위로는 크래커가 불쑥 튀어나온)도 없었다. 그애는 지난 크리스마스를 기억하지 못하고 올해 크리스마스를 기대하라는 말도 못 들었으니 상실감도 느끼지 못하겠지만, 멜러니가 대신 느꼈다. 아기한테서 뭔가를 빼앗는 건 모진 일이었다. 하지만 스웨터는 빅토리아에겐 특별할 것 없는 재미없는 옷이었고, 사탕과자는 미끼 같은 것인 줄 아는지 무심하게 받았다. 멜러니가 깡통을 열어주자마자 빅토리아는 바로 먹기 시작했다. 아침 일찍부터 사탕을 먹는 건 안 좋지만, 멜러니는 차마 막지 못했다.

이날 아침 종이초롱은 매우 둥글고 파란색에 화사한 것이 꼭 크리스마스 장식 같아 보였다. 플라워 가 사람들이 그저 평범한 가족이었던 먼 옛날엔 그 초롱이 크리스마스 장식이었을까? 어머니가 그들과 함께 살았을 땐 그들도 평범했을 것이다. 괴팍한 어머니는 상상이 가지 않았다. 그리고 한번도 들어본 적 없는 할아버지 할머니. 그들은 어떤 분이었을까? 어머니와 필립 외삼촌이 어렸을 땐 그들도 크리스마스를 축하했을 것이다. 필립 외삼촌이 꼬마였을 때가 있기나 하다면. 학생 모자를 쓰고 짧은 바지를 입고, 도토리놀이(실에 단 도토리를 서로 부딪쳐 깨는 사람이 이기는 놀이 — 옮긴이)를 하고, 만화책을 읽고, 성냥갑을 모으는 어린 그를 상상하기는 어려웠다.

갑자기 당황스러워진 멜러니는 생각했다. 냉혈한 필립 외삼촌이 어머니의 남동생이 아니라면 어떡하지? 어쩌면 그 뚱뚱한 남자가 몇년 동안 결혼사진 속의 그 마른 남자인 척하고 있는 건지도 몰라. 필립 플라워의 얼굴을 하고 그의 옷을 입고 있지만 실은 그가 아닌, 이상하고 뚱뚱한 남자. 사기꾼.

멜러니는 아버지의 가족과 함께 살면 좋았을 거라는 생각을 했다. 바로 이 순간 성대한 파티를 준비하며 거대한 칠면조 고기를 요리하고 크리스마스트리를 꾸미고 있을 결혼사진 속의 그 멋진 사람들. 하지만 로즈 고모나 거트루드 고모에게 갔다면 프랜씨와 마거릿 외숙모와 핀을 만나지 못했을 것이다. 핀을.

멜러니는 자기 스웨터를 입었다. 새 털실이 따끔거렸지만 기분 좋게 포근했고, 목 부분에 깊이 파인 칼라가 달려 있었다. 런들 부인이 한 코 한 코마다 사랑을 떠넣은 듯 털실 이상의 무언가가 멜러니를 따뜻하게 해주었다. 집이 한겨울에 깊이 잠겨 있었기 때문에 멜러니는 그 스웨터가 고마웠다. 몇개 안되는 전기난로는 추위를 쫓기는커녕 더 심하게 만드는 것 같았다. 12월이 되고부터 마거릿 외숙모의 뾰족한 코는 끝이 항상 빨갰다. 하지만 멜러니는 6월 하늘빛의 스웨터 위에 카디건을 껴입지 않아도 되었다. 그녀는 런들 부인에게 고맙다는 편지를 쓸 생각이었다. 런들 부인의 털사마귀가 생각났다. 그건 귀중하고 아름다운 추억이었다.

놀랍게도 식탁에는 생각지도 못한 특별한 만찬으로 거위 구이가 사과 쏘스와 함께 나와 있었다. 마치 지난 크리스마스의 망령 같았다. 마거릿 외숙모가 깜짝 선물로 몰래 주문한 것이 분명했다. 스크루지 영감 필립 외삼촌은 그걸 보고는 얼굴을 찌푸리더니 고기 써는 칼로 거위의 배를 신경질적으로 푹 찔렀다. 그 바람에 안을 채운 속재료가 가장 좋은 다마스크 천 식탁보 위로 터져나와 마거릿 외숙모가 숟가락으로 다시 퍼담아야 했다. 필립 외삼촌은 거위를 완전히 다시 죽이고 싶은 것처럼 무방비상태의 거위를 야만적으로 공격했다. 마치 정육점 주인이 처음부터 거위를 제대로 처치하지 못했고 마거릿 외숙모가 충분히 데운 오븐으로 끝장내지 못했다는 듯이. 그는 냄새나는 나이프를 손에 든 채 핀을 가만히 노려보았다. 잠깐 동안 멜러니는 그가 아까는 거위에게 치명타를 시험해보았을 뿐이고 이젠 실전으로 핀을 공격하지 않을까 겁이 났다. 하지만 결국 그는 핀에게 껍질과 **뼈**를 인색하게 떼어주기만 했고, 핀은 뚱하게 그것을 포크로 접시 가장자리에 밀쳐놓고는 먹지 않았다. 필립 외삼촌은 배불리 실컷 먹으며 헨리 8세처럼 **뼈**를 물어뜯었다. 음울한 식탁이었고 그들은 오래 앉아 있지 않았다.

런던 곳곳에서 사람들이 색종이 모자를 쓰고 텔레비전으로 여왕의 연설을 보고, 호두를 까먹으며 황갈색 포트와인으로 축배를 들고 있었다. 그런 분위기가 믿기지 않게 이 집의 필립 외삼촌과 핀과 조너선은 브랜디 버터(버터와 설탕, 브랜디 등을 섞은 디저트 소스—옮긴이)를 곁들인 민스파이를 시큰둥하게 먹은 다음 작업실로 곧장 돌아갔다. 설거지가 끝나고 마거릿 외숙모는 시폰 튜닉을 꺼내 십자형 리본을 마무리했다. 빅토리아는 나무 숟가락으로 쏘스 냄비를 탕탕 때리면서 놀았다. 분홍색 털 소매 끝에는 벌써 브랜디 버터가 묻어 있었다. 그녀는 북소리를 울리며 소리를 질렀다. 멜러니는 머리가 아파왔다.

'집에 장난감이 넘쳐나는데 필립 외삼촌은 빅토리아가 조용히 가지고 놀 장난감 하나 안 줘.' 멜러니는 화가 났다. 그녀는 애써 튜닉을 보지 않으려 했다. 그것은 다음날 자신을 겁탈할, 아직 보지도 못한 백조를 연상시켰다. 백조를 생각하기만 해도 겁이 났다. 그녀는 오후 내내 숨이 막혔다. 빅토리아는 쏘스 냄비를 두드리면서 이따금 노래를 한마디씩 웅얼거렸고, 마거릿 외숙모는 아이의 작은 머리를 다정하게 쓰다듬었다.

두 사람은 그렇게 서로 행복했다. 멜러니의 두통은 더 심해졌다. 그녀는 자기 방으로 슬그머니 올라갔다. 프랜씨가 느릿한 선율을 연주하고 있었고, 그 악절들이 작고 보드랍고 침울한 발로 주위를 맴돌아 가슴이 무너지는 것 같았다. 그녀는 어찌할 바를 몰랐다. 그녀는 노랗게 시든 제라늄 잎을 따 손가락으로 잘게 부숴 향기로운 가루로 만들었다. 그녀는 자신의 손을 가만히 바라보았다. 네 손가락과 엄지손가락. 손톱 다섯 개.

'이건 내 손이야. 내 거. 그런데 왜 있는 거지? 무슨 의미일까?'

그녀의 손은 불가사의하고 놀라웠다. 그녀의 것이 아니고, 그녀도 그 용도를 모르는 물건. 손가락은 가족의 구성원들이었다. 엄지는 작고 땅딸막하며 모음을 강하게 발음하는 북부 잉글랜드 출신 아버지. 집게손가락은 '자기'라는 말을 자주 하고 디저트 오렌지를 나이프와 포크로 먹는 중산층 출신의 키 크고 날씬한 어머니. 남자는 떼돈을 벌어서 자기보다 높은 신분의 여인과 결혼한 걸까? 그는 자수성가한 사람답게 무뚝뚝하고 꼿꼿했다. 그리고 세 명의 참한 아이들. 다 큰 남자아이와 여자아이, 그리고 이제 막 십대에 들어서려는 한 아이. 그녀가 손을 구부리자 가족은 친절하게도 그녀를 위해 짤막한 춤을 추었다. 그러다 그녀는 섬뜩해졌다.

'내가 미쳐가고 있는 거야!' 이 미치광이 같은 집에서, 핀이 미칠 것 같다고 말한 것처럼 그녀 역시 미쳐가고 있었다. 그녀는 프랜씨가 연주하는 음악을 듣지 않으려고, 내일이 다가오면서 어두워지는 방을 보지 않으려고 커튼으로 머리를 감쌌다. 둥근 세계가 새로운 날을 향해 빙글빙글 돌아가면서, 한없이 작은 몸으로 격렬히 반항하는 그녀를 끌고 가는 듯했다. 순간 그녀는 광대하고 고요한 공간 속에서 회전하는 지구본 위에 서 있는 자신을 보았고, 또다시 제정신과 광기 사이에서 아슬아슬하게 흔들리는 기분을 느꼈다. 열다섯에서 열여섯으로 넘어가는 사람이 신경쇠약에 걸린다? 분명 그녀가 처음이자 마지막일 것이다. 다모클레스의 칼처럼 그녀의 머리 위에 매달린 백조 한 마리가 역류하는 광풍에 하찮은 티끌처럼 날려다니는 그녀를 따라다니고 있었다.

'자, 백조를 무서워하면 안돼. 다 가짠데 뭐.'

하지만 그녀가 무서워하는 건 백조가 아니라 백조에게 자신을 내어주는 것이었다.

다음날 그녀가 머리를 손질하고 튜닉을 입자 빅토리아가 끈적끈적한 손으로 시폰을 한가득 쥐고 외쳤다. "예뻐! 예뻐!"

"정말이야?" 멜러니는 빅토리아의 의견이 중요한 것처럼, 혹은 예쁜 것이 방패막이라도 되는 것처럼 간절하게 물었다.

"응." 과일빛 스웨터를 입어 과일처럼 동글동글한 빅토리아가 힘차게 대답했다. 멜러니의 머리에 꽃을 꽂던 마거릿 외숙모는 은목걸이에 목이 베이지 않을 정도로만 힘껏 고개를 끄덕였다. 일직선의 회색 드레스를 입은 그녀는 도리스 양식의 기둥 같아 보였다. 하지만 머리는 그녀가 가장 좋은 옷을 입을 때보다 덜 단단히 묶어 머리 한 타래가 귀 옆으로 흘러내려서 약간은 부조화스럽고 상스러운 분위기를 풍겼다. 멜러니의 머리에 너무 열중한 나머지 자기 머리는 제대로 묶지 못한 게 분명했다. 외숙모와 나머지 사람들이 말쑥하게 제대로 차려입은 모습이어서 멜러니는 망사 스타킹을 신고 성찬식에 가는 무용수가 된 듯한 기분이 들었다. 이제 그녀는 연예인이었다.

"연습도 제대로 못했는데." 그녀가 몸을 떨며 말했다.

"넌 잘할 거야." 프랜씨가 말했다. "떨지 마, 아가씨. 막 오를 시간 다 됐어."

"아, 프랜씨." 그녀는 숨을 삼켰다. 그는 시폰에 싸인 그녀의 엉덩이를 격려하듯 톡톡 쳤다.

"매형이 말은 거칠어도 본심은 안 그래."

필립 외삼촌이 그렇다는 말은 전에도 들었지만 그녀는 믿지 않았다. 그녀가 연기를 잘 못하면 그가 어떻게 할까. 자신의 피가 작은 무대를 물들이는 장면을 생각하며 그녀는 움츠러들었다. 하지만 그는 적어도 그녀의 겉모습에는 충분히 만족한 것 같았다. 그는 그녀를 아래위로 훑으며 말했다. "됐어. 막 뒤로 가." 턱시도와 줄무늬 바지를 입은 그는 황소처럼 거대해 보였다. 어쩌면 황소일지도 몰랐다. 콧구멍으로 불을 내뿜는 황소 모습의 제우스로 변한 그가 신화를 벗어나 그녀를 에우로파처럼 낚아채서는 돌고래들이 장난치며 노는 이 그림 바다를 건널 것이다. 그녀는 초조하게 온갖 상상을 다 하고 있었다.

이번에는 멜러니가 관객이 아니기 때문에 의자가 세 개만 놓여 있었다. 금연 경고문은 그대로였지만 포스터는 새로 디자인되어 있었다. '크리스마스 기념 특별 대공연 — 예술과 자연이 필립 플라워와 하나 되어 여러분을 진기한 세상으로 안내합니다.' 그리고 자그마한 원을 그리며 폴짝폴짝 뛰는 장난감 소녀들에 둘러싸인 필립 외삼촌이 조종 끈에 매달린 예쁜 백조를 높이 쳐들고 있었다.

깔끔한 상자 모양의 무대는 한쪽은 붉고 한쪽은 바다 같았다. 조명이 달린 꼭대기에 핀이 두꺼비처럼 험상궂게 웅크리고 있었다. 그의 얼굴은 거뭇하고 공허하면서도 잔뜩 화가 나 있었다. 백조는 어디에도 보이지 않았다. 무대 옆 어딘가에 있는 것이 분명했다. 무대에는 대합조개, 크고 둥근 진주조개, 작고 끝이 갈라진 조개 등 각양각색의 조개껍질이 무수히 뿌려져 있었다. 막의 저편, 또다른 세상에서는 마거릿 외숙모와 아이들이 공연을 보기 위해 앉아 있었다. 멜러니는 조개껍질들 한가운데에 섰다. 바보가 된 기분이었다.

"그 추한 신발이나 벗어, 멍청한 계집 같으니라고!" 필립 외삼촌은 짧은 사다리를 타고 핀에게 올라가고 있었다. 멜러니는 아래층으로 내려올 때 신었던 끈 달린 묵직한 구두를 여태 벗지 않고 있었다. 거기에 튜닉을 입고 있었으니 꼴이 우스웠을 것이다. 그녀는 구두를 벗어 무대 옆으로 던졌다. 신발을 벗으니 벌거벗은 기분이 더 심해졌다.

핀이 조명 효과를 모조리 시험해보고 있는 듯 조명 색이 만화경처럼 변화무쌍하게 계속 변했다. 그녀는 솜털이 보송보송한 새끼 고양이나 차와 같이 먹는 감자 스콘처럼 무언가 좋은 것들을 생각하며 긴장을 풀려고 애썼다. 하지만 그런 것들을 생각하니 이상하게도 울고 싶어졌다. 그녀는 시간이 빨리 지나가도록 구구단을 외우기 시작했다. 머리 위에서 핀과 필립 외삼촌이 속닥거렸다.

"음악!"

빨간 벽 밖에서 프랜씨가 「백조의 호수」에서 고른 곡들을 일요일 심야 라디오의 「그랜드 호텔」 식으로 연주하기 시작했다. 그녀는 갑자기 낄낄거리고 싶어지는 마음을 억누르며 생각했다. '그럼 그렇지.' 필립 외삼촌의 뻔한 수준에 우월감이 느껴져 위안이 되었다. 박자에 맞춰 묵직한 머리를 끄덕이는 걸 보니 차이꼬프스끼를 좋아하는 모양이었다. 그가 손에 쥔 대본을 부스럭거리며 읽었다.

"황혼이 다가올 무렵, 레다가 해변에서 조개껍질을 줍는다. 전능한 제우스가 그녀를 자기 짝으로 골랐다는 것을 그녀는 꿈에도 모른다."

핀이 스위치를 켜자 무대에는 갈색을 띤 황혼이 그득했다. 멜러니에게 스포트라이트가 꽂혔다. 필립 외삼촌이 씩씩거렸다. "시작해, 너 말야!"

막이 열리는 동안 그녀는 조명 아래에서 치마를 펼치고 조개껍질들을 주워담으면서 몸을 굽혔다 일으켰다 했다. 프랜씨는 턱 밑에 바이올린을 끼고 있었고, 외숙모와 동생들은 모두 박수를 치고 있었다. 마치 학예회 같았다. 작년에 학교에서 했던 예수 탄생극에서는 천사 역을 했었는데, 그때도 역시 흰 천을 둘렀지만 머리에는 마분지로 만든 후광을 달았었다. 그녀는 조개껍질을 주우며 생각했다.

'이것들은 주워서 뭘 한담?' 필립 외삼촌이 갑자기 솜을 넣은 방망이로 금속판을 두드리며 천둥을 흉내냈다. 그녀는 흠칫 놀라 조개껍질들을 떨어뜨렸다. 그때 백조가 다가왔다.

하얗게 칠한 달걀 모양의 합판에 풀로 깃털을 붙인 백조는 키가 거의 그녀만했다. 긴 목은 힘없이 구부러지며 흔들리는 걸 보니 고무로 만든 것 같았다. 하지만 머리와 부리는 나무를 깎아 만들었으며 검은 유리 눈이 끼워져 있고 부리는 금색 페인트가 칠해져 있었다. 날개는 모형비행기의 날개와 같은 구조로 만들었는데, 얇은 나무로 만든 활 모양의 버팀대를 온통 깃털 달린 흰 종이로 뒤덮은 것이었다. 그 아래에 검은 다리가 접혀 있었다. 마치 에드워드 리어(영국의 시인, 화가, 아동문학가—옮긴이)가 설계했을 법한, 백조를 기괴하게 본딴 모습이었다. 그녀가 상상했던 남근 같은 모양의 거친 새와는 전혀 달랐다. 볼품없고 추하고 괴상했다. 그것이 쿵쿵거리며 둔하게 움직이는 걸 보고 그녀는 또 웃을 뻔했다. 하지만 그녀는 예정된 대로 백조에게서 도망쳤고, 조개껍질을 밟아 맨발을 베였다.

필립 외삼촌이 줄을 당기자 백조의 날개가 흔들렸다. 백조는 생각 없는 부리를 이리저리 흔들며 그녀를 따라왔다. 얼마 되지 않는 관객들이 또 박수를 쳤다. 백조는 착륙하는 모형비행기처럼 다리를 내렸다. '멋진데.' 멜러니는 생각했다. 백조는 가벼운 소리를 내며 플라스틱으로 만든 물갈퀴 발로 내려

앉았다. 그녀는 이제 뭘 해야 할지 몰라 멈춰섰다. 백조는 망설임 없이 그녀를 향해 뒤뚱뒤뚱 걸어왔다. 그녀는 지시가 내려오기를 빌었다. 필립 외삼촌이 대본을 읽었다.

"레다는 하늘에서 찾아온 자로부터 달아나려 하지만, 그의 아름다움과 위엄이 그녀를 땅에 쓰러뜨린다."

'그럼 난 누워야겠구나.' 그녀는 그렇게 생각하고 조개껍데기를 옆으로 차면서 무릎을 꿇었다. 운명처럼 혹은 시계처럼, 백조는 철벅, 철벅, 철벅 발을 차며 다가왔다. 그녀는 똑같이 속이 빈 나무로 만든 트로이의 목마를 떠올렸다. 그녀가 자기 역할을 잘해내지 못하면 백조 옆구리의 문이 열리면서 태엽장치가 달린 난쟁이 필립 외삼촌들이 쏟아져나와 그녀를 무섭게 공격할 것 같았다. 그런 일이 정말로 일어날 것만 같았다. 웃음은 완전히 사라져버리고 그녀는 환각에 빠졌다. 그녀 자신이 아닌 듯, 자신으로부터 떨어져나와 다른 곳에서 이 모든 환상을 지켜보고 있는 것 같은 기분이었다. 이 연출된 환상 속에서는 뭐든지 가능했다. 이 백조, 실물 크기로 만들어진 모형 백조마저도 마치 진짜인 양 깃털을 눈보라처럼 날리며 소녀를 겁탈할 것 같았다. 멜러니이기도 하고 아니기도 한 검은 머리의 소녀 위로 백조가 우뚝 솟았다. 그 텅 빈 몸은 머랭(달걀 흰자에 설탕과 향료를 넣어 거품을 낸 것—옮긴이)처럼 희고 가벼웠고, 머리는 탐욕스러운 목 위에서 이리저리 움직였다. 음악은 고통스러운 절정으로 치달았다.

그녀는 이삼년 전 크리스마스 때 아버지가 학기말 기념으로 그녀를 발레 공연에 데려가주어 코번트가든 오페라하우스의 빨간 플러시 천 의자에 앉아 「백조의 호수」를 마지막으로 들었다. 흰 형상들이 그녀 주위를 빙빙 돌았다. 그녀는 한동안 발레를 좋아했다. 지금은 그녀 자신이 가짜 백조와 함께 무대 위에 있었다. 백조가 그녀의 발 위에 자기 배를 내려놓았다. 그녀는 그 감촉을 느꼈다. 올려다보니 필립 외삼촌이 그 동작을 조종하는 것이 보였다. 동작에 집중하느라 그의 입이 크게 벌어져 있었다. 그의 검은 나비넥타이에 묻은 번들번들한 얼룩이 빛을 받아 반짝였다. 날개를 세게 파닥거리며 그녀의 머리를 헝클어뜨리고 있는 백조 밑에서 그녀는 몸을 꼼지락거렸다. 데이지 한 송이가 날아가버렸다. 그후로 그녀는 스포트라이트의 눈부신 가루 같은 빛 말고는 아무것도 볼 수 없었다.

"백조의 모습을 한 전능한 제우스가 자신의 뜻을 행한다."

오르간 소리처럼 깊고 장중한 필립 외삼촌의 목소리가 구슬픈 바이올린을 배경으로 음산하게 울려퍼졌다. 백조는 앞으로 한번 둔하게 뛰어올라 그녀의 허리 위에 앉았다. 그녀는 온 힘을 다해 백조를 밀치며 벗어나려 했지만 날개가 천막처럼 그녀를 둘러싸고 백조의 머리가 앞으로 기울어 그녀의 목 위로 떨어졌다. 금색으로 칠한 부리가 연한 살 속을 깊이 파고들었다. 그녀는 자신이 비명을 지르고 있다는 것도 거의 인식하지 못한 채로 비명을 질러댔다. 그녀는 마구 발길질하는 발과 비명을 지르는 얼굴 외에는 완전히 백조에 뒤덮였다. 음란한 백조가 그녀 위에 올라타 있었다. 그녀는 다시 비명을 질렀다.

깃털이 그녀의 입안에 들어갔다. 짝짝거리는 박수 속에서 막이 휙 하고 닫히는 소리가 들렸고, 그녀는 그것이 바다 소리라고 생각했다.

잠시 후 정신을 차려보니 핀이 옆에 무릎을 꿇고 앉아 그녀의 치마를 점잖게 내려주고 있었다. 그 호색한 백조가 그녀의 드레스를 반쯤 위로 끌어올렸던 것이다. 핀의 얼굴은 굳어 있었다. 그녀는 체크무늬 모직 와이셔츠에 닳아빠진 코듀로이 바지를 입고 수염이 송송 난 그를 마치 처음 보는 양 쳐다보았다. '귀가 잘생겼구나.' 그녀는 처음으로 그의 귀를 눈여겨보았다. 작고 기품있게 생긴 귀였다. 그녀는 그를 전에 어디서 봤었는지 생각해내려고 애썼다. 그의 얼굴이 낯익었다. 하지만 너무 힘들어서 포기해버렸다. 그녀는 백조를 찾아 둘러보았다. 백조는 끌려나가 있었다. 자기를 움직이는 힘이 없어진 지금 백조는 애처롭게 줄에 매달린 채 좌우로 조금씩 흔들리고 있었다.

"이제 됐어. 연극은 끝났어." 핀이 말했다. 그녀는 이제야 핀을 알아보았다. 그래, 그는 그림을 그렸고, 그녀의 친구였다, 그게 뭐든 간에. 그녀는 코트를 입듯 멜러니라는 존재를 천천히 걸쳤다. 필립 외삼촌이 씩씩거리며 사다리를 내려와 핀에게 다시 조명으로 돌아가라고 퉁명스레 명령했다.

"연기가 너무 과장됐잖아." 그는 손등으로 그녀를 찰싹 때렸다. "네가 너무 흥분했어. 꼭두각시들은 과장하는 법이 없지. 네가 분위기를 망쳐버린 거야."

"백조가 나한테 못되게 굴었단 말이에요." 얼얼한 얼굴로 그녀가 말했다. 하지만 그는 듣지 않았다. 그는 나비넥타이를 매만졌다. 무대 위에 빛이 흘러넘치고 있었다. 멜러니와 필립 외삼촌과 백조는 떠들썩한 박수갈채를 받았다. 인사하고 절하고 외숙모가 던지는 종이장미를 받는 일이 몇시간 동안 계속되는 것 같았다. "객석 조명!" 그러다 외삼촌이 소리를 지르자 막이 마지막으로 닫혔다. 그의 얼굴에서 순식간에 환한 미소가 사라졌다. 그는 흐느적거리는 백조의 목을 감싸안았다.

"수고했네, 친구." 백조의 나무머리가 축 늘어졌다.

"뭐가 더 남았어요?" 멜러니가 물었다. 그녀는 흐지부지한 마무리에 넌더리가 나 몸을 떨고 있었다.

"없어. 해산."

그녀는 신발을 찾아 다시 신었다. 마거릿 외숙모와 프랜씨가 그녀에게 입을 맞추었다. "잘했어, 참 잘했어." 프랜씨가 그렇게 말해주었다. 다 끝났다. 그녀는 첫 무대를 치렀고, 다시 살아남았다. 그녀의 머리엔 깃털이 묻어 있고 몸은 먼지투성이였다. 그녀는 머리를 털어 데이지와 깃털을 떼고 매일 입는 치마와 새 스웨터를 입었다. 스웨터가 편안하게 그녀를 감쌌지만, 그래도 여전히 멀리 떨어져 있는 듯 느껴졌다.

다과에는 크리스마스트리 모양의 초콜릿 케이크가 나왔다. 위에 얹은 작은 설탕 울새는 빅토리아가 집어먹었다. 케이크는 너무도 이국적이고 비현실적이어서 상상의 산물인 것만 같았다. 멜러니는 한 조각을 먹었지만 아무 맛도 느끼지 못했다.

차 탁자에 같이 앉아 있는 사람들이 마녀 쫓는 구슬 속의 작은 인간들처럼 낯설고 왜곡되어 보였다. 그녀는 필립 외삼촌이 녹색 줄무늬 찻잔으로 차를 네 잔 비우는 것을 보고 그 물이 신장을 지나 천천히 오줌으로 변하는 모습을 생각했다. 마치 연금술 같았다. 한 액체를 다른 액체로 바꿀 수 있다니. 그는 나무를 백조로 만들 수도 있었다. 그의 콧수염에 초콜릿이 묻어 있었다. 그건 무엇으로 바꿀까? 그녀는 넋을 놓고 기다렸다. 그의 침묵은 부피와 높이와 무게가 있었다. 그것은 여기서 하늘까지 닿았고, 방을 가득 채웠다. 그는 토성만큼 무거웠다. 그녀는 사람을 흔적도 없이 뭉개버릴 수 있을 이 절대적인 침묵과 한 식탁에 앉아 있었다.

멜러니의 시선은 자꾸만 마녀 쫓는 구슬 속의 진짜 같은 일그러진 세상으로 돌아갔다. 급기야는 어느 쪽이 진짜 차 탁자이고 어느 쪽이 비친 모습인지 헷갈리기 시작했다. 그녀의 나이프에 묻은 초콜릿은 경험적 증거가 아니었고, 케이크 위의 래커칠 된 종이 호랑가시나무 가지는 가짜였다. 필립 외삼촌이 음식을 먹는 동안 중력의 화신인 그에 의해 모든 것이 종잇조각처럼 납작해져버렸다. 그녀는 그림자가 없어진 기분이었다.

그 저녁이 어떻게 지나갔는지는 모르지만, 그녀가 침대에 누워 비몽사몽간의 잿빛 황무지에 있으니 어떻게든 지나간 것이 분명했다. 젖과 꿀이 흐르는 땅, 뱀이 아직 꾸벅꾸벅 조는 에덴에서 여전히 살고 있는 행복한 빅토리아는 푹 잠들었지만, 멜러니는 누군가가 문을 긁는 소리를 들었다. 그녀는 그 소리에 신경쓰지 않고, 자기가 옛집에서 줄무늬 이불 속에 잠들어 있고 밖에는 서리 낀 사과나무가 빛나고 있다고 상상했다. 그래도 긁는 소리는 계속되었다. 멜러니는 눈을 떴다.

커튼 사이로 손가락을 내민 달빛이 침대 끝에 내려앉아 작은 둔덕 같은 것을 비추었고, 잠시 후 그녀는 그것이 자기 발이라는 걸 알고 안도했다. 지익, 지익, 지익, 문 긁는 소리, 그리고 속삭임이 들렸다. "핀이야. 얘기 좀 하자."

멜러니는 라벤더 향 속에 누워 있었고 핀이 이야기하자고 하고 있었다. 그녀는 이 상황을 이해해보려 했지만 실패했다.

"들어오고 싶으면 들어와요." 그녀는 흐름에 몸을 내맡기며 말했다.

핀이 맞긴 할까? 너무 어두워서 잘 보이지 않았고, 속삭임은 정체를 알 수 없이 쉿소리가 났다. 그림자 같은 형체가 방으로 들어와 소리없는 어둠속을 헤엄치듯 건너 침대로 다가오자 그녀는 거북스러웠다. 하지만 그의 숨소리는 핀의 것이었다. 틀림없었다. 톱으로 연주하는 듯한 소리였다. 그렇게 숨쉬는 사람은 또 없었다. 그가 침대 옆에 쭈그리고 앉았다. 핀의 냄새가 났다. 그런 냄새가 나는 사람은 또 없었다. 하지만 그에게는 밤의 어둠이 사납게 드리워져 있었고, 취한 것 같지는 않지만 숨결에 술 냄새가 짙게 풍겼다. 이가 너무 시끄럽게 딱딱거려서 숟가락 연주라도 하는 것 같았다. 그가 핀이라고 확신한 그녀는 그의 상태가 염려스러웠다.

"무슨 일이에요, 핀?"

"멜러니, 아……" 그는 이가 심하게 딱딱거려 말도 제대로 하지 못했다. 그의 온몸이 덜덜 떨렸다. 이마를 짚어보니 열이 펄펄 끓었다. 그는 그 손길이 자기를 해치기라도 하는 것처럼 몸을 움찔 피했다.

"아프잖아요!"

"모르겠어. 아니야." 그는 딱딱거리는 이를 악다물며 말했다.

아프고 딱한 그가 그녀의 침대로 기어들었다. 그녀는 어쩌다가, 왜 이렇게 되었는지 고민할 틈도 없었다. 그가 여기 있었다. 이젠 어떻게 되는 거지? 그 순간, 시든 제라늄 한 송이가 얇은 종이처럼 살며시 떨어졌다. 꽃 한 송이가 줄었다.

"멜러니, 저기, 잠깐만 같이 누워 있으면 안될까? 기분이 너무 안 좋거든." 그가 말했다.

그녀는 빅토리아만할 때 밤에 유령을 보고 잠옷 차림으로 어머니 방으로 달려가서는 부모님 사이의 포근한 틈에 끼여, 자신의 살이기도 한 그들의 살에 안겨 편안히 잠들곤 했다.

"하지만…… 어, 뭐, 그럼, 그래요."

그녀는 방패라도 되는 양 이불을 끌어올렸지만 차마 그에게 가라고 말할 수는 없었다. 그는 옷을 제대로 다 입고 있었다. 그가 신발을 하나 둘 벗어던지고는 그녀 옆으로 기어올랐다. 바깥의 습하고 질척한 기운이 따라왔다. 양말이 축축했다.

"몸이 흙투성이야." 그가 말했다. "이불이 더러워지면 누나한테 어떻게 설명해야 할지 모르겠군. 부탁이야, 멜러니, 기분이 괜찮아질 때까지 나 좀 안아줄래?"

진실하고 소박한 부탁이었다. 그녀는 그의 이가 딱딱거리지 않을 때까지 그를 안아주었다. 아무 생각도 나지 않았다. 이 뜻밖의 경험은 그날 내내 그랬듯 비현실적이었지만, 그 밤에는 마치 전에도 그런 일이 많았던 양 예사롭게 느껴졌다. 핀의 소방수 재킷 놋쇠 단추에 그녀의 갈비뼈가 배겼다.

　"어디 갔다 왔어요?" 마침내 그녀가 물었다.

　"공원에."

　"한밤중에 거기서 대체 뭘 한 거예요?"

　"묻으러 갔지."

　"누굴요?" 그녀는 순간 숨을 죽였다.

　"백조."

　"뭐라고요?"

　"백조라고. 백조여, 고이 잠들기를!"

　"묻었군요." 그녀는 분명히 이해하기 위해 그 말을 되풀이했다. "백조를."

　"그래, 그랬어." 그의 목소리는 이상하리만치 가볍고 무게가 없었다. "먼저 작업실에서 팔다리를 잘라버렸지. 그런 다음 밑으로 내려가서 누나의 작은 도끼로 찍었어, 장작 팰 때 쓰는 도끼로. 잘게 난도질을 해줬지. 쉽더군."

　"핀, 설마요."

　"정말 했다니까."

　그들의 속삭임이 잠깐 멈추었다. 밤바람에 커튼이 부풀어올랐다. 이젠 눈이 어둠에 익숙해져 그녀는 옆에서 베개를 베고 있는 그의 얼굴을 어렴풋한 윤곽으로 알아볼 수 있었다. 하지만 그게 다였다.

"핀, 어떻게 그런 짓을 해요!"

"선전포고지."

그들은 또 깊은 침묵에 잠시 빠졌다가 다시 떠올랐다.

"당신 혼자서?" 그녀는 필립 외삼촌의 감각이 가득한 작업실에서 절단된 팔다리와 감시하는 가면들에 둘러싸여 있는 핀의 모습을 머릿속에 그려보며 놀랐다.

"뭐, 형은 바이올린을 연주하러 나갔거든. 킬번에서 밤새도록 아일랜드 파티가 있어서. 그것만 아니었으면 형도 나랑 같이 했을걸. 형이 없어서 너한테 온 거야. 집에 왔을 때 기분이 너무 안 좋아서 누군가가 필요했거든." 그는 편안하게 몸을 움직였다. "이제 좀 낫군. 정말이지 평생 그렇게 아플 줄 알았다니까. 몸이 펄펄 끓는데 얼어붙은 것처럼 춥기도 하고. 죽는 줄 알았어."

가까이 붙어 있으면 침대에 두 사람이 같이 있을 공간은 충분했다.

"달빛이 조금 있었어. 가는 길에 깃털을 흘려놨지. 어떤 남자가 개를 산책시키는 걸 보고 깜짝 놀라서 울타리에 숨어버렸어. 이런 밤에 누가 개를 산책시켜? 정신나간 놈."

"백조는 왜 망가뜨렸어요?"

"침대에 누워 있다가 갑자기 그래야겠다는 생각이 들었어. 이유는 몰라. 그냥 그런 생각이 들었어, 그 인간 보란 듯이 백조를 죽여버려야지. 용기를 내려고 형 술까지 한잔 마셨어."

"외삼촌이 당신을 죽일 거예요." 그는 대답하지 않았다. 빅토리아가 잠결에 낄낄거렸다. "외삼촌이 당신을 죽일 거예요." 멜러니는 한번 더 말하면서 생각했다. '내가 이 말을 해주길 바라는 거야.'

"한판 제대로 붙어봐야지, 나랑 그 인간."

"바보 같은 짓이에요!"

"목소리 낮춰. 아기 깨겠다."

"외삼촌 문제만 나오면 당신은 제정신이 아닌 것 같아요."

"잔소리 그만해." 그는 마치 그들이 오래된 부부인 양 말했다. "이렇게 지독한 밤을 보낸 사람한테 잔소리하지 마. 신이시여, 밤의 위험과 위협으로부터 저를 지켜주소서."

침대가 흔들렸다. 그녀는 핀이 자기를 만지려는 줄 알고 본능적으로 몸을 뒤로 뺐지만, 놀랍게도 그는 성호를 긋고 있었다. 그녀는 이걸 어떻게 이해해야 할지 알 수가 없었다. 그는 큰 시련을 겪은 것이 틀림없었다. 웨딩드레스의 밤 같은 것이었으리라. 공원에서 핀은 아무것도 안전하지 않은 밤의 숲속을 걸었다. '나도 그런 적이 있었지.' 그녀는 그런 두 사람을 생각하자 울음이 터질 것 같았다.

"여왕 근처에 백조를 묻었어." 이제 담담해진 목소리로 그가 스스럼없이 말했다. "인간적이지 않아? 그 둘이 친구라도 하라고."

"글쎄요, 거기만큼 좋은 곳도 없겠죠."

"백조 토막을 쓰레기통에 버려도 되는데 내가 왜 공원까지 갔는지 모르겠어. 그런데 왠지 공원에 묻는 게 제일 낫겠다 싶었지. 그런데 거기서 내가 거의 제정신이 아니었던 거 알아? 상태가 너무 안 좋았어, 멜러니…… 돌사자가 내 뒤를 쫓아오는 거야. 정말이라니까. 으르렁거리는 소리를 들었어. 그리고 여왕이 받침대 위에 똑바로 서 있었고. 그것 때문에 기겁을 했지. 멀리서 봤을 땐 그랬는데, 내가 오는 걸 보고는 재빨리 다시 누웠는지, 가까이 가보니까 가만히 누워 있더라고. 여우 같은 년. 또, 손풍금 소리가 아주 희미하게 들리는 거야. 그게 제일 미치겠더군."

"뭘 연주하고 있었는데요?" 그녀가 물었다.

"지금 놀리는 거야?" 그가 원망스럽게 말했다.

"아니에요."

"그리고 백조를 묻을 무덤을 파려고 삽을 가져갔는데, 계속 삽을 떨어뜨렸어. 나랑 가기 싫은 것처럼 삽이 손가락에서 계속 미끄러지는 거야. 게다가 백조 목도 안 잘라졌어. 도끼가 튕겨나오기만 하고. 백조 목을 감추려고 비옷 단추를 채웠는데 그게 계속 삐죽 튀어나와서는, 다른 토막들이랑 삽이랑 다 같이 들고 갈 때 계속 주위를 둘러보는 거야. 내 두 팔은 꽉 차 있었는데, 분명. 백조 목이 삐죽 나왔을 때 지나가는 사람이 봤으면 내가 음란하게 거시기를 내놓고 있는 줄 알았겠지. 창피해서 바지 단추가 제대로 잠겼는지 계속 보고 싶더라니까."

그는 끊임없이 말했다. 예전처럼 거침없이 얘기하고 있었다. 더 거침없이.

"힘들었겠네요, 가엾어라." 둘 모두에게 끔찍한 날이었다. 그녀는 어쩐지 둘이 같은 방향으로 나란히 나아가며 세상을 경험하고 있는 듯한 느낌이 들었다. 그녀는 그의 광기를 이해했다.

"가엾은 핀."

"아, 그래도 백조를 부수는 건 짜릿했어."

"안 그랬으면 좋았을걸."

"그게 널 덮쳤잖아. 너한테 올라탔어. 그게 너한테 올라탔으니까, 널 위해서도 그런 거야."

"백조가 날 해친 건 아니잖아요."

"또, 필립 플라워가 그걸 끔찍이도 아꼈지."

"어떻게 될까요?"

"그야 모르지, 짐작만 할 뿐이야."

그들은 평생 침대를 같이 쓴 부부처럼 침대에 편안하게 있었다. 핀과 한 베개를 베고 있는 것이 세상에서 가장 정상적인 일처럼 느껴졌지만, 다시 눈을 감자 멜러니는 흰 이글루 같은 백조의 날개 속에 있었다. 백조는 너무 크고 너무 강해서 한번에 완전히 사라지지 않았다.

"우스웠어요, 그 백조. 그래도 정성들여 만든 거잖아요."

"그 인간이 거기다 자기를 넣은 거야. 그러니까 당연히 그걸 없애야지. 아, 난 피곤해."

"그럼 자요."

"그게 창문에서 퍼덕거리면서 날 괴롭히겠지."

"아니에요, 그럴 리가요, 바보같이."

"왜 이렇게 나한테 엄하게 구는 거야?"

"왜냐하면 난 제정신이니까요."

"그럴지도 모르지."

"양말 벗어요, 핀. 축축해요. 감기 걸리겠어요."

그가 그녀의 말을 따르자 침대에 작은 지진이 일었다.

"젖은 풀이 신발 안에 들어가서 내 양말을 적신 거야. 아주 길더군, 풀이. 밤에는 더 길어 보여. 왜 그럴까?"

"나도 몰라요. 정말 그렇긴 하던데."

그리고 그들은 함께 잠들었다. 입으로 숨쉬는 사람답게 그는 예상대로 코를 골았지만, 멜러니는 금세 익숙해졌다. 그녀는 꿈을 꾸기 시작했다.

꿈속에서 그녀는 조녀선이 되었다. 그녀는 하루종일 자신에 대한 확신이 없었기에 실은 자신이 조녀선이라는 걸 알고는 한시름 놓을 지경이었다. 그녀는 두꺼운 안경알을 통해 같은 세상을 다르게 보았다. 고무줄 때문에 간지럽게 죄는 무릎양말과 짧은 회색 반바지 옷단 사이로 맨 무릎이 드러난 것이 느껴졌고, 바다가 유혹하는 소리가 끊임없이 들려왔다. '다시 바다로 나가야 해.' 그 유혹은 역류하는 파도처럼 강했다. 세상은 어둡고 희미해졌다. 그녀는 절벽 같은 집에 높이 있는 흰색 동굴 속 작은 철제 침대에서 잠 못 이루는 닷곱장님 조녀선이었다. 뒷마당이 있어야 할 곳에서 바다가 벽 아래를 철썩철썩

치고 있었다. 그는 노래하는 바닷소리와 깍깍거리는 갈매기 울음소리를 듣고 있다가 더는 누워 있을 수가 없어 일어났다.

물론 그는 흰 파자마를 입고 있었다. 경주용 자동차 무늬가 있고, 빨아서 색이 조금 바래고, 예전의 시골 세탁소에서 붙여 준 세탁표가 아직도 칼라에 남아 있었다. 그는 신발을 신고, 짠맛의 거센 바람을 막기 위해 왼쪽 가슴에 학교 뱃지가 달린 회색 플란넬 재킷도 입었다. 그는 침대 옆에 있는 의자에서 안경을 집었다. 그리고 복도로 나가는 문을 조심스레 열었다.

채광창에 걸린 달이 구름 사이로 반짝이다 사라지다 했다. 조너선은 살금살금 아래층으로 내려갔다. 잘못 영사된 영화처럼 그는 깜박거리기 시작했다. 그 위로 멜러니가 겹쳐져 두 형체가 같은 발로 살금살금 내려가고 있었다. 닫힌 문들을 지나면서 열쇠구멍 뒤에서 자신들을 훔쳐보고 있는 눈을 상상하자 샴쌍둥이 같던 그들이 나뉘지기 시작했다. 하지만 조너선은 개의치 않았고, 멜러니의 영상은 곧 사라졌다. 그는 반질반질한 목재에 달빛이 반짝이고 앵무새가 순은처럼 보이는 가게를 지나 작업실로 내려갔고, 그곳은 짐작했던 대로 대낮이었다.

무대의 열린 막으로 들어온 햇빛이 작업실을 가득 채웠고, 핀이 색칠한 해변이 반짝이고 잔파도가 흰 물결로 일었다. 하늘은 파랗고 해가 빛나고 있었다. 아름다운 날이었다. 조너선은 색칠된 물이 점점 맑아지며 변하는 것을 지켜보았다. 바닷물은 돌비늘이 반짝이는 모래사장 위로 소용돌이치며 물보라를 일으켰고, 저 멀리 바다에선 돌고래들이 공중제비를 넘으며 즐겁게 뛰놀았다. 돌고래들이 그를 보고 날카로운 콧소리로 외쳤다.

"안녕, 조너선! 드디어 조너선이 왔다!"

그는 돌고래가 말을 할 줄 안다는 걸 알고 있었다. 도서관에 있는 책에서 읽은 적이 있었다. 발밑에서 모래가 저벅저벅 밟히며 콘플레이크 씹는 소리를 냈다. 그는 바닷가를 걸었고, 상쾌한 산들바람이 안경에 부딪쳤다. 무대는 사라지고 없었지만, 그는 그것이 어디로 어떻게 사라졌는지 뒤돌아보지 않았다.

그는 바닷가에 작은 배가 올라와 있는 것을 보았다. 노걸이에 노 한 벌이 걸려 있었다. 그는 배를 물가로 끌고 가 물에 띄운 다음 올라탔다. 뱃머리에 선 그는 손차양을 하고 수평선을 쭉 훑어보다가 돛배가 있는 걸 확인했다. 돛배는 항해 준비가 되어 있었다. 그는 철썩이는 소리를 내며 부드럽게 돛배를 향해 갔다. 배에 가까워지자 줄사다리가 옆으로 내려왔다. 그는 호각소리를 들었다. 선원들이 그를 배에 태울 준비를 하고 있었다. 그의 안경이 물보라 때문에 흐려졌다. 그는 이제는 필요 없는 안경을 성급히 벗어 물속으로 던져버렸다. 안경은 수면에 물거품을 일으키며 가라앉아 이내 눈 녹듯 사라졌다.

멜러니는 깨어났다. 방은 뿌연 안개가 낀 듯 흐릿했고, 노를 저은 것처럼 손이 아팠다. 그녀는 눈부신 기운을 눈에서 떨어냈다. 그녀는 마침내 멜러니로 돌아왔다. 손이 편안해졌다. 아침이었다. 빅토리아가 침대 옆 바닥에 앉아 호기심 가득한 얼굴로 그녀를 뚫어지게 쳐다보고 있었다. 그 높은 아기침대에서 어떻게 내려왔는지 알 수 없었다. 잠옷이 완전히 걷어올려져 빅토리아는 복숭앗빛 엉덩이로 맨바닥에 앉아 있었다.

"그러다 얼어죽겠어. 얼른 이리 들어와. 왜 그렇게 몸을 다 내놓고 있니, 빅토리아."

"왜 저 사람이 언니 침대에 있어?"

핀을 잊고 있었다. 그녀는 고개를 돌려 그를 보았다. 그는 지저분한 손을 뺨에 얹고 재킷을 올려 귀를 감싼 채 잠들어 있었다. 잠든 그는 아이처럼 사랑스러웠다. 그는 아직도 코를 골고 있었다.

"핀이 밤에 몸이 안 좋았거든." 멜러니는 되는대로 말했다.

"알겠어, 알겠어." 빅토리아는 만족해서는 어른 흉내를 내며 말했다. 멜러니는 다시 그녀에게 침대로 오라고 했다.

"마그릿 외숙모한테 갈래!" 빅토리아는 반항하듯 잠옷을 훌러덩 벗었다. 물고기처럼 발가벗은 빅토리아가 방 안을 깡충깡충 뛰어다니며 재잘거렸다. "마그릿 외숙모! 마그릿 외숙모!"

"조용히 해, 빅토리아!"

핀이 부스스 깨어 침대에서 몸부림쳤다. "맙소사, 쟤 좀 조용히 시켜, 멜러니!"

마치 그들은 오래전에 결혼했고 빅토리아는 그들의 아기인 것 같았다. 깨끗한 이불 속에서 더럽고 우스꽝스러운 재킷을 입은 핀이 멜러니 옆에 앉으며 하품을 했다. 붉은 성당 내부 같은 이랑진 입속과 변색된 소년 성가대원들 같은 누런 이가 보이자, 멜러니는 예언과도 같은 환상을 보았다. 그녀는 언젠가는 둘이 결혼해서 평생 함께 살 것이고, 늘, 평생토록 불결함과 먼지와 더러움과 꾀죄죄함 속에 있을 거라는 생각이 들었다. 우는 아기들과 빨랫감과 타버린 토스트에 죽을 때까지 시달리겠지. 신비한 아름다움도 낭만도 매력도 없이. 좋은 일이라곤 하나도 없이. 오로지 더러움과 붉은 머리의 아기들뿐. 그녀는 구역질이 났다.

"안돼!" 그녀가 너무 크게 소리지르는 바람에 빅토리아가 장난을 뚝 그치더니 사나운 언니에게 격분해 엉엉 울기 시작했다. "안돼요, 난 당신을 원하지 않아요, 핀!

"쓸데없는 소리." 핀은 예전처럼 태평스레 말했다. "난 아직 널 가지지도 않았어."

"그 얘길 하는 거예요." 그녀는 절망적으로 말했다. "당신은 늘 너무…… 더러워요."

그는 껌 한 통을 빅토리아에게 던졌다.

"이거 씹어."

그의 사시가 오늘 아침엔 유독 심했다. 그는 멜러니의 머리를 다정하게 잡아당겼다. 그도 알고 있었다. 원하든 원하지 않든 그들은 서로 묶여 있었다. 그는 다만 때를 기다리고 있었다. 멜러니가 아무 반응이 없자 그는 더 세게 그녀의 머리를 당겼다.

"왜 그러는 거야? 뭐가 그렇게 고민이지, 귀염둥이?"

"아일랜드에서는 '귀염둥이'가 애정 표시예요?" 그녀는 말을 슬쩍 돌렸다.

"어, 영국 어디서나 쓰는 말인 것 같은데. 근데 뭐가 문제야? 잠을 못 잤어?"

이 모든 것이 피할 수 없는 일이라는 걸 절망적으로 느끼며 그녀는 그의 어깨에 푹 쓰러졌고, 빅토리아는 입이 터질 듯 풍선껌을 씹고 있었다. 그녀는 오랜 세월 핀과 함께 잠자리에 든 것 같은 기분이었다. 그녀는 내심 그가 놀라거나 고마워하는 기색을 보이길 바랐지만, 그는 애정을 감추지 않고 그녀를 한 팔로 감싸안았다.

"정말 이상한 꿈을 꿨어요." 그녀는 주저하며 느리게 말했다.

"그래?"

"내가 조너선이 된 꿈이었는데……" 꿈은 그녀의 머릿속에 선명히, 불길하고 의미심장하게 남아 있었다. 그녀는 침대가 배처럼 흔들린다고 생각했는데, 핀이 겨드랑이를 긁고 있었다. 그는 부끄러움이라곤 없었다. 그녀가 익숙해지는 수밖에 없었다.

"무슨 꿈을 꿨는데, 귀염둥이?"

"조너선이 배를 타고 바다로 나갔어요. 정말 생생했어요. 내가 조너선인 것처럼."

"그냥 꿈이야."

"맞아요." 그녀는 못 미더워하며 대답했다.

"죽어서 천국에 가는 꿈을 꾼 적이 있지. 꼭 유원지 같았어, 슬롯머신과 핀볼 기계가 가득한."

"그럼 그 꿈은 어떤 전조나 예시였어요?"

"글쎄, 그럴지도 모르지. 그다음 날 벌에 쏘였으니까."

"네?"

"그래서 내 눈이 비뚤어진 거야. 엄마가 돌아가시고 고아원에서 수녀님들이랑 있을 때였지. 그래서 천국에 가는 꿈을 꾼 것 같아. 하지만 그건 솜사탕이 있는 일곱살짜리의 하늘나라였어. 축구놀이 기계를 가지고 놀기 시작하면서 난 금세 어머니를 잊어버렸어. 하느님, 어머니를 고이 잠들게 하소서."

그는 쭈글쭈글한 담뱃갑을 꺼내 담배 한 개비에 불을 붙였다.

"그럼 벌에 쏘인 건……"

"다른 사람들이 기도를 하는 동안 혼자 정원에서 놀다가 장미 한 송이를 땄는데 벌 한 마리가 휙 날아올랐어. 벌이 화가 난 거야. 자기 일을, 그러니까 꽃을 수정시키는 일을 열심히 하고 있는데 내가 방해한 거지. 그 벌이 내 오른쪽 눈을 쐈어. 시력을 잃지 않은 게 다행이었지."

"세상에, 많이 아팠어요?"

"기억 안 나. 누워 있는 동안 수녀님들이 친절하게도 젤리 과자와 정향 사탕, 종교화들을 많이 갖다줬지. 여기 재떨이로 쓸 만한 거 있어?"

"없어요."

"아, 그럼 내 신발을 써야겠구나."

"일어날 시간이에요." 그녀가 이불을 옆으로 젖혔다. 그는 누워서 담배를 피우며 그녀를 보고 있었다. 그가 사시가 된 이

유를 알고 나니 그리 심해 보이지 않았다. 그녀는 수녀들이 무릎을 꿇고 골고다의 예수를 생각하는 동안 의심 없이 장미를 만졌다가 눈을 다쳐 아파하는 작고 붉은 핀을 상상했다.

"사시가 된 건 참 안됐어요."

"이젠 익숙해졌어. 이게 없으면 나도 몰라볼 거야."

멜러니는 파자마 윗도리 단추를 풀고 옷을 벗으려다 거북함에 잠깐 몸을 떨었다. 하지만 곧 생각을 바꾸었다. '뭐, 어차피 내가 옷을 벗은 모습을 많이 봤잖아.' 어쨌든 핀은 그녀의 알몸이 신경쓰이지 않는 듯 누워서 담배를 피우며 침대 아래 신발에 담뱃재를 떨었다. 그녀는 파란 스웨터를 입고 빅토리아에게 옷을 입히기 시작했다. 쓰지 않는 빅토리아의 잠옷 주머니에 요트가 수놓아져 있었다.

"내 꿈에 무슨 의미가 있는 것 같은 느낌이 자꾸 들어요. 조너선한테 아무 일도 없어야 할 텐데. 핀, 동생한테 아무 일도 없었으면 좋겠어요."

그는 대답하지 않았다.

"핀?"

그의 얼굴은 겁에 질려 있었다.

"맙소사, 내가 어젯밤에 백조를 죽였어. 술에 취해서 정신이 나간 거야."

9

그녀는 차가운 물로 터무니없었던 밤의 파편을 눈에서 씻어
냈다. 숨이 멎을 만큼 차가운 물에 기분이 좋아졌다. 물은 그
녀의 몸에 닿았고, 손으로 만져졌다. 물은 물이다. 왈가왈부할
필요가 없다. 여기 있으니까. 얼굴에서 물방울을 똑똑 떨어뜨
리며 꼬르륵거리는 수도꼭지에서 고개를 든 그녀는 필립 외삼
촌의 틀니가 없어졌다는 걸 알았다. 유리컵도 있고, 탁한 물도
있고, 잇새에서 나온 썩은 음식 찌꺼기도 여전히 유리컵 바닥
에 허옇게 가라앉아 있었지만, 그 싸구려 플라스틱 우거지상
은 또 다른 곳에 있었다. 그렇다면 아주 이른 시간이지만 필립
외삼촌은 벌써 일어나서 돌아다니고 있는 것이다. 정말 이른
시간이었다. 필립 외삼촌의 이가 없는 덕분에 비닐 커튼 위의
디즈니 물고기는 더 신나게 까불었다. 세면대의 갈라진 틈에

흰 머리카락이 한 가닥 끼어 있고, 수건은 습기 때문에 눅눅했다. 그가 씻고 몸치장을 한 다음 혼자 어디로 나간 걸까? 정말 그럴까? 그녀는 이를 닦은 뒤 흰 치약을 뱉고 입을 헹구면서 곰곰이 생각해보았다.

새로 온 아이들의 칫솔 세 개만 따로 걸어놓는 칫솔걸이가 나사못으로 고정되어 있었다. 조너선의 칫솔이 끝이 벌어져 텁수룩한 털을 과시하고 있는 걸 보자 지난밤 꾸었던 꿈에도 마음이 놓였다. 조너선이 영원히 떠난다면 자기 칫솔을 챙겨갈 테니까. 물론 꼭 그렇지 않을 수도 있었다(그녀는 당황해서 박하향 얼음 같은 치약을 한입 삼켰다). 그래도 기분 좋게 진짜 물로 세수한 그녀는 꿈을 웃어넘길 준비가 되어 있었다. 깨끗해지고 정신을 차린 그녀는 방으로 돌아왔을 때 핀이 침대에 있으리라고는 생각지 못했다. 처음에는 그를 보지도 못했다. 그녀는 생각했다. '다행이야. 난 정상으로 돌아왔어.'

옷을 반쯤 벗은 빅토리아는 자기 침대로 기어올라가 두 손으로 창살을 움켜잡고 그 사이로 얼굴을 찌푸리고 있었다. 웅크리고 앉은 매끄러운 넓적다리 사이로 분홍빛 외음부가 세로로 미소짓고 있었다.

"세상에, 창피하게 그게 뭐니, 빅토리아."

빅토리아는 계속 얼굴을 찌푸리고 들은 체 만 체했다.

"못된 핀이 아직도 침대에 있어."

정말로 그가 아직 침대에 있었다. 깊숙이 파고들어 웅크린 그의 형상이 쏠즈베리 평원 같은 침대에 작은 무덤을 만들었다. 그녀는 이불을 젖혔다. 마치 제 꼬리를 입에 문 모양으로 나오는 대구 요리처럼 그는 작게 몸을 말고 있었다. 파슬리 가지나 나비 모양 레몬으로 장식이라도 해줘야 할 것 같았다.

"핀? 핀!"

"정신 차리고 있는 중이야." 그의 눈은 꼭 감겨 있었다.

"욕실에 필립 외삼촌의 틀니가 없어요."

"그걸로 나나 먹어치우라지. 당연히 그 인간 입속에 있을 걸."

"외삼촌이 여행이라도 떠났을까요?"

"설마 그럴 리가. 날 못살게 굴려고 새벽부터 일어난 거야."

"외삼촌이랑 정면으로 붙고 싶은 거 아니었나요?"

"아, 지금은 제정신으로 돌아왔거든."

"하루 휴가를 낸 걸까요?"

"내 짐작들이 닭떼처럼 모두 집으로 돌아온다면, 난 당장 골웨이 농장에서 돼지나 먹일 거야."('닭들이 집으로 돌아온다'는 자신의 말이 결국 자신에게 돌아와 피해를 입힌다는 뜻의 속담 — 옮긴이)

갈색 깃털을 단 짐작들의 떼가 거친 날개를 마구 창에 퍼덕거렸다. 꼬꼬댁, 꽥꽥 하고 우는 소리가 들렸다. 하지만 이 슬프고 심약한 암탉은 집 안에서 날개를 퍼덕거렸다. 기적이었다. 마거릿 외숙모의 머리칼이 기쁨에 차 붉은 깃발처럼 휘날렸다. 필립 외삼촌이 런던 주변의 인공 호수에서 열리는 모형 보트 마니아들의 모임에 참석하러 조너선을 데리고 보랏빛 새벽에 떠난 것이다.

"세상에." 멜러니는 조녀선을 어루만지며 그건 단지 꿈일 뿐이라고 확인하고 싶었다. 하지만 그 여행은 믿기 어려운 만큼이나 분명 사실이었다. 거기에는 필립 외삼촌이 좋아할 만한 시련 같은 것이 있었다. 그리고 부엌이 완전히 축제 분위기여서 그녀의 모든 의심은 곧 사라졌다. 베이컨마저도 필립 외삼촌이 없는 것을 기뻐하듯 냄비 안에서 딱딱 소리를 내며 튀었고 토스트는 불이 붙어 흥겹게 불타올랐다. 외삼촌이 있었으면 재앙이 일어났겠지만 지금은 웃음거리였다.

'늦잠 자도 괜찮았을 텐데.' 마거릿 외숙모가 분필로 썼다. 제일 좋은 옷을 입은 것도 아니고 스타킹에는 구멍이 여기저기 뚫려 있었지만 어쩐지 그녀는 아름다웠고 자연스러운 미소를 지었다. 필립 플라워가 노려보는 시선 아래에서 배고픈 한겨울 참새처럼 움찔움찔하던 그녀의 움직임은 자신감으로 넘치고 유쾌해 보였다. 그들은 식탁에 앉아 빵 껍질로 달걀노른자를 닦아 먹었다. 위협으로 둘러싸인 죽음의 자리(Siege Perilous: 아서 왕 전설에서 성배 영웅만이 앉을 수 있고 다른 사람이 앉으면 죽는다는 빈자리─옮긴이)인 필립 외삼촌의 불길한 의자는 비어 있었다.

"쳇, 내가 그 인간 의자에 앉겠어." 핀이 말했다.

마거릿 외숙모가 기겁하며 손으로 입을 막았다.

"걱정 마, 누나. 의자가 날 집어삼키진 않을 테니까."

그는 크리스마스 파티 사회자처럼 식탁 머리에 앉아 개에게 마멀레이드 샌드위치를 먹였고, 개는 맛있게 먹는 것 같았다.

이내 핀이 거기에 앉는 것이 지극히 정상적으로 느껴졌다.

"핀이 아빠야." 어지간히 기분이 좋아진 빅토리아가 말했다.

"아직은 아니지." 핀이 말했다. "하지만 우리 첫 아이는 프록시미티(Proximity: 가까움. 핀은 멜러니가 그에게 사랑을 느끼는 것이 가까이 있기 때문이라고 했다―옮긴이)라고 이름 지을 거야."

멜러니는 먹던 음식이 목에 걸렸다. 바깥 층계참에서 사팔눈을 한 붉은 머리 아이들의 떼가 그녀의 뱃속으로 들어가려고 서로 밀치며 시끄럽게 재잘거리고 있었다. 프랜씨가 그녀의 등을 툭 쳤고, 그녀는 곧 기운을 차려 아침식사를 끝냈다. 그 화려한 아침식사를 제대로 음미하지 못한다면 억울한 일이었다. 베이컨에, 계란에, 버섯에, 토마토에, 튀긴 빵에, 베이컨 기름에 튀긴 식은 감자까지, 마거릿 외숙모는 식품저장실에 있는 튀길 수 있는 건 모조리 튀긴 게 분명했다. 프랜씨가 특히 좋아하는 통조림 콩도 있었다. 그가 오늘 맨 작은 새 무늬의 화려한 공단 넥타이에 색 바랜 토마토 쏘스 얼룩이 묻어 있었다. 누군가에게 받은 것이 틀림없었다. 그들은 오랫동안 아침식사를 했고 모두들, 마거릿 외숙모조차도 듬뿍 먹었다. 필립 외삼촌의 의자에 앉은 핀은 평소보다 더 크고 위엄있어 보였다.

"오늘은 가게 열지 말자." 그가 말했다.

의자가 그에게 권위를 부여해주었다. 모두가 그를 쳐다보았다.

"저기 말야," 그가 과장된 몸짓으로 스위트 애프턴 담배에 불을 붙이며 말을 이었다. "내가 어젯밤에 그 인간의 백조를 부숴버렸거든."

침묵이 접시 위에서 뻑뻑하게 식어가고 있는 기름처럼 진해졌다.

프랜씨가 감탄하듯 속삭였다. "미친 자식."

아름다움을 잃어버린 마거릿 외숙모는 빅토리아가 방패나 부적이라도 되는 양 그녀를 가슴에 꼭 껴안았다. 빅토리아는 꿈틀거리며 몸을 비틀었다.

"그러니까 오늘은 가게 열지 마. 파티나 하자고. 백조를 위해서 밤을 새워야지. 음악과 춤으로. 아니, 춤은 안되겠다."

"백조를 부숴버리다니." 프랜씨가 경외감에 젖어 말했다. 그의 입술이 깨진 벽처럼 그의 이를 모두 드러내며 열렸다. 그는 의자에 앉은 채 몸을 뒤흔들며 크게 웃고, 소리를 지르고 또 질렀다. "자식이 해냈구나! 핀이 해냈어! 잘했다, 핀! 잘했어!" 그는 식탁 위로 몸을 구부려 그릇들을 흩뜨리고 마멀레이드 병을 뒤집어엎으면서 핀의 손을 꼭 잡아 세게 흔들었고, 거친 뺨에 눈물이 뚝뚝 흘러내릴 때까지 웃어댔다.

웃음소리가 이어지는 가운데 마거릿 외숙모도 점차 누그러졌다. 그녀의 얼굴에 해가 떴다. 멜러니가 그녀를 알고 나서 처음으로, 그녀는 마음대로 다니고 입고 싶은 대로 입고 어쩌면 꾹 닫힌 입술을 열어 말하거나 노래할 수 있을지도 모를 내일을 꿈꾸는 것처럼 보였다. 실제로 그녀는 자신이 벙어리인 것을 잊고 입을 열었다. 그녀의 입술이 떨리다가 미소로 다시 닫혔다.

그런 다음 그들은 다 함께 설거지를 하면서 킥킥거리고 서로에게 물을 튀겼다. 광란의 비누거품 축제였다. 거품이 허공에 떠다니다가 젖빛으로 축축하게 팡 하고 터졌고, 빅토리아는 사라지는 비눗방울들을 쫓아다니며 바닥을 뒹굴었다. 그들이 컵을 닦아 말리는 동안, 핀은 생각에 잠긴 채 찬장 고리에서 필립 외삼촌 전용 머그잔을 꺼냈다. 장미 꽃봉오리로 문자 도안이 된 아주 예쁜 컵이었다. 그는 손으로 그 무게를 가늠하며 말했다.

"예수님, 마리아님, 요셉님, 난 오늘 어른이 됩니다." 그는 팔을 들어 조준을 하고는 뻐꾸기시계를 향해 머그잔을 던졌다. 작은 문이 확 열리며 뻐꾸기가 나와서 열네시, 열다섯시, 열여섯시를 울었다. 멜러니는 형제가 그렇게 많이 웃는 것을 처음 보았다. 프랜씨는 한쪽이 무너진 탑처럼 씽크대 위로 몸을 구부린 채 새된 소리로 웃고 딸꾹질을 했다. 핀은 배를 잡고 바닥을 데굴데굴 뒹굴었다. 빅토리아도 덩달아 신이 나서 흥분해서는 마거릿 외숙모의 무릎에서 떨어질 뻔했다. 멜러니는 그리 재미있지 않았지만, 뻐꾸기시계의 단말마의 고통을 보는 건 기분 좋았다. 박제된 뻐꾸기는 서른한 번을 울고 나서야 시계 속으로 덜커덩거리며 들어갔다. 그 뒤로 문이 꽝 하고 닫히며 덜덜거렸다. 똑딱거리는 소리가 멈췄다.

"저것 봐, 시간이 죽어가." 핀이 눈을 문지르며 말했다.

아무 할 일 없는 하루가 그들 앞에 펼쳐져 있었다. 마치 휴가 첫날 같았고, 사실 정말 그랬다. 바깥은 맑은 겨울 날씨였다. 건물들의 윤곽이 그림자 없이 선명하게 드러나고, 공기중엔 안개도 없었다. 작은 뒤뜰은 마치 봄인 듯 싹 틔울 준비를하고 있었다. 핀은 부엌 창을 열고 창턱에 기대어 크게 숨을쉬었다. 멜러니는 그 창문이 열리는 걸 처음 보았다.

"바다 냄새가 나." 그가 말했다. "브라이튼에서 빅토리아까지 하루 소풍이라도 왔나보지."

"핀, 정말 바다 냄새가 나요?" 멜러니가 불안해하며 물었다. 꿈에서 일층 벽에 넘실거리던 파도가 떠올랐던 것이다.

"뭐, 아니, 그냥 기운이 넘쳐서 그런 거야. 저기, 난 씻으러갈 거야."

그리고 그는 씻었다. 주전자로 데운 물을 수없이 퍼부어가며구석구석 씻고 머리까지 감은 다음 마거릿 외숙모에게 핑킹가위로 머리를 다듬어달라고 했다. 깨끗해진 핀의 모습에 멜러니는 눈이 부셨다. 그는 상아와 순금으로 만들어진, 체스판에 서있는 작고 귀중한 조각상 같아 보였다. 그는 자기 방에 가서 깨끗한 셔츠를 열심히 찾더니 앞에 주름이 잡힌 흰 와이셔츠를근사하게 차려입고 내려왔는데, 그에게는 조금 컸다.

"내 옷은 깨끗한 게 없어서 매형 걸 좀 빌렸지."

"그는 오히려 좋아할걸." 프랜씨가 말했다.

마거릿 외숙모는 전혀 불안해 보이지 않았다. 그녀는 핀의어깨를 살짝 쓰다듬고는 분필로 썼다. '이젠 예전 같지 않을거야.'

무슨 뜻일까? 하지만 궁금해할 시간이 없었다. 편이 깨끗해지자 모두들 가장 좋은 옷으로 갈아입으러 갔다. 멜러니는 아직 정돈 안된 침대에 편의 흔적이 남아 있는 자기 방에서 예쁜 녹색 원피스를 꺼냈다가 손에 걸고 잠시 멈칫했다. 마거릿 외숙모가 그 오싹한 회색 드레스를 옷장에서 꺼내입을 거라 생각하니 견딜 수가 없었다. 오늘은 안돼. 그녀는 외숙모에게 자기 드레스를 주기로 했다. 그녀는 그것 말고도 드레스가 더 있었다. 설사 없더라도 열다섯(거의 열여섯) 해 동안 좋은 옷을 실컷 입어봤으니 그걸로 충분했다. 견진성사 진주목걸이가 들어 있는 빨간 모로코가죽 상자도 뒤늦게 생각나 꺼냈다. 하나를 주면, 다 주는 거야. 그녀가 가진 물건들을 없애버리는 것도 좋을 터였다. 그녀의 기억과 꿈을 도려내거나 차가운 물로 씻어내듯이.

그녀가 층계참 아래 있는 마거릿 외숙모의 침실로 가서 문을 두드리자 외숙모가 문을 열어주었다. 그녀는 흰색 면 슬립을 입고 있었다. 추위 때문에 그녀의 팔죽지에 닭살이 돋아 있었다.

"저기……" 멜러니는 드레스를 어떻게 줘야 할지 몰라 말을 멈추었다. 외숙모는 걱정스럽게 붉은 눈썹을 치켜세우고는 그녀에게 들어오라고 손짓했다. 그 방에 한번도 들어가본 적이 없는 멜러니는 야릇한 두려움을 느끼며 방으로 들어갔다.

작은 벽장이 있고 그 옆에 금고가, 그녀가 상상한 침대 발치가 아니라 벽 깊숙이 박혀 있었다. 침대는 아주 넓고 정말로 한쪽이 푹 꺼져 있었는데, 조각누비이불 위에 개켜져 있는 줄무늬 파자마로 보아 필립 외삼촌의 자리가 분명했다. 아주 낡아 색이 바래고 수수한 조각누비이불은 무섭도록 휑뎅그렁한 방과 어울리지 않았다. 아마도 마거릿 외숙모가 오래전에 아일랜드에서 가져온 이불인 듯했다. 침대 옆에는 등이 꼿꼿하고 투박한 나무의자 위에 자명종이 놓여 있었다. 자명종 숫자는 선명한 검은색이었고, 으르렁거리는 소리로 잠을 깨울 금속 종이 꼭대기에 달려 있었다. 의자 위에 다른 것은 없었다. 천장에는 분홍색 플라스틱 전등갓을 쓴 전구가 달려 있고, 바닥에는 너무 낡아서 날실이 보이는 무늬 없는 갈색 카펫이 깔려 있었다. 벽난로 선반에는 사진 한 장만 덩그러니 놓여 있었다. 멜러니가 찢어버리기 전에 부모님의 벽난로 선반에 있던 어머니의 결혼사진과 같은 사진이었다.

"아." 멜러니가 외쳤다. 어머니와 아버지, 아버지의 가족들과 필립 외삼촌이 있었다. 사진은 좁은 황동 액자에 끼워져 있었다. 멜러니는 침대에 걸터앉았다.

"집에 귀신이 붙은 것 같아요." 그녀가 말하자 마거릿 외숙모가 메모장에 갈겨썼다. '무슨 소리니?'

"사진이요. 사진 때문에 좀 놀랐어요. 곧 괜찮아질 거예요."

'딱하기도 해라. 사진 때문에 기분 상했구나.' 마거릿 외숙모는 사진을 벽난로 선반에서 치워 숨겼다.

마거릿 외숙모의 면 슬립 혹은 슈미즈는 어깨끈이 넓고 가슴까지 올라오는 것이었지만 목 아래 움푹 파인 곳은 보였다.

슬립을 입은 그녀는 팔다리와 눈밖에 없는 난민촌 아이 같았다. 그녀는 이미 좋은 스타킹으로 갈아신고 있었다. 열린 벽장 문 틈으로 회색 드레스가 마치 뒤를 돌아보고 돌이 된 롯의 아내처럼 꼿꼿이 걸려 있는 것이 보였다. 멜러니는 그 회색 드레스에 어떤 미신적인 두려움을 느꼈다. 마거릿 외숙모가 그 옷을 입으면 모든 것이 잘못될 것 같았다. 사진 속의 인물들이 살아나고, 필립 외삼촌이 기관총을 들고 집에 일찍 돌아올지도 몰랐다.

"저기," 그녀가 외숙모에게 자기 드레스를 내밀며 말했다. "외숙모 머리색에 녹색이 잘 어울릴 것 같아서요."

'나 입으라고? 빌려주는 거니?'

"마음에 드시면 가지세요."

멜러니는 귀부인의 시녀처럼 외숙모가 옷 입는 것을 도와 드레스를 어깨에 잘 맞추고 치마 모양을 매만진 뒤 등의 지퍼를 올렸다. 외숙모는 꼼짝 않고 서서 멜러니가 입혀주는 대로 가만히 있었다. 그녀는 신의 축복을 받은 것 같은 모습이었다. 신의 특별한 메씨지를 받은 천사가 기다랗고 흰 백합을 들고 들어온다 해도 전혀 놀랍지 않을 것 같았다.

"마거릿 외숙모, 빗은 어디 있어요?"

빗은 벽장 안 선반에, 뒤엉킨 머리핀들 옆에 있었다. 멜러니는 그것들을 전부 챙겨들고 마거릿 외숙모를 의자에 앉힌 다음 그녀의 어깨에 천을 두르고 머리를 손질하기 시작했다.

'외숙모는 거울도 안 보고 어떻게 머리를 만질까?'

멜러니는 외숙모가 짙은 녹색 드레스를 입은 자신의 모습을 보지 못하는 것이 무엇보다 괴로웠다. 그 드레스를 입으니 그녀의 머리는 선명하고 생기 넘치는 붉은색을 띠었고 피부는 거품보다 더 하얘 보였다. 그녀의 머리카락이 다섯살배기 빅토리아의 머리만큼이나 매끄럽고 반들거려서 손가락에서 자꾸 미끄러지고 머리핀으로 잘 고정되지 않는 바람에 머리를 정수리에 제대로 감아올리는 데 한참이 걸렸다. 그러다 멜러니는 생각했다. '아니야, 오늘은 다르게 해야지.' 그리고 머리핀들을 전부 빼서 머리카락이 쏟아지는 불꽃처럼 흘러내리게 했다. 불꽃놀이 축제. 하지만 11월 5일은 한참 지났다. 빨간색과 녹색, 녹색 바탕에 빨간색, 피처럼 붉은 열매가 달린 호랑가시나무 같은 크리스마스의 색깔. 멜러니는 뒤로 물러서서 결과물을 살펴보았다.

'세상에, 내가 이렇게 말랐나?' 암녹색 드레스는 외숙모에게 딱 맞았고, 그녀의 꼿꼿한 자세에서 어색함을 없애고 고딕풍의 우아함을 더해주었다. 툭 튀어나온 골반뼈는 엄지손가락으로 눌러 암녹색이 진하게 번진 자국처럼 보였다. 그리고 그토록 불꽃 같은 머리. 멜러니는 어느 할리우드 영화에서 못생긴 속기사를 설득해 안경을 벗고 마사지를 받게 하는 인정 많은 친구가 된 기분이었다. 아주 간단한 일이었다. 마거릿 외숙모는 젊고 사랑스러웠다. 그녀가 좋아하면서 만족해하는 모습은 마치 갓 난 깃털을 뽐내는 행복한 새 같았다.

"드레스가 잘 어울려요." 멜러니가 말했다.

"정말 그래요. 외숙모가 가지세요, 전 필요없어요. 전 많은 걸요." 아니, 많았었다.

마거릿 외숙모는 잠시 머뭇거리다가 썼다. '오늘만 빌리자꾸나. 필립이 없는 동안만. 네 옷을 가질 순 없어.'

"아니에요. 외숙모가 가지세요. 그리고 이것도요." 진주목걸이. 마거릿 외숙모는 울면서 받지 않으려 했다. 멜러니는 거절을 받아들이지 않고 목걸이를 그녀의 목에 걸어주었다. 다 보내버리자, 보내버려.

'난 내 은목걸이를 할게.' 마거릿 외숙모가 썼다. 떨어진 눈물에 메모장 위의 글씨가 번졌다.

"그건 안 어울려요, 오늘은."

'목걸이는 빌리는 걸로 할게, 멜러니!'

멜러니는 어깨를 으쓱했다. 방 안 어딘가에서 액자 속의 어머니가 지켜보고 있다 해도 목걸이를 당장 줘버리고 그냥 끝내고 싶었다. 유품을 주면서 그녀는 젊고 강하고 용감해진 기분이 들었다. 진주목걸이는 그것과 같은 광채를 지닌 외숙모의 살결에 꼭 붙어 무척이나 아름답게 자리잡았다. 멜러니는 외숙모가 그날 하루 사이 진주목걸이에 애착이 생겨서 원래 자신의 것이었던 것처럼 여기기를 바랐다.

'넌 뭘 입을 거니, 멜러니?'

"바지요."

"다리가 미끈한데. 정말 멋진 다리야." 핀이 말했다.

"정말 오랜만에 바지를 입었어요."

"매형 때문이지."

"그리고 외삼촌은 집에 없죠."

"그렇고말고."

프랜씨는 부엌에 앉아 한 손에는 바이올린을, 다른 손에는 반쯤 빈 위스키 병을 들고 있었다.

"맙소사, 너 어젯밤에 스카치에 손댔구나!" 그가 핀에게 말했다.

"어쨌든 크리스마스였잖아. 한밤중에 목도 말랐고." 핀이 말했다.

"보나마나 곤드레만드레 취해서 작은 도끼를 휘둘렀겠지." 프랜씨가 놀리듯이 말했다.

그는 바이올린을 조율하기 시작했다. 멜러니의 드레스를 입고 진주목걸이를 하고 아름다운 머리를 내려뜨린 마거릿 외숙모가 플루트를 들고 부엌문을 밀어젖혔다. 프랜씨가 활을 내렸다.

"내 여인이 오셨네. 예뻐."

"기억나." 핀도 말했다. "아일랜드에서 누나 모습이 저랬는데. 어머니가 살아 계실 때."

그들이 함께했던 과거, 함께 보낸 세월, 그들의 옛집, 그들의 부모님이 그들 사이에 갑자기 생생하게 솟아올랐다. 형제의 침실에 있던 여인, 그들의 어머니. 그녀의 이름은 무엇이었을까? 그녀는 그들에게 어떤 투로 말하고 어떻게 사랑을 보여주었을까? 어떤 애칭으로 그들을 불렀을까? 그들의 붉은 머리는

어머니에게서 물려받았을까? 아니라면 그녀의 머리는 어떤 색
이었을까? 머리모양은 어땠을까? 멜러니가 그녀에 대해 아는
거라곤 프랜씨에게서 핀을 거쳐 그녀의 손가락 끝으로 전해지
는, 그녀의 굳은 얼굴과 죽은 눈꺼풀의 감촉뿐이었다. 멜러니
는 그들의 과거를 속속들이 나누고 싶었다. 프랜씨가 언제부
터 바이올린을 켰는지, 누가 처음 핀에게 그림물감을 주었는
지 알고 싶었다. 마거릿 외숙모는 어떻게 필립 외삼촌을 만났
을까? 그날은 얼마나 끔찍했을까? 그리고 그들의 아버지는 누
구였을까? 가족끼리만 아는 장난과, 그들의 부모가 결혼하기
전에 주고받았던 연애편지들(주고받았다면)과, 소중히 간직한
머리타래와, 누렇게 바랜 옛 지방신문에서 오려낸 출생 기사
들, 그 모든 걸 알고 싶어 견딜 수가 없었다.

"당신 어머니는 어떤 사람이었어요?" 그녀는 먼저 핀에게
물었다.

"그냥 보통 어머니였지."

그는 또 스카치를 마시고 있었다. 조금 있으면 감상에 젖을
터였다. 하지만 그는 웃어주지 않았다. 그의 호색한 같은 웃음
은 다행히도 그림 속 악마의 얼굴에 머무르며 더는 그녀를 난
처하게 하지 않았다. 프랜씨와 마거릿 외숙모는 지그와 릴을
연주하기 시작했다. 프랜씨는 발로 바닥을 톡톡 두드렸다.

"자, 스텝댄스나 좀 춰봐, 핀." 프랜씨가 말했다.

"난 이제 춤 같은 거 안 춰."

"설마."

"아니, 정말이야, 끝났어. 엄청 높은 데서 떨어지고 백조를 난도질했으니 다시는 춤추지 않겠어. 게다가, 이젠 가정이 생긴 거나 마찬가지거든." 그리고 그는 휴일이라 길게 풀어헤친 멜러니의 머리를 잡아당겼다.

"장난치지 마요." 멜러니는 미심쩍은 듯 말했다. 그가 그녀를 꼭 껴안았다. 그의 비누 냄새는 아직 낯설었다.

"운명이 우리를 서로 엮은 거야." 그가 말했다.

"취했군요."

"그럴 것 같아, 조금 있으면."

"원래 모습으로 돌아왔어요."

"아니야. 넘겨짚지 마."

그는 즐거워지려고 애쓰고 있었다. 억지로, 힘겹게 노력하고 있었다. 멜러니는 그가 안쓰러워 그에게 더 가까이 다가갔다. 그들은 식탁 위에 함께 앉았다. 프랜씨의 위스키는 거의 다 떨어져 있었다.

꽃무늬 원피스를 입고 머리에 분홍색 나비 리본을 한 빅토리아는 심하게 흥분해 있었다. 새된 목소리로 크게 소리지르며 부엌 안을 폴짝폴짝 뛰어다니고 그들의 옷을 움켜잡았다. 하지만 아무도 신경쓰지 않았다. 그들이 내는 소리가 더 커서 빅토리아의 소리가 들리지 않았다. 프랜씨와 마거릿 외숙모는 마치 한 명의 음악가가 된 듯 서로에게 기대 연주하며 부엌을 뒤흔들었다. 8분의 6박자, 8분의 9박자, 8분의 12박자로「통속에서 구르기」「술집에서」「백작의 의자」「아침 이슬」「키티는 젖 짜러 갔다네」「골웨이에서 산책을」「애슬론 여행」「벽난로 위의 피리」 등의 선율을 끝없이 연주했다. 개는 깔개에 앉아 박자에 맞춰 꼬리를 쳤다. 핀은 가끔 숟가락이 손에서 떨어질 때까지 두드리며 연주했다. 그와 멜러니는 테이블에 앉았고, 이따금 그가 그녀를 어루만졌다. 그녀는 그를 정말 막고 싶은지도 알 수 없고 막을 방법도 몰라 그냥 내버려두었다. 술집이 문을 열자 핀이 나가서 기네스 맥주병들을 땡그랑거리며 돌아왔는데, 멜러니는 그가 어디서 돈이 생겼는지 알 수 없었다.

"우리가 아일랜드 사람이라는 걸 증명해줄 기네스를 사왔지." 그가 말했다.

프랜씨와 핀은 멜러니에게 그 달콤한 술을 억지로 몇모금 먹였다. 프랜씨는 아이처럼 팔팔했고, 태평스러운 마거릿 외숙모는 멜러니보다 더 어려 보였다. 「아프면 차를 마시고 싶지 않나요?」「맬로우의 난봉꾼들」「그녀가 떠난다네」. 지그와 릴도 하나, 둘, 그렇게 흘러갔다.

"필립 외삼촌이 없으니까 훨씬 좋아요." 슬슬 즐거워진 멜러니가 말했다.

"그 인간이 돌아오면 패버리겠어." 핀이 말했다. "형이 그 인간의 주의를 딴 데로 끄는 사이에 내가 때리는 거야. 그런 다음 그 인간이 바닥을 기면 우리가 다 같이 그 인간을 밟는 거지. 그럼 정신 좀 차리겠지. 식은 죽 먹기야. 그렇게 쉬울 줄 정말 몰랐네."

마거릿 외숙모가 입은 멜러니의 드레스는 소나무 숲의 색깔이었다. 그녀는 행복의 나무 맨 꼭대기 가지에서 프랜씨와 함께 플루트를 연주하고 있었고, 빅토리아는 바닥에서 뒹굴었다. 아래층 가게는 크리스마스이브의 난장판 그대로이고 그 아래 작업실에는 여전히 깃털들이 어질러져 있었지만, 부엌은 행복으로 넘쳤다. (「군인의 기쁨」「테이블 밑의 고양이야, 쉿」「방탕한 패디」, 그들이 아는 곡은 끝이 없었다.) 병뚜껑과 빈 병이 바닥에 널브러졌다. 공기는 담배연기로 탁하고 푸르죽죽해졌다. 배가 고파진 그들은 식은 거위고기와 양념소, 치즈와 빵과 민스파이를 먹었고, 음악은 계속되었다. 핀이 생각없이 빅토리아에게 기네스를 주는 바람에 빅토리아가 갑자기 깔개 위로 푹 고꾸라지며 개의 두 발 사이에 머리를 박았다. 부엌은 방탕하고 타락한 모습이 되었다.

"난 네 젊음과 순결을 존중할 거야. 무서워하지 마." 핀이 말했다.

"그럼 공원에서는 내가 원하지도 않았는데 왜 입을 맞췄어요?"

"내가 그렇게 하기 전까지는 너도 네가 그걸 싫어하는지 몰랐잖아."

'음, 이젠 어지간히 취했나봐.' 그녀는 생각했다.

"날 봐." 그는 그녀의 몸을 자기 쪽으로 돌리고 말했다.

"왜요?"

"날 보라니까."

그들은 서로 마주보았다. 그가 최면을 걸려는 걸까? 공원에서처럼 그녀는 그 사팔눈의 검은 눈동자 속에서 그녀 자신을 보았다. '나의 얼굴이 그대 눈에, 그대의 얼굴이 내 눈에 담겨 있네. 참되고 순수한 마음 그 얼굴에 깃들어 있네.' 존 던, 1572~1632년, 일명 잭 던, 쎄인트 폴 대성당의 주임사제. 학교의 시 교재에 셰익스피어의 발췌문과 알렉산더 포프의 「머리카락을 훔친 자」 사이에 있는 시였다. 어린 소녀들은 존 던을 무척이나 좋아했다. 존 던은 시선이 서로 엉킬 때 영혼이 뒤섞인다고 했다. 그 추락의 밤에 꼭두각시 줄이 뒤엉켰던 것처럼. 그녀는 핀의 얼굴에 내려앉았다. 거기, 그녀가 두 개로 비치고 있었다.

"난 나 자신을 지킬 거예요." 그녀는 필사적으로 말했다.

그는 몸을 앞으로 숙이고 그녀의 입술에 손가락을 댔다.

"쉿."

그들이 서로를 바라보는 사이 음악이 그쳤다. 바이올린과 플루트는 바닥에 내던져졌다. 프랜씨와 마거릿 외숙모가 껴안고 있었다. 그것은 마치 한밤중에 강렬한 바람이 나뭇가지를 뒤흔드는 언덕 꼭대기에서 일어나는 듯 세상을 압도하는 연인의 포옹이었다. 남매는 무릎을 꿇었다. 방 안엔 평화가 가득했다. 담배연기가 가물거리다 사라졌다. 총명한 개와 그 초상화는 아무런 비난 없이 그들을 지켜보고 있었다.

"나가자. 우리는 사라져줘야 돼." 핀이 말했다.

멜러니는 굳은 얼굴로 눈을 휘둥그레 떴다. 그녀는 핀에게 이끌려 밖으로 나갔고, 그가 그들 뒤로 문을 닫았다. 부엌에서 나오자 추웠고, 핀의 흰 셔츠가 빙산처럼 어렴풋하게 보였다. 그는 옷걸이에서 소방수 재킷을 꺼내입고 단추를 채웠다. 그는 말짱했다. 술에 취한 척하고 있었던 모양이었다.

"이건 근친상간이에요." 멜러니가 속삭였다. "고대 이집트의 왕과 여왕처럼."

"맞아."

"꿈에도 몰랐어요."

"설마."

"난 외숙모가 당신을 제일 좋아하는 줄 알았어요. 당신이 막내니까."

"입 좀 다물어."

그들은 그의 침실로 올라갔다. 그녀는 런들 부인의 스웨터를 입고 있는 것이 기뻤다. 평범한 풀을 먹고 평범하게 매애 매애 우는 뚱뚱한 양에서 나온 털실로, 집안일을 하는 부인이 손으로 짠 스웨터였다. 그녀는 핀의 침대에 앉아 조용히 입을 다물었다. 그는 프랜씨의 침대에 앉아 담배를 피웠다.

"두 사람은 연인이야. 쭉 연인이었어. 무슨 말인지 알아?"

"네." 그녀가 아주 작은 목소리로 대답했다.

"서로 없으면 못 사는 사이야. 그래서 우리가 여기 있는 거지, 형과 누나가⋯⋯" 그가 말을 멈추었다.

"하지만 외숙모가 훨씬 더 나이가 많잖아요." 멜러니가 말했다. "분명 훨씬 더 많아요."

"그게 문제가 된다고 생각해?"

"아닌 것 같아요." 그녀가 잠시 뜸을 들였다가 말했다.

"충격받은 거야, 착한 아가씨?"

"이런 일은 처음이에요. 근친상간은. 우리 집안에서 이런 일은 없었어요."

프랜씨와 마거릿 외숙모는 가스난로 주변에 널린 빈 기네스병들에 둘러싸여 가장 원시적인 정욕으로 한데 얽혀 있었다. 식탁에는 여전히 더러운 접시와 치즈 부스러기, 발라낸 거위뼈가 널브러져 있고, 벽에 걸린 뻐꾸기시계는 이제 움직이지 않았다.

"그럼 필립 외삼촌은……"

"오쟁이 진 거지." 핀이 험상궂게 말했다. "한번도 의심해본 적 없는 제 처남한테 말이야."

"마거릿 외숙모한테 내 진주목걸이를 줬는데."

"돌려받고 싶어?"

"아니요. 난 외숙모를 사랑해요."

그건 사실이었다. 이 말을 하면서 그녀는 따뜻하고 이해심 깊은 사랑을 느꼈다. 그리고 그녀는 프랜씨도 사랑했다. 어쩔 수 없었다. "진주는 물고기 눈물이에요." 그녀는 갑자기 엉뚱한 말을 꺼냈다.

"무슨 소리야?"

"물고기 눈물요. 진주 말이에요. 물고기가 우는 줄 몰랐죠? 갑자기 생각났어요."

"우리만 아는 비밀이야." 핀이 우는 물고기를 무시하고 말했다. "우리 마음 깊은 곳에 있는. 그것 때문에 우린, 형과 누나와 나는 다른 사람들과 다른 거야." 그는 담배를 바닥에 짓이겼다.

일찍 찾아온 밤이 지붕에 내려앉고, 길 건너편 집들에 불이 밝혀졌다. 그 낯선 집들에 사는 사람들에게는 아무런 비밀도 없었다. 멜러니는 핀의 침대에, 핀은 프랜씨의 침대에 앉아 있었다. 비밀이 그들 사이와 주위의 모든 공간을 채웠다. 그것은 신성한 고대의 존재였다. 아래층에서는 해진 깔개 위에서, 위층에서는 조용한 침실에서 피어나는 근친상간.

"빅토리아가 깨지 말았으면 좋겠어요."

크리스마스이브의 유일한 흔적인 새까맣게 탄 막대기가 벽난로 안에 있는 것이 어스름 속에서도 보였다. 그녀는 마치 그것이 그녀가 본 가장 중요한 물건인 양, 그것이 과거와 현재와 미래에 대해서, 그리고 근친상간을 용납하는 그들 전체의 완전한 인식에 대해서 말해주기라도 할 것처럼 그것을 뚫어지게 바라보고 있었다. 하지만 그것은 새까맣게 탄 막대기에 지나지 않았다.

그들이 쿵 하는 소리를 처음 들은 건 다섯시 반 정도였다. 하루와 일년 중 가장 영국적인 시간인, 겨울 오후의 차 마시는 시간.

"아, 안돼, 안돼!" 핀이 담배를 떨어뜨리며 말했다.

쿵 소리가 또 한번 들리고, 여인의 비명이 높고 깨끗하게 최고음까지 올라갔다가 사그라졌다. 그리고 이어지는 호통소리.

소리가 어찌나 큰지 그들이 앉아 있는 곳에서도 똑똑히 들릴 정도였다.

"음탕한 것들! 더러운 것들!"

멜러니는 두 침대 사이를 훌쩍 뛰어넘어 핀의 품속에 안겨 그의 재킷에 머리를 묻으며 말했다. "날 지켜줘요, 지켜줘요." 떨어뜨린 담배가 이불 위에서 연기를 피워올렸다.

"그 인간이 죽일 사람이 나일 줄 알았는데." 핀이 말했다. "그 인간도 그랬지. 우리 둘 다 늘 그렇게 생각했어. 그런데 우리가 틀렸어."

필립 외삼촌이 집에 와서 아내가 그녀의 남동생 품안에 있는 걸 보았다. 이것이 시간의 종착점이었다. 붉은 빛깔의 그들이 달려온 장애물 경주의 결승점이었다.

"날 지켜줘요." 멜러니는 물에 빠진 사람처럼 핀의 코트를 붙잡고 말했다.

"괜찮아. 그만해, 괜찮아." 핀이 멍하니 말했다.

꽹음과 비명이 이어졌다.

"그 인간이 그릇을 깨고 있어." 핀이 놀라며 말했다. 그는 소스라치게 놀라 대리석이 되어버렸다. 움직일 수 없을 것 같았다.

"날 지켜줘요." 멜러니가 말했다.

그때 침실 문이 갑자기 확 열렸고, 붉은 머리가 헝클어지고 예쁜 녹색 드레스가 어깨에서 반쯤 벗겨진 마거릿 외숙모가 엉엉 우는 빅토리아를 안고 뛰어들어왔다. 그녀가 몰고 온 돌풍에 바닥의 깔개가 들썩였다.

"나가, 지금." 그녀가 말을 했다. 파국이 그녀의 혀를 자유롭게 한 것이다. 그녀의 목소리는 가늘지만 진실했다. "시간이 있을 때 도망쳐. 아기는 내가 지킬 테니까. 무슨 일이 있어도 아기는 안전하게 지킬 거야."

"형은 어디 있어?"

"괜찮아. 하지만 우리는 남아서 필립과 결판을 지어야 해."

그녀는 목소리와 함께 강인함을, 명주실처럼 가냘프지만 끈질긴 용기를 찾았다. 결혼식 때 말문이 막힌 그녀가 해방된 날에 예전의 목소리를 되찾은 것이다.

"누나, 매기 누나……"

"멜러니를 돌봐줘. 지금 가. 필립이 나무를 모아서 불을 붙이고 있어. 집을 불태울 거야."

"입 맞춰줘, 어떻게 될지 모르잖아." 핀이 멜러니의 머리 위로 말했다.

외숙모가 그의 입에 입을 맞추었다. 그후에도 멜러니는 그들이 입을 맞추던 그 장엄하고 엄숙한 모습을 잊지 못했다. 둘 중 하나가 죽을 수도 있는 큰 전투를 앞둔 밤에 동료 장군들이 서로에게 경례하는 것 같았다. 후에 그녀는 불에 둘러싸인 그들을 본 것 같았지만, 그것이 자신의 상상이라는 걸 알았다. 외숙모는 불의 여신이었다. 그녀의 눈은 불타고, 머리카락은 그녀를 감싸며 번득였다. 그녀와 핀은 서서히 떨어졌다. 그녀는 멜러니의 머리에 손을 잠깐 얹은 다음 뛰어나갔다. 그 바람에 멜러니는 빅토리아에게 작별인사를 할 틈도 없었다. 아래층의 소음이 더 커졌다. 이젠 가구들이 무너지고 있었다. 멜러니는 연기 냄새를 맡았지만, 내버려둔 핀의 담배가 담요를 태우는 냄새였다. 핀은 벽난로 선반에서 자신의 어머니 사진을 집어 주머니에 넣었다.

"갈 시간이야."

계단 밑의 부엌 층계참에 부서진 의자들이 쌓여 길을 가로 막고 있었다. 필립 플라워가 거기에 더 쌓으려고 식탁을 문 밖으로 끌어내고 있었다. 그가 식탁을 들어올리자 꽃무늬 식탁보가 식탁 다리 주위로 애처롭게 펄럭거리고 식사의 잔해들이 바닥에 떨어졌다. "쥐새끼 같은 놈들, 덫으로 잡아서 다 태워버리겠어!" 그는 광기 어린 환희에 휩싸여 소리를 질렀다. 그 것은 환희였다. 그들은 모두 불탈 것이고, 그는 환희에 차 그것을 지켜볼 것이다. 그의 눈은 충혈되어 있었다. 그는 여전히 오버코트를 입고 챙이 넓은 낯익은 모자를 쓰고 있었다. 부엌에서 타닥거리며 나무 타는 냄새가 새어나오는 동안, 멜러니는 그가 너무 크고 사악해서 진짜일 리가 없다는 생각을 했다.

그들이 어정쩡하게 계단에 서 있을 때 흰 개가 숨을 헐떡이고 옆구리 살을 출렁이며 식탁에서 달려나와 장애물을 타넘고 그들을 지나쳐 위층으로 올라갔다. 입에 꽃바구니를 물고 있었나? 아닌가? 개가 너무 빨라서 확실히 볼 수가 없었다. 필립 플라워는 의자 뒤에 있던 식탁을 뒤집고는, 핀을 보더니 증오심에 가득 찬 날카로운 비명을 지르며 꽤 높아진 장애물 위로 몸을 던졌다. 그는 몸을 일으키려고 버둥거리면서 말을 쏟아냈다. "잡히기만 해봐라, 핀 자울. 둘이 참 딱하게 됐군, 저 애를 어떻게 건드려보려고 빙빙 돌더니만……"

"거짓말." 핀이 말했다. 그가 멜러니의 손을 잡았고, 두 사람은 비틀거리며 계단을 다시 올라갔다.

"채광창이 있어." 마치 이 모든 일을 오래전 어딘가에서 연습해본 듯, 핀은 창백하면서도 침착했다. "지붕으로 올라가자."

이제 그들을 둘러싼 모든 곳에서 타닥거리는 소리가 들렸다. 필립 외삼촌이 돼지 떼를 굽기라도 하는 것 같았다.

"지하실에 있는 나무를 다 쓰면 건물이 곧 무너져내릴 거야. 서둘러야 돼."

그들이 지나갈 때, 푸른 수염의 성의 불길한 문 중 하나가 벌컥 열렸다. 프랜씨가 쇠막대를 들고 나타났다.

"행운을 빌어." 핀이 말했다.

"조심해요!" 멜러니도 말했다.

"신의 은총이 있기를." 프랜씨가 말했다. 그는 셔츠 바람이었다. 겨드랑이에 둥글고 거뭇한 땀자국이 나 있었다. 그는 아래층으로 내려가고 그들은 위로 올라갔다.

핀은 채광창 밖으로 멜러니를 들어올리고 자기도 몸을 날려 높고 바람 센 지붕으로 올라갔다. 첫 별들과 굴뚝들이 있는 그곳에서 그들은 잠시 쉬었다.

쌜리가 별을 도네
쌜리가 달을 도네
쌜리가 굴뚝을 도네
일요일 오후에
휘이이이!

멜러니가 아주 어렸을 때 그녀의 아버지는 이 노래를 불러
주면서 '휘이이이!' 부분에서 그녀의 허리를 붙들고 높이 들어
올려 빙글빙글 돌렸다. 그녀와 핀은 굴뚝 사이에서 현기증을
느끼며 앉아 손을 맞잡았다.

멜러니는 생각했다. '이 모든 일을 함께 겪었으니 우린 다른
사람처럼 되지 못할 거야. 우리는 우리 자신이 되고 서로가 될
수밖에 없어. 우리한텐 이제 서로밖에 없는 거야.'

그녀는 말했다. "난 이미 한번 모든 걸 잃은 적이 있어요."

"나도 그래." 핀이 말했다.

"그래도 그땐 남동생과 여동생이 있었는데. 조너선은 어디
있죠?"

"나도 몰라. 멜러니, 한숨 돌렸으면 계속 가야 돼. 옆집에 비
상계단이 있는데, 지붕을 건너면 쉽게 갈 수 있어."

버려진 보석가게였다. 녹슨 철계단이 발밑에서 소리를 냈
다. 가게 위의 방들은 비어 있었지만 곧 불길에 휩싸일 것 같
았다. 잠시 후 그들은 버려진 정원의 무릎까지 자란 풀밭에 섰
다. 담 너머로 버려진 깡통과 잼 병, 잡동사니 들이 가득했다.

"소방대에 전화해야겠어. 999, 소방차, 구급차, 경찰에게 도와달라고 해야지." 핀이 말했다.

집은 거대한 국화처럼 온통 황금색으로 불타고 있었다.

"그렇지만," 핀이 혼잣말처럼 말했다. "아마 누가 벌써 999에 신고했을 거야."

그들 주위 사방에서 창문이 열리고 사람들이 고개를 내밀며 불안하게 웅성거렸다. 몇 미터 떨어진 골목길에 서 있던 남자가 애처로운 듯 말했다. "저 안에선 아무도 못 살아남겠군."

"다 타죽었을까요?" 멜러니가 핀에게 물었다.

"형과 누나와 아기는 무사할 거야. 개도 늙은 개라서 보통 내기가 아니야."

"그렇게 되길 바라는 거잖아요. 불쌍한 앵무새……"

"불쌍한 조이. 매형이 그놈을 샀지."

그들은 불길을 지켜보았다.

"내 재킷 말이야," 핀이 반은 웃음으로 반은 흐느낌으로 목이 메어 말했다. "이런 상황에 웃기기도 하지, 소방수 재킷이라니."

"그 옷이 어디서 났나 가끔 궁금했어요."

"그냥 떨이하는 걸 산 거야."

"아."

불길이 용솟음치면서 집 안의 바닥이 무너져내렸다. 모든 것이 완전히 불타고 있었다. 장난감과 꼭두각시와 가면과 의자와 탁자와 카펫과 런들 부인이 사랑을 담아 보낸 크리스마스카드. 전등갓은 불에 터져나가고, 욕실 자동온수기는 녹아내리고, 욕실의 비닐 커튼은 날름거리는 불길에 방울져 떨어졌다. 배에 그녀의 잠옷을 넣은 곰돌이 에드워드도 불타고 있었다.

"내 그림들, 변변치는 않지만." 핀이 힘없이 말했다.

"곰돌이 에드워드도요." 멜러니가 말했다.

"뭐?"

"내 곰이요. 곰도 사라졌어요. 다 사라졌어요."

"우리밖에 안 남았어."

밤에, 정원에서, 그들은 무한한 억측 속에서 서로 마주보고 있었다.

갇힌 현실을 뒤흔드는 마법 같은 작품

영국의 소설가이자 시인, 저널리스트, 비평가인 앤젤러 카터(1940~92)는 영국 문학에서 독자적이고도 확고한 자리를 차지하고 있는 여성작가이다. 그녀는 영국 중세와 고딕소설 전통을 바탕으로 하고 그 위에 동화, 초현실주의 시, 공상과학 영화 등의 상상력을 받아들여 독특한 문학세계를 구축했다. 제2차 세계대전 이후 새로운 패러다임으로 형성된 포스트모더니즘을 대표하는 작가인 그녀는 한마디로 정의할 수 없는 다원적이고 다층적인 작품들을 선보였다. 마술적 리얼리즘, 초현실주의, 고딕소설, 페미니즘 등 여러 장르들을 혼합하고, 우의, 풍자, 상징 등을 복잡하게 뒤섞어 1960년대 영국 문학을 지배하던 사실주의적 표현에 고의적으로 거리를 두었던 것이다. 또한 그녀는 사회주의적 페미니스트로서 여성을 희생자로 보는 관습에 반기를 들고 여성의 욕망을 탐구하였으며, 문학형

식뿐만 아니라 정치적 의식의 개조를 주장하는 급진적인 성향을 띠기도 했다. 당대의 영국 문학계는 그녀의 대담함을 인정하면서도 편하게 읽히지는 않는 기교에 대해서는 그리 공감하지 못했다. 그렇지만 앤젤러 카터는 마지막 작품 『현명한 아이들』(Wise Children, 1991)을 남기고 사망한 후 뒤늦게 엄청난 명성을 얻었으며, 그녀의 마력 같은 저술은 로버트 쿠버(Robert Coover)나 쌜먼 루슈디(Salman Rushdie) 같은 작가들로부터 칭송을 받았다. 대담하고도 도발적인 작가 앤젤러 카터는 지금도 여전히 가장 폭넓게 연구되는 20세기 후반의 중요한 작가이다.

앤젤러 카터가 '마술적 리얼리즘' 작가로 불리기 시작한 것은 바로 두번째 소설 『매직 토이숍』(The Magic Toyshop, 1967)부터이다. 사춘기 소녀의 고통스러운 성장을 그린 이 소설은 현실적인 섬뜩함과 초현실적 요소가 뒤섞여 있고, 동화와 신화의 주제나 상징을 많이 차용하고 있는 등 앤젤러 카터만의 특징적인 요소들을 고스란히 보여준다는 점에서 카터의 초기 작품들 중에서도 남다른 가치를 지닌다. 특히 이 작품에 등장하는 기괴한 모습의 꼭두각시들과 그 꼭두각시들을 만드는 사악한 남성은 이후의 작품들에서도 남성에게 조종당하는 여성과 억압적인 남성에 대한 은유로서 곧잘 등장하는 소재이다.

『매직 토이숍』은 열다섯살 소녀 멜러니의 이야기이다. 중산층 가정에서 부족한 것 없이 지내던 멜러니는 부모님이 갑작스러운 비행기 추락사고로 사망하자 생전 처음 보는 외삼촌에게 맡겨져 기괴하기 그지없는 새 가족들과 낯선 생활을 시작하게 된다. 외삼촌 필립은 장난감을 만들면서도 정작 아이들을 싫어하는 고압적이고 가부장적인 인물이며, 그의 아내 마거릿은 하고 싶은 말도 많고 정도 많지만 결혼식 날부터 벙어리가 되어버린 여인이다. 마거릿의 두 남동생 중 한 명인 핀은 멜러니의 눈에 너무나 지저분하고 천해 보이는데다 멜러니에게 치근거리고, 그나마 정상적인 것 같았던 프랜씨는 자신의 누나와 은밀한 관계를 가져왔음이 밝혀진다. 소설의 첫머리에서 거울 앞에 서서 '여성'이 되어가는 자신의 몸을 바라보며 행복한 미래를 상상하던 멜러니는 아름다운 전원을 떠나 거무칙칙한 런던에서, 이 이상야릇한 가족들 사이에서 혹독한 성장기를 겪는다.

삭막하고 음산한 잿빛 런던, 금방이라도 무언가가 튀어나올 듯한 어두컴컴한 집은 비밀스런 성을 무대로 하는 고딕풍 소설의 분위기를 풍긴다. 멜러니는 이 집에서 끊임없이 '푸른 수염의 사나이'를 떠올리며, 심지어는 피가 뚝뚝 떨어지는 잘린 손을 환각으로 보기도 한다. 그리고 많은 고딕소설의 여자주인공들처럼, 의지할 데 없는 고아가 되어 음흉한 남자의 보호를 받으며, 잔학한 행위가 은밀하게 이루어지는 갇힌 공간에서 그의 뜻에 따라 움직인다.

앤젤러 카터는 다른 작품들에서는 강한 모습의 여러 여성들을 많이 다루었지만, 『매직 토이숍』은 가부장의 폭력성을 상징적으로 극대화해 보여주는 반면에 여성들은 억압받고 순종적이며 자기 의지가 거의 사라진 모습으로 그려진다. 그들을 억압하는 주체는 집안의 가장인 필립이다. 자신이 만든 꼭두각시를 인간보다 더 소중히 여기는 그는 꼭두각시를 조종하듯 가족들을 조종하며 그들의 인간성을 짓밟는다. 그는 여자들에게 바지를 못 입게 하고, 아내 마거릿에게는 목에 꼭 죄는 은목걸이를 족쇄처럼 채우며, 멜러니를 백조에게 강간당하는 레다 역으로 자기 무대에 세운다. 멜러니는 무대 위에서 마치 실제처럼 꼭두각시 백조에게 위협당한다. 필립의 권위에 도전하여 백조를 박살내는 것 역시 멜러니가 아니라 남자인 핀이며, 멜러니는 자신의 운명을 한탄하면서도 핀과 미래를 함께하리라 체념하듯 예감한다. 결국 멜러니는 필립의 집에서 빠져나오지만, 그것 또한 핀의 도움 덕분이다. 멜러니의 여성성은 자신의 의지와는 무관하게 남성들에 의해 그들이 원하는 모습으로 형성된다. 즉, 앤젤러 카터는 폭력적인 남성과 꼭두각시처럼 복종하는 여성의 모습을 통해 남성우월주의를 통렬하게 비판하고, 여성들이 자신의 본질로 생각하는 '여성성'이란 꼭두각시 무대에서처럼 남성이 정한 규범에 따라 임시적으로 구성되는 허구일 뿐임을 보여준다.

앞서 말했듯이, 『매직 토이숍』은 앤젤러 카터에게 항상 따라붙는 수식어인 '마술적 리얼리즘'이 본격적으로 시도된 작품이다. 마술적 리얼리즘이란 물리적인 현실과 심리적인 현실을 융합하고, 인간 실존의 외적 요소와 내적 요소를 결합하여 현실을 오히려 더 정확히 드러내는 문학적 방법이라 할 수 있다. 또한 환상을 통해 현실을 전복하고 해체함으로써 새로운 현실을 창조해내는데, 앤젤러 카터는 신화, 전설, 동화, 종교 등을 끌어들이고 상징, 우의, 은유, 패러디 등의 방법을 사용하여 남성이 억압하고 여성이 억압받는 사회구조를 전복시키고자 한 것이다. 특히 앤젤러 카터는 고전적인 동화들을 여성중심적이고 관능적인 어른 동화로 다시 쓰는 작업을 많이 했는데, 『매직 토이숍』은 그 초기 예이기도 하다. 공주처럼 웨딩드레스를 입고 결혼을 상상하던 멜러니는 느닷없이 가련한 고아가 되어 사악한 외삼촌에게 핍박받다가 연인 핀(백마 탄 왕자가 아닌 지저분한 아일랜드인인)과 함께 새로운 세상을 맞게 된다. 잔혹한 동화와도 같은 이 이야기에 에덴동산이나 노아의 방주 같은 성서 속 이야기나 제우스와 레다 이야기 같은 신화가 상징적으로 사용되어 현실 속 비현실 혹은 비현실 속 현실 같은 세계를 구축하는 데 일조한다. 이렇듯 해체된 현실을 통해 앤젤러 카터는 여성들에게 차별적이고 부조리한 사회를 공격하고 비난한다.

자기 안의 여성을 갓 자각하기 시작한 사춘기 소녀의 혹독한 성장기를 환상적으로 펼쳐놓은 이 작품으로 앤젤러 카터는 한 해 동안 출간된 젊은 영국 작가의 최고 작품에 주어지는 존 르웰린 리스 상을 받았다. 장난감 가게라는 동화적인 배경에서 벌어지는 이 기묘하고도 괴기하며 낭만적인 이야기에 독자

들을 강하게 끌어당기는 마력이 있기 때문일 것이다. 그 강렬
하고도 섬뜩한 색감과 이미지는 책을 덮은 후에도 짙은 잔상
을 오래도록 남긴다. 현실을 온통 뒤흔들어놓는 마법과도 같
은 이 작품은 문학계에서 유일무이한 존재감을 지닌 앤젤러
카터의 독창성을 유감없이 보여준다.

2009년 겨울

이영아

매직 토이숍

초판 1쇄 발행/2010년 1월 15일

지은이/앤젤러 카터
옮긴이/이영아
펴낸이/고세현
책임편집/이상술
펴낸곳/(주)창비
등록/1986년 8월 5일 제85호
주소/413-756 경기도 파주시 교하읍 문발리 513-11
전화/031-955-3333
팩시밀리/영업 031-955-3399 · 편집 031-955-3400
홈페이지/www.changbi.com
전자우편/literat@changbi.com
인쇄/한교원색

한국어판 ⓒ (주)창비 2010
ISBN 978-89-364-7184-2 03840